I0825888

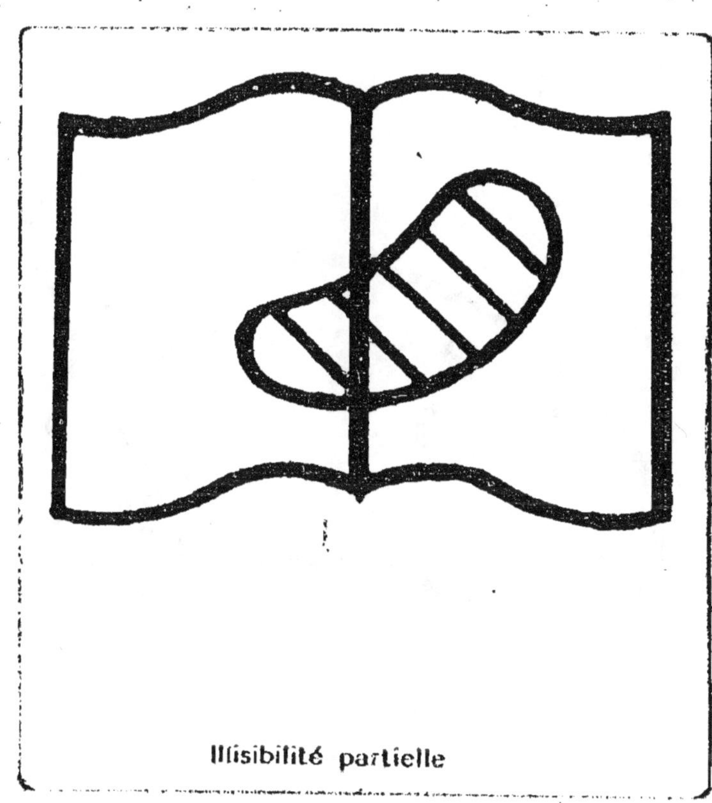
Illisibilité partielle

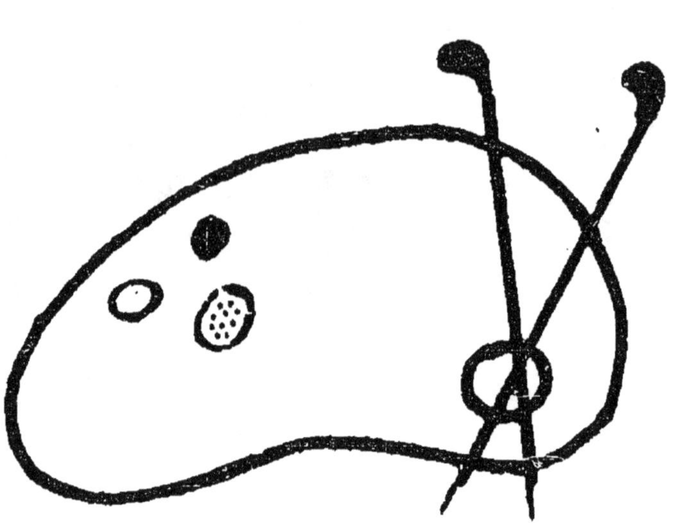

Couvertures supérieure et inférieure
en couleur

QUATORZIÈME ÉDITION

LES ENFANTS DU CAPITAINE GRANT

VOYAGE AUTOUR DU MONDE

PAR

JULES VERNE

Ouvrage couronné par l'Académie française.

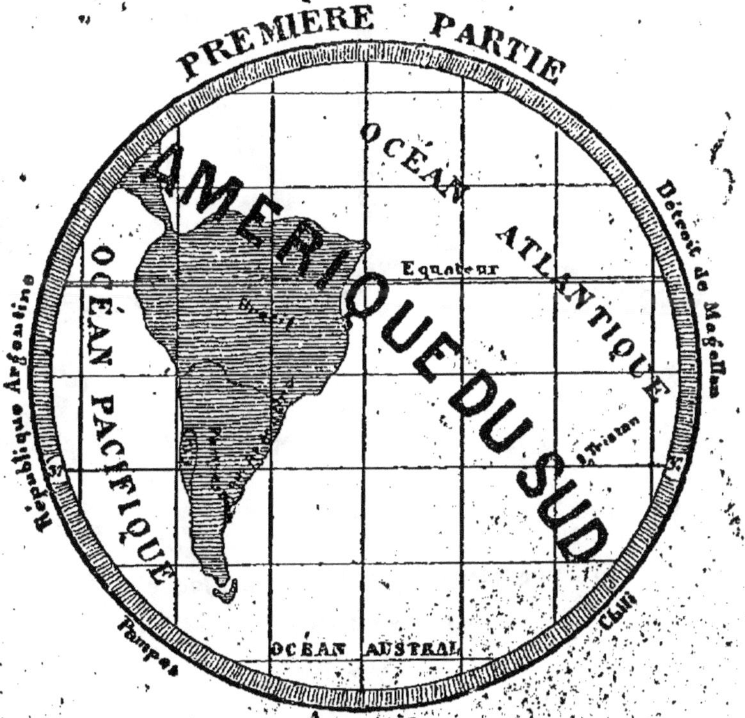

BIBLIOTHÈQUE D'ÉDUCATION & DE RÉCRÉATION

PARIS. — J. HETZEL ET Ce, 18, RUE JACOB

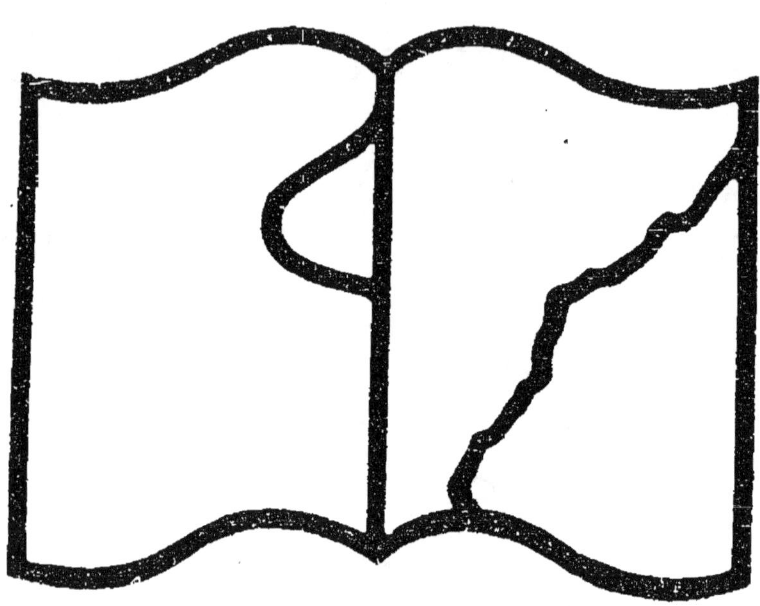

Texte détérioré — reliure défectueuse

NF Z 43-120-11

LIBRAIRIE J. HETZEL ET Cie, 18, RUE JACOB

BIBLIOTHÈQUE D'ÉDUCATION ET DE RÉCRÉATION

VOLUMES IN-18

Brochés, **3 fr.** — Cartonnés toile, tranches dorées, **4 fr.**

vol.

AMPÈRE (A.-M.). Journal et Corr. 1
ANDERSEN. Nouv. Contes suéd. 1
BERTRAND (J.). Les Fondateurs de l'astronomie.......... 1
BIART (Lucien). Aventures d'un jeune naturaliste.......... 1
BOISSONNAS (Mme B.). Une Famil. pendant la guerre 1870-71. 1
BRACHET (A.). Gramm. hist.. 1
BRÉHAT (DE). Aventures d'un petit Parisien.......... 1
CARLEN (Émilie). Un Brillant Mariage.......... 1
CHAZEL (P.). Chalet des sapins. 1
CHERVILLE (DE). Histoire d'un trop bon chien.......... 1
CLÉMENT (Ch.). Michel-Ange, Raphaël, etc.......... 1
DESNOYERS (Louis). Jean-Paul Choppart.......... 1
DURAND (Hip.). Les Grands Prosateurs.......... 1
— Les Grands Poëtes.......... 1
ERCKM.-CHATRIAN. L'Invasion. 1
— Madame Thérèse.......... 1
— Hist. d'un paysan (COMPL.). 4
FOUCOU. Histoire du travail.. 1
GRAMONT (Cte DE). Les Vers français et leur Prosodie. 1
GRATIOLET (P.). De la Physionomie.......... 1
GRIMARD. Histoire d'une goutte de séve.......... 1
HIPPEAU (Mme). Cours d'économie domestique.......... 1
HUGO (V.). Les Enfants.......... 1
IMMERMANN. La blonde Lisbeth. 1
LA FONTAINE (édition Jouaust). Fables annotées par Buffon 1

vol.

LAVALLÉE (Th.). Histoire de la Turquie.......... 2
LEGOUVÉ (E.). Les Pères et les Enfants au XIXe siècle.... 2
— Conférences parisiennes... 1
LOCKROY (Mme). Contes à mes nièces.......... 1
MACAULAY. Histoire et Critique 1
MACÉ (Jean). Histoire d'une bouchée de pain.......... 1
— Les Serviteurs de l'estomac 1
— Contes du petit château... 1
— Arithmétique du grand-papa 1
MALOT (Hect.). Romain Kalbris 1
MAURY (commandant). Géographie physique.......... 1
MULLER (E.). La Jeunesse des hommes célèbres.......... 1
ORDINAIRE. Dict. de myth.... 1
— Rhétorique nouvelle.......... 1
RATISBONNE (L.). Comédie enfantine (OUVR. COURONNÉ). 1
RECLUS (Élisée). Histoire d'un ruisseau.......... 1
RENARD. Le Fond de la mer.. 1
ROULIN (F.). Histoire naturelle. 1
ROZAN (Ch.). Petites Ignorances de la conversation.......... 1
SANDEAU (J.). La Roche aux mouettes.......... 1
SAYOUS. Conseils à une mère sur l'éducation littéraire. 1
— Principes de littérature ... 1
SIMONIN. Histoire de la terre.. 1
STAHL (P.-J.). Contes et Récits de morale familière (OUVRAGE COURONNÉ).......... 1
— Hist. d'un âne et de deux jeunes filles (ouvr. cour... 1

vol.

STAHL (P.-J.). La Famille Chester.......... 1
— Les Patins d'argent.......... 1
— Mon premier voyage en mer.......... 1
STAHL (P.-J.) et DE WAILLY. Les Vacances de Riquet et Madeleine.......... 1
— Mary Bell, William et Lafaine.......... 1
STAHL et MULLER. Le nouveau Robinson suisse.......... 1
SUSANE. Hist. de la cavalerie. 2
THIERS. Histoire de Law.. 1
VALLERY RADOT (René). Journal d'un volontaire d'un an 1
VERNE (Jules). Aventures du capitaine Hatteras..........
— Enfants du capitaine Grant
— Autour de la lune..........
— Aventures de 3 Russes et de 3 Anglais..........
— Cinq Semaines en ballon..........
— De la Terre à la Lune.......... 1
— Histoire des grands voyages et des grands voyageurs 1
— Le Pays des fourrures.... 2
— Tour du monde en 80 jours. 1
— Vingt mille lieues sous les mers.......... 2
— Voyage au centre de la terre 1
— Une Ville flottante.......... 1
— Le docteur Ox.......... 1
— Le Chancellor.......... 1
— L'Ile mystérieuse.......... 2
ZURCHER et MARGOLLÉ. Les Tempêtes.......... 1
— Histoire de la navigation.. 1
— Le Monde sous-marin.... 1

SÉRIE DES VOLUMES IN-18, AVEC GRAVURES

Brochés, **3 fr. 50.** — Cartonnés, tr. dorées, **4 fr. 50**

vol.

ANQUEZ. Histoire de France. 1
BERTRAND (Alex.). Lettres sur les révolutions du globe.. 1
BOISSONNAS (B.). Un vaincu.. 1
FARADAY (M.). Histoire d'une chandelle.......... 1
FRANKLIN (J.). Vie des animaux 6
HIRTZ (Mlle). Méthode de coupe et de confection.... 1

vol.

LAVALLÉE (Th.). Les Frontières de la France.......... 1
MAYNE-REID. William le Mousse 1
— Les Jeunes Esclaves.......... 1
— Le Désert d'eau.......... 1
— Les Chasseurs de girafes... 1
— Naufragés de l'île de Bornéo 1
— La Sœur perdue.......... 1
— Les Planteurs de la Jamaïq. 1
— Les deux Filles du squatter. 1

vol.

MICKIEWICZ (Adam). Histoire populaire de la Pologne.. 1
MORTIMER D'OCAGNE. Les Grandes Ecoles de France. 1
NODIER (Ch.). Contes choisis. 2
SILVA (DE). Le Livre de Maurice.......... 1
SUSANE (général). Histoire de l'artillerie.......... 1
TYNDALL. Dans les montagnes. 1

SÉRIE IN-18. — PRIX DIVERS

fr.

BLOCK (Maurice). Petit Manuel d'économie pratique..... 1
A. BRACHET. Dictionnaire étymolog. de la langue française (ouvr. couronné).... 8
CHENEVIÈRES (DE). Aventures du petit roi saint Louis.... 5
CLAVÉ (J.). Principes d'économie politique.......... 2
GRIMARD (Éd.). La Plante (classific., clefs analyt.)... 5
MACÉ (Jean). Théâtre du petit château.......... 2
MACÉ (Jean). Arithmétique du grand-papa (édit. popul.). 1
— Morale en action.......... 1
SOUVIRON. Dictionn. des termes techniques.......... 6

Paris. — Imp. Gauthier-Villars.

LES ENFANTS
DU
CAPITAINE GRANT
VOYAGE AUTOUR DU MONDE

OUVRAGES DU MÊME AUTEUR

VOLUMES IN-18 : A 3 FR.

AVENTURES DU CAPITAINE HATTERAS :
— LES ANGLAIS AU PÔLE NORD, 19e édition . . . . 1 vol.
— LE DÉSERT DE GLACE, 18e édition . . . . 1 vol.

LES ENFANTS DU CAPITAINE GRANT :
— L'AMÉRIQUE DU SUD, 16e édition . . . . 1 vol.
— L'AUSTRALIE, 14e édition. . . . . 1 vol.
— L'OCÉAN PACIFIQUE, 15e édition . . . . 1 vol.
AVENTURES DE 3 RUSSES ET DE 3 ANGLAIS, 13e édition. . . . 1 vol.
DE LA TERRE A LA LUNE, 21e édition. . . . . 1 vol.
AUTOUR DE LA LUNE, 17e édition. . . . . 1 vol.
CINQ SEMAINES EN BALLON, 33e édition. . . . . 1 vol.
HISTOIRE DES GRANDS VOYAGES ET DES GRANDS VOYAGEURS, 10e édition. . . . . 1 vol.
UNE VILLE FLOTTANTE, suivie des FORCEURS DE BLOCUS, 14e édition. . . . . 1 vol.
VINGT MILLE LIEUES SOUS LES MERS, 18e édition. . . . . . 2 vol.
VOYAGE AU CENTRE DE LA TERRE, 22e édition. . . . . 1 vol.
LE PAYS DES FOURRURES, 12e édition . . . . 2 vol.
LE TOUR DU MONDE EN 80 JOURS, 36e édition. . . . . 1 vol.
LE DOCTEUR OX, 16e édition. . . . . 1 vol.
L'ILE MYSTÉRIEUSE, 1re partie. LES NAUFRAGÉS DE L'AIR, 21e éd. 1 vol.
— 2e partie. L'ABANDONNÉ, 17e édition. . . . 1 vol.
— 3e partie. LE SECRET DE L'ILE. 19e édit. . 1 vol.
LE CHANCELLOR, 17e édition. . . . . 1 vol.
MICHEL STROGOFF, 16e édition. . . . . 2 vol.
UN NEVEU D'AMÉRIQUE, comédie. Prix. 1 50

VOLUMES IN-8 ILLUSTRÉS

AVENTURES DU CAPITAINE HATTERAS. Prix : broché. . . . . . 7 »
CINQ SEMAINES EN BALLON. . . . . 4 »
VOYAGE AU CENTRE DE LA TERRE . . . . 4 »
Ces deux ouvrages réunis en un seul volume . . . . 7 »
DE LA TERRE A LA LUNE. . . . . 4 »
AUTOUR DE LA LUNE. 4 »
Ces deux ouvrages réunis en un seul volume. . . . . . . 7 »
UNE VILLE FLOTTANTE, suivie des FORCEURS DE BLOCUS. . . . 4 »
AVENTURES DE TROIS RUSSES ET DE TROIS ANGLAIS. . . . . . 4 »
Ces deux ouvrages réunis en un seul volume. . . . . . . 7 »
VINGT MILLE LIEUES SOUS LES MERS . . . . 7 »
LE PAYS DES FOURRURES. . . . . 7 »
LE TOUR DU MONDE EN 80 JOURS. . . . . 4 »
LE DOCTEUR OX. . . . . 4 »
Ces deux ouvrages réunis en un seul volume. . . . . . . 7 »
LES ENFANTS DU CAPITAINE GRANT. . . . . 9 »
L'ILE MYSTÉRIEUSE. 9 »
LE CHANCELLOR. . . . . 4 »
MICHEL STROGOFF. . . . . 7 »
GÉOGRAPHIE DE LA FRANCE, par J. VERNE et T. LAVALLÉE. . 10 »

EN PRÉPARATION

HECTOR SERVADAC, voyages et aventures autour du monde solaire.

Typographie Lahure, rue de Fleurus, 9, à Paris.

Ouvrage couronné par l'Académie française

QUINZIÈME ÉDITION

LES ENFANTS DU CAPITAINE GRANT

VOYAGE AUTOUR DU MONDE

PAR

JULES VERNE

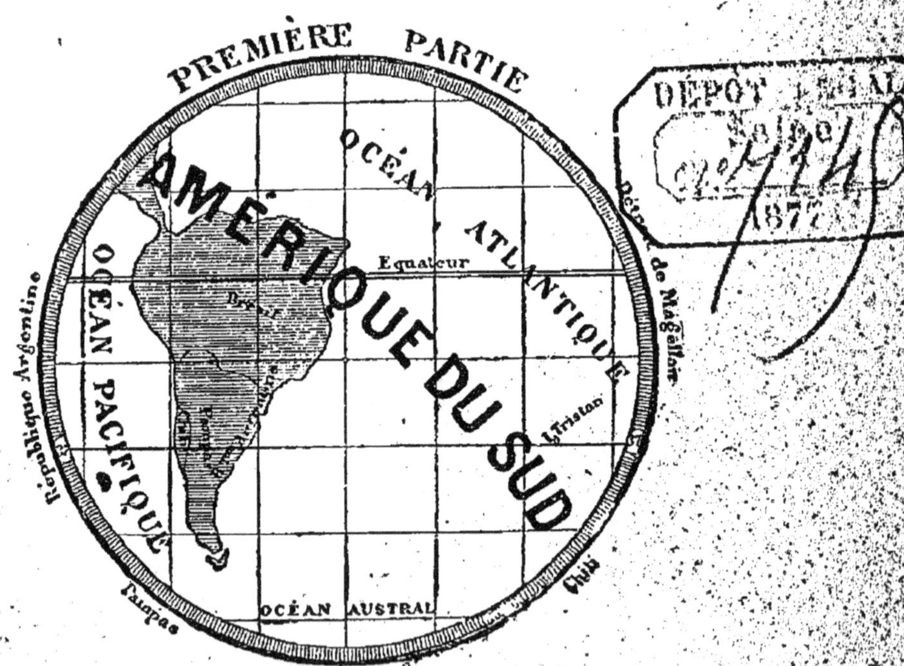

BIBLIOTHÈQUE D'ÉDUCATION ET DE RÉCRÉATION

PARIS. — J. HETZEL ET Cie, RUE JACOB, 18

LES ENFANTS

DU

CAPITAINE GRANT

CHAPITRE PREMIER.

BALANCE-FISH.

Le 26 juillet 1864, par une forte brise du nord-est, un magnifique yacht évoluait à toute vapeur sur les flots du canal du Nord. Le pavillon d'Angleterre battait à sa corne d'artimon; à l'extrémité du grand mât, un guidon bleu portait les initiales E. G., brodées en or et surmontées d'une couronne ducale. Ce yacht se nommait le *Duncan;* il appartenait à lord Glenarvan, l'un des seize pairs écossais qui siégent à la chambre haute, et le membre le plus distingué du « Royal Thames-Yacht-Club, » si célèbre dans tout le Royaume-Uni.

Lord Edward Glenarvan se trouvait à bord avec sa jeune femme, lady Helena, et l'un de ses cousins, le major Mac Nabbs.

Le *Duncan,* nouvellement construit, était venu faire ses essais à quelques milles au dehors du golfe de la Clyde, et cherchait à rentrer à Glasgow; déjà l'île d'Arran se relevait à l'horizon, quand le matelot de vigie signala un énorme poisson qui s'ébattait dans le sillage du yacht. Le capitaine John Mangles fit aussitôt prévenir lord Edward de cette rencontre. Celui-ci monta sur la dunette avec le major Mac Nabbs, et demanda au capitaine ce qu'il pensait de cet animal.

« Vraiment, Votre Honneur, répondit John Mangles, je pense que c'est un requin d'une belle taille.

— Un requin dans ces parages ! s'écria Glenarvan.

— Cela n'est pas douteux, reprit le capitaine ; ce poisson appartient à une espèce de requins qui se rencontre dans toutes les mers et sous toutes les latitudes. C'est le « Balance-fish [1], » et je me trompe fort, où nous avons affaire à l'un de ces coquins-là ! Si Votre Honneur y consent, et pour peu qu'il plaise à lady Glenarvan d'assister à une pêche curieuse, nous saurons bientôt à quoi nous en tenir.

— Qu'en pensez-vous, Mac Nabbs ? dit lord Glenarvan au major ; êtes-vous d'avis de tenter l'aventure ?

— Je suis de l'avis qui vous plaira, répondit tranquillement le major.

— D'ailleurs, reprit John Mangles, on ne saurait trop exterminer ces terribles bêtes. Profitons de l'occasion, et s'il plaît à Votre Honneur, ce sera à la fois un émouvant spectacle et une bonne action.

1. Le balance-fish est ainsi nommé par les marins anglais parce que sa tête présente la forme d'une balance, ou mieux encore la forme d'un double marteau. C'est même pour cette raison qu'en France cet animal est connu sous le nom de requin-marteau.

— Faites, John, » dit lord Glenarvan.

Puis, il envoya prévenir lady Helena, qui le rejoignit sur la dunette, fort tentée vraiment par cette pêche émouvante.

La mer était magnifique; on pouvait facilement suivre à sa surface les rapides évolutions du squale qui plongeait ou s'élançait avec une surprenante vigueur. John Mangles donna ses ordres. Les matelots jetèrent par-dessus les bastingages de tribord une forte corde munie d'un émérillon amorcé avec un épais morceau de lard. Le requin, bien qu'il fût encore à une distance de cinquante yards, sentit l'appât offert à sa voracité. Il se rapprocha rapidement du yacht. On voyait ses nageoires, grises à leur extrémité, noires à leur base, battre les flots avec violence, tandis que son appendice caudal le maintenait dans une ligne rigoureusement droite. A mesure qu'il s'avançait, ses gros yeux saillants apparaissaient enflammés par la convoitise, et ses mâchoires béantes, lorsqu'il se retournait, découvraient une quadruple rangée de dents. Sa tête était large et disposée comme un double marteau au bout d'un manche. John Mangles n'avait pu s'y tromper; c'était là le plus vorace échantillon de la famille des squales, le poisson-balance des Anglais, le poisson-juif des Provençaux.

Les passagers et les marins du *Duncan* suivaient avec une vive attention les mouvements du requin. Bientôt l'animal fut à portée de l'émérillon; il se retourna sur le dos pour le mieux saisir, et l'énorme amorce disparut dans son vaste gosier. Aussitôt, il « se ferra » lui-même, en donnant une violente secousse au câble, et les matelots halèrent le monstrueux squale au moyen d'un palan frappé à l'extrémité de la grande vergue.

Le requin se débattit violemment, en se voyant arracher de son élément naturel; mais on eut raison de sa violence; une corde munie d'un nœud coulant le saisit par la queue, et paralysa ses mouvements. Quelques instants après, il était enlevé au-dessus des bastingages et précipité sur le pont du yacht. Aussitôt, un des marins s'approcha de lui, non sans précaution, et d'un coup de hache porté avec vigueur, il trancha la formidable queue de l'animal.

La pêche était terminée; il n'y avait plus rien à craindre de la part du monstre; la vengeance des marins se trouvait satisfaite, mais non leur curiosité. En effet, il est d'usage à bord de tout navire de visiter soigneusement l'estomac des requins. Les matelots, connaissant sa voracité peu délicate, s'attendent à quelque surprise, et leur attente n'est pas toujours trompée.

Lady Glenarvan ne voulut pas assister à cette sanglante « exploration, » et elle rentra dans la dunette. Le requin haletait encore; il avait dix pieds de long et pesait plus de six cents livres; cette dimension et ce poids n'ont rien d'extraordinaire; mais si le balance-fish n'est pas classé parmi les géants de l'espèce, du moins compte-t-il au nombre des plus redoutables.

Bientôt l'énorme poisson fut éventré à coups de hache, et sans plus de cérémonies. L'émerillon avait pénétré jusque dans l'estomac, qui se trouva absolument vide; évidemment l'animal jeûnait depuis longtemps, et les marins désappointés allaient en jeter les débris à la mer, quand l'attention du maître d'équipage fut attirée par un objet grossier, solidement engagé dans l'un des viscères.

« Eh! qu'est-ce que cela? s'écria-t-il.

— Cela, répondit un des matelots, c'est un morceau de roc que la bête aura avalé pour se lester.

— Bon! reprit un autre, c'est bel et bien un boulet ramé que ce requin-là a reçu dans le ventre, et qu'il n'a pas encore pu digérer.

— Taisez-vous donc, vous autres, répliqua Tom Austin, le second du yacht, ne voyez-vous pas que cet animal était un ivrogne fieffé, et que pour n'en rien perdre il a bu non-seulement le vin, mais encore la bouteille?

— Quoi! s'écria lord Glenarvan, c'est une bouteille que ce requin a dans l'estomac!

— Une véritable bouteille, répondit le maître d'équipage. Mais on voit bien qu'elle ne sort pas de la cave!

— Eh bien, Tom, reprit lord Edward, retirez-la avec précaution; les bouteilles trouvées en mer renferment souvent des documents précieux.

— Vous croyez? dit le major Mac Nabbs.

— Je crois, du moins, que cela peut arriver.

— Oh! je ne vous contredis point, répondit le major, et il y a peut-être là un secret.

— C'est ce que nous allons savoir, dit Glenarvan. Eh bien, Tom?

— Voilà, répondit le second, en montrant un objet informe qu'il venait de retirer, non sans peine, de l'estomac du requin.

— Bon, dit Glenarvan. Faites laver cette vilaine chose, et qu'on la porte dans la dunette. »

Tom obéit, et cette bouteille, trouvée dans des circonstances si singulières, fut déposée sur la table du carré, autour de laquelle prirent place lord Glenarvan, le major Mac Nabbs, le capitaine John Mangles, et lady Helena, car une femme est, dit-on, toujours un peu curieuse.

Tout fait événement en mer; il y eut un moment de silence; chacun interrogeait du regard cette épave fragile. Y avait-il là le secret de tout un désastre, ou seulement un message insignifiant confié au gré des flots par quelque navigateur désœuvré?

Cependant, il fallait savoir à quoi s'en tenir, et Glenarvan procéda sans plus attendre à l'examen de la bouteille; il prit, d'ailleurs, toutes les précautions voulues en pareilles circonstances; on eût dit un coroner[1] relevant les moindres particularités d'une affaire grave; et Glenarvan avait raison, car l'indice le plus insignifiant en apparence peut mettre souvent sur la voie d'une importante découverte.

1. Officier qui fait l'instruction des affaires criminelles.

Avant d'être visitée intérieurement, la bouteille fut examinée à l'extérieur. Elle avait un col effilé, dont le goulot vigoureux portait encore un bout de fil de fer entamé par la rouille ; ses parois très-épaisses et capables de supporter une pression de plusieurs atmosphères, trahissaient une origine évidemment champenoise. Avec ces bouteilles-là, les vignerons d'Aï ou d'Épernay cassent des bâtons de chaise, sans qu'elles aient trace de fêlure. Celle-ci avait donc pu supporter impunément les hasards d'une longue pérégrination.

« Une bouteille de la maison Cliquot, » dit simplement le major.

Et, comme il devait s'y connaître, son affirmation fut acceptée sans conteste.

« Mon cher major, répondit lady Helena, peu importe ce qu'est cette bouteille, si nous ne savons pas d'où elle vient.

— Nous le saurons, ma chère Helena, dit lord Edward, et déjà l'on peut affirmer qu'elle vient de loin. Voyez les matières pétrifiées qui la recouvrent, ces substances minéralisées pour ainsi dire sous l'action des eaux de la mer ! Cette épave avait déjà fait un long séjour dans l'Océan, avant d'aller s'engloutir dans le ventre d'un requin.

— Il m'est impossible de ne pas être de votre avis, répondit le major, et ce vase fragile, protégé par son enveloppe de pierre, a pu faire un long voyage.

— Mais d'ou vient-il ? demanda lady Glenarvan.

— Attendez, ma chère Helena, attendez ; il faut être patient avec les bouteilles. Ou je me trompe fort, ou celle-ci va répondre elle-même à toutes nos questions. »

Et, ce disant, Glenarvan commença à gratter les dures matières qui protégeaient le goulot; bientôt le bouchon apparut, mais fort endommagé par l'eau de mer.

« Circonstance fâcheuse, dit lord Edward, car, s'il se trouve là quelque papier, il sera en fort mauvais état.

— C'est à craindre, répliqua le major.

— J'ajouterai, reprit Glenarvan, que cette bouteille mal bouchée ne pouvait tarder à couler bas, et il est heureux que ce requin l'ait avalée pour nous l'apporter à bord du *Duncan*.

— Sans doute, répondit John Mangles, et cependant, mieux eût valu la pêcher en pleine mer, par une longitude et une latitude bien déterminées. On peut alors, en étudiant les courants atmosphériques et marins, reconnaître le chemin parcouru; mais avec un facteur comme celui-là, avec ces requins qui marchent contre vent et marée, on ne sait plus à quoi s'en tenir.

— Nous verrons bien, » répondit lord Edward.

En ce moment, il enlevait le bouchon avec le plus grand soin, et une forte odeur saline se répandit dans la dunette.

« Eh bien? demanda lady Helena, avec une impatience toute féminine.

— Oui! dit Glenarvan, je ne me trompais pas! il y a là des papiers!

— Des documents! des documents! s'écria lady Helena.

— Seulement, répondit Glenarvan, ils paraissent être rongés par l'humidité, et il est impossible de les retirer, car ils adhèrent aux parois de la bouteille.

— Cassons-la, dit Mac Nabbs.

— J'aimerais mieux la conserver intacte, répliqua Glenarvan.

— Moi aussi, répondit le major.

— Sans nul doute, dit lady Helena, mais le contenu est plus précieux que le contenant, et il vaut mieux sacrifier celui-ci à celui-là.

— Que Votre Honneur détache seulement le goulot, dit John Mangles, et cela permettra de retirer le document sans l'endommager.

— Voyons! voyons! mon cher Edward, » s'écria lady Glenarvan.

Il était difficile de procéder d'une autre façon, et quoi qu'il en eût, lord Glenarvan se décida à briser le goulct de la précieuse bouteille. Il fallut employer le marteau, car l'envèloppe pierreuse avait acquis la dureté du granit. Bientôt ses débris tombèrent sur la table, et l'on aperçut plusieurs fragments de papiers adhérents les uns aux autres. Glenarvan les retira avec précaution, les sépara, et les étala devant ses yeux, pendant que lady Helena, le major et le capitaine se pressaient autour de lui.

CHAPITRE II.

LES TROIS DOCUMENTS.

Ces morceaux de papier, à demi détruits par l'eau de mer, laissaient apercevoir quelques mots seulement, restes indéchiffrables de lignes presque entièrement effacées. Pendant quelques minutes, lord Glenarvan les examina avec attention ; il les retourna dans tous les sens ; il les exposa à la lumière du jour ; il observa les moindres traces d'écriture respectées par la mer ; puis, il regarda ses amis qui le considéraient d'un œil anxieux.

« Il y a là, dit-il, trois documents distincts, et vraisemblablement trois copies du même document traduit en trois langues, l'un anglais, l'autre français, le troisième allemand. Les quelques mots qui ont résisté ne me laissent aucun doute à cet égard.

— Mais au moins, ces mots présentent-ils un sens ? demanda lady Glenarvan.

— Il est difficile de se prononcer, ma chère Helena ; les mots tracés sur ces documents sont fort incomplets.

— Peut-être se complètent-ils l'un par l'autre ? dit le major.

— Cela doit être, répondit John Mangles ; il est impossible que l'eau de mer ait rongé ces lignes précisément aux mêmes endroits, et en rapprochant ces lambeaux de phrase, nous finirons par leur trouver un sens intelligible.

— C'est ce que nous allons faire, dit lord Glenarvan, mais procédons avec méthode. Voici d'abord le document anglais. »

Ce document présentait la disposition suivante de lignes et de mots :

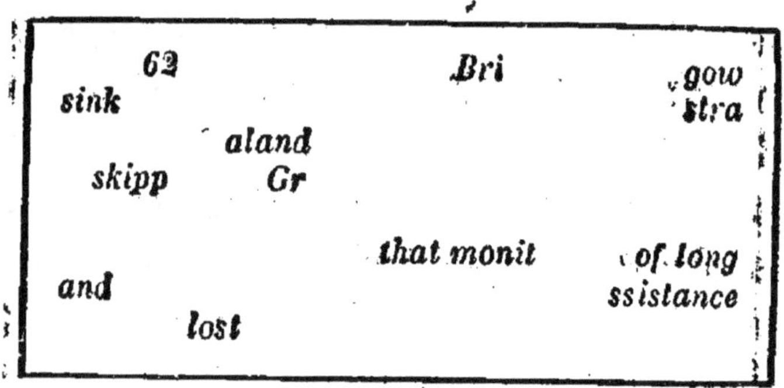

« Voilà qui ne signifie pas grand'chose, dit le major d'un air désappointé.

— Quoi qu'il en soit, répondit le capitaine, c'est là du bon anglais.

— Il n'y a pas de doute à cet égard, dit lord Glenarvan, les mots *sink, aland, that, and, lost* sont intacts; *skipp* forme évidemment le mot *skipper,* et il est question d'un sieur Gr..., probablement le capitaine d'un bâtiment naufragé [1].

1. Les mots *sink, aland, that, and, lost,* signifient, en français, *sombrer, à terre, ce, et, perdu. Skipper* est le nom qu'on donne, en Angleterre, aux capitaines de la marine marchande. *Monition* veut dire *document,* et *assistance* signifie *secours.*

— Ajoutons, dit John Mangles, les mots *monit* et *ssistance* dont l'interprétation est évidente.

— Eh mais! c'est déjà quelque chose, cela, répondit lady Helena.

— Malheureusement, répondit le major, il nous manque des lignes entières. Comment retrouver le nom du navire perdu, le lieu du naufrage?...

— Nous les retrouverons, dit lord Edward.

— Cela n'est pas douteux, répliqua le major, qui était invariablement de l'avis de tout le monde, mais de quelle façon?

— En complétant un document par l'autre

— Cherchons donc! » s'écria lady Helena.

Le second morceau de papier, plus endommagé que le précédent, n'offrait que des mots isolés et disposés de cette manière :

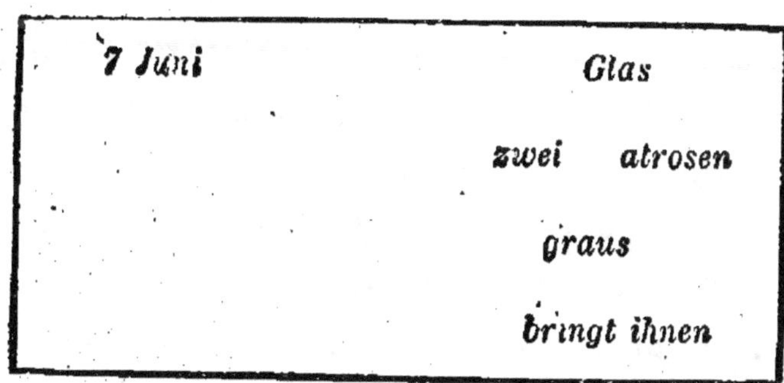
7 Juni *Glas*
zwei *atrosen*
graus
bringt ihnen

« Ceci est écrit en allemand, dit John Mangles, dès qu'il eut jeté les yeux sur ce papier.

— Et vous connaissez cette langue, John? demanda Glenarvan.

— Parfaitement, Votre Honneur.

— Eh bien, dites-nous ce que signifient ces quelques mots. »

Le capitaine examina le document avec attention, et s'exprima en ces termes :

« D'abord, nous voilà fixés sur la date de l'événement. *7 Juni* veut dire *7 juin*, et en rapprochant ce chiffre des chiffres fournis par le document anglais *62* nous avons cette date complète, *27 juin 1862*.

— Très-bien, s'écria lady Helena, continuez, John.

— Sur la même ligne, reprit le jeune capitaine, je trouve le mot *Glas* qui, rapproché du mot *gow* fourni par le premier document, donne *Glasgow*. Il s'agit évidemment d'un navire du port de Glasgow.

— C'est mon opinion, répondit le major.

— La seconde ligne du document manque tout entière, reprit John Mangles. Mais sur la troisième, je rencontre deux mots importants; *zwei* qui veut dire *deux*, et *atrosen*, ou mieux *matrosen*, dont la signification est *matelots* en langue allemande.

— Ainsi donc, dit lady Helena, il s'agirait d'un capitaine et de deux matelots.

— C'est probable, répondit lord Glenarvan.

— J'avouerai à Votre Honneur, reprit le capitaine, que le mot suivant *graus* m'embarrasse. Je ne sais comment le traduire. Peut-être le troisième document nous le fera-t-il comprendre. Quant aux deux derniers mots, ils s'expliquent sans difficulté. *Bringt ihnen* signifie *portez-leur*, et si on les rapproche du mot anglais situé comme eux sur la septième ligne du premier document, je veux dire du mot *assistance*, la phrase *portez-leur secours* se dégage toute seule.

— Oui ! portez-leur secours ! dit lord Edward, mais où se trouvent ces malheureux? Jusqu'ici nous n'avons pas une seule indication de lieu, et le théâtre de la catastrophe est absolument inconnu.

— Espérons que le document français sera plus explicite, dit lady Helena.

— Voyons le document français, répondit Glenarvan, et comme nous connaissons tous cette langue, nos recherches seront plus faciles. »

Voici le fac-simile exact du troisième document.

trois ats tannia
gonie austral
abor
contin pr cruel indi
jeté ongit
et 37° 11' lat

« Il y a des chiffres, s'écria lady Helena. Voyez, messieurs, voyez !...

— Procédons avec ordre, dit lord Glenarvan, et commençons par le commencement. Permettez-moi de relever un à un ces mots épars et incomplets. Je vois d'abord, dès les premières lettres, qu'il s'agit d'un trois-mâts, dont le nom, grâce aux documents anglais et français, nous est entièrement conservé : le *Britannia*.

Des deux mots suivants *gonie* et *austral*, le dernier seul a une signification que vous comprenez tous.

— Voilà déjà un détail précieux, répondit John Mangles; le naufrage a eu lieu dans l'hémisphère austral.

— C'est vague, dit le major.

— Je continue, reprit lord Edward. Ah! le mot *abor*, le radical du verbe *aborder*. Ces malheureux ont abordé quelque part. Mais où? *Contin!* Est-ce donc sur un continent? *cruel!*...

— *Cruel!* s'écria John Mangles, mais voilà l'explication du mot allemand, *graus*.... *grausam*... *cruel!*

— Continuons! continuons! dit Glenarvan, dont l'intérêt était violemment surexcité à mesure que le sens de ces mots incomplets se dégageait à ses yeux. *Indi*..., s'agit-il donc de l'*Inde* où ces matelots auraient été jetés? Que signifie ce mot *ongit?* Ah! *longitude?* Et voici la latitude: *trente-sept degrés onze minutes*. Enfin! nous avons donc une indication précise.

— Mais la longitude manque, dit Mac Nabbs.

— On ne peut pas tout avoir, mon cher major, répondit lord Edward, et c'est quelque chose qu'un degré exact de latitude. Décidément, ce document français est le plus complet des trois. Il est évident que chacun d'eux était la traduction littérale des autres, car ils contiennent tous le même nombre de lignes. Il faut donc maintenant les réunir, les traduire en une seule langue, et chercher leur sens le plus probable, le plus logique et le plus explicite.

— Est-ce en français, demanda le major, en anglais ou en allemand que vous allez faire cette traduction?

— En français, répondit Glenarvan, puisque la plupart des mots intéressants nous ont été conservés dans cette langue.

— Votre Honneur a raison, dit John Mangles, et d'ailleurs ce langage nous est familier.

— C'est entendu. Je vais écrire ce document en réunissant ces restes de mots et ces lambeaux de phrase, en respectant les intervalles qui les séparent, en complétant ceux dont le sens ne peut être douteux; puis, nous comparerons et nous jugerons. »

Glenarvan prit aussitôt la plume, et quelques instants après il présentait à ses amis un papier sur lequel étaient tracées les lignes suivantes :

7 juin 1862 trois-mâts Britannia Glasgow
sombré gonie austral
à terre deux matelots
capitaine Gr abor
contin pr cruel indi
jeté ce document de longitude
et 37° 1' de latitude Portez-leur secours
perdus.

En ce moment, un matelot vint prévenir le capitaine que le *Duncan* embouquait le golfe de la Clyde, et il demanda ses ordres.

« Quelles sont les intentions de Votre Honneur? dit John Mangles en s'adressant à lord Glenarvan.

— Gagner Dumbarton au plus vite, John; puis, tandis

que lady Helena retournera à Malcolm-Castle, j'irai jusqu'à Londres soumettre ce document à l'Amirauté. »

John Mangles donna ses ordres en conséquence, et le matelot alla les transmettre au second.

« Maintenant, mes amis, dit lord Edward, continuons nos recherches. Nous sommes sur les traces d'une grande catastrophe. La vie de quelques hommes dépend de notre sagacité. Employons donc toute notre intelligence à deviner le mot de cette malheureuse énigme.

— Nous sommes prêts, mon cher Edward, répondit lady Helena.

— Tout d'abord, reprit Glenarvan, il faut considérer trois choses bien distinctes dans ce document : 1° les choses que l'on sait; 2° celles que l'on peut conjecturer; 3° celles qu'on ne sait pas. Que savons-nous? Nous savons que le 7 juin 1862 un trois-mâts, le *Britannia,* de Glasgow, a sombré; que deux matelots et le capitaine ont jeté ce document à la mer par 37° 11′ de latitude, et qu'ils demandent du secours.

— Parfaitement, répliqua le major.

— Que pouvons-nous conjecturer? reprit Glenarvan. D'abord, que le naufrage a eu lieu dans les mers australes, et tout de suite j'appellerai votre attention sur le mot *gonie*. Ne vient-il pas de lui-même indiquer le nom du pays auquel il appartient?

— La Patagonie! s'écria lady Helena.

— Sans doute.

— Mais la Patagonie est-elle traversée par le trente-septième parallèle? demanda le major.

— Cela est facile à vérifier, répondit John Mangles en déployant une carte de l'Amérique méridionale. C'est bien cela. La Patagonie est effleurée par ce trente-septième parallèle. Il coupe l'Araucanie, longe à travers les Pampas le nord des terres patagones, et va se perdre dans l'Atlantique.

— Bien. Continuons nos conjectures. Les deux matelots et le capitaine *abor*,... abordent quoi? *contin*.... le continent; vous entendez, un continent et non pas une île. Que deviennent-ils? Vous avez là deux lettres providentielles *pr*.... qui vous apprennent leur sort. Ces malheureux, en effet, sont *pris* ou *prisonniers*. De qui? de *cruels Indiens*. Êtes vous convaincus? Est-ce que les mots ne sautent pas d'eux-mêmes dans les places vides? Est-ce que ce document ne s'éclaircit pas à vos yeux? Est-ce que la lumière ne se fait pas dans votre esprit? »

Glenarvan parlait avec conviction; ses yeux respiraient une confiance absolue. Tout son feu se communiquait à ses auditeurs. Comme lui, ils s'écrièrent : « C'est évident! c'est évident! »

Lord Edward, après un instant, reprit en ces termes :

« Toutes ces hypothèses, mes amis, me semblent extrêmement plausibles; pour moi, la catastrophe a eu lieu sur les côtes de la Patagonie. D'ailleurs, je ferai demander à Glasgow quelle était la destination du *Bri-*

tannia, et nous saurons s'il a pu être entraîné dans ces parages.

— Oh ! nous n'avons pas besoin d'aller chercher si loin, répondit John Mangles. J'ai ici la collection de la *Mercantile and Shipping Gazette*, qui nous fournira des indications précises.

— Voyons, voyons ! » dit lady Glenarvan.

John Mangles prit une liasse de journaux de l'année 1862, et se mit à la feuilleter rapidement. Ses recherches ne furent pas longues, et bientôt il dit avec un accent de satisfaction :

« 30 mai 1862. Pérou ! le Callao ! en charge pour Glasgow, *Britannia*, capitaine Grant.

— Grant ! s'écria lord Glenarvan ; ce hardi Écossais, qui a voulu fonder une Nouvelle-Écosse dans les mers du Pacifique !

— Oui, répondit John Mangles, celui-là même qui, en 1861, s'est embarqué à Glasgow sur le *Britannia*, et dont on n'a jamais eu de nouvelles.

— Plus de doute ! plus de doute ! dit Glenarvan. C'est bien lui. Le *Britannia* a quitté le Callao le 30 mai, et le 7 juin, huit jours après son départ, il s'est perdu sur les côtes de la Patagonie. Voilà son histoire tout entière dans ces restes de mots qui semblaient indéchiffrables. Vous voyez, mes amis, que la part est belle des choses que nous pouvions conjecturer. Quant à celles que nous ne savons pas, elles se réduisent à une seule, au degré de longitude qui nous manque.

— Il nous est inutile, répondit John Mangles, puisque le pays est connu, et avec la latitude seule, je me chargerais d'aller droit au théâtre du naufrage.

— Nous savons tout alors? dit lady Glenarvan.

— Tout, ma chère Helena, et ces blancs que la mer a laissés entre les mots du document, je vais les remplir sans peine, comme si j'écrivais sous la dictée du capitaine Grant. »

Aussitôt lord Glenarvan reprit la plume, et il rédigea sans hésiter la note suivante :

> *Le* 7 juin 1862, *le* trois-mâts Britannia *de* Glasgow *a* sombré *sur les côtes de la* Patagonie *dans l'hémisphère* austral. *Se dirigeant* à terre, deux matelots *et* le capitaine *Grant vont tenter d'*aborder *le* contin*ent où ils seront* pri*sonniers de* cruels Indi*ens*. *Ils ont* jeté ce document *par* *degrés de* lon*gitude* et 37° 11' de lat*itude*. Portez-leur secours, *ou ils sont* perdus.

« Bien ! bien ! mon cher Edward, dit lady Helena, et si ces malheureux revoient leur patrie, c'est à vous qu'ils devront ce bonheur.

— Et ils la reverront, répondit Glenarvan. Ce document est trop explicite, trop clair, trop certain, pour que l'Angleterre hésite à venir au secours de trois de ses enfants abandonnés sur une côte déserte. Ce qu'elle a fait pour Franklin et tant d'autres, elle le fera aujourd'hui pour les naufragés du *Britannia* !

— Mais ces malheureux, reprit lady Helena, ont sans dout[illegible] qui pleure leur perte. Peut-être ce pauvre capitaine Grant a-t-il une femme, des enfants....

— Vous avez raison, ma chère lady, et je me charge de leur apprendre que tout espoir n'est pas encore perdu. Maintenant, mes amis, remontons sur la dunette, car nous devons approcher du port. »

En effet, le *Duncan* avait forcé de vapeur; il longeait en ce moment les rivages de l'île de Bute, et laissait la vallée de Rothesay sur tribord avec sa charmante petite ville couchée dans sa fertile vallée; puis il s'élança dans les passes rétrécies du golfe, évolua devant Greenock, et, à six heures du soir, il mouillait au pied du rocher basaltique de Dumbarton, couronné par le célèbre château de Wallace, le héros écossais.

Là, une voiture attelée en poste attendait lady Helena pour la reconduire à Malcom-Castle avec le major Mac Nabbs. Puis lord Glenarvan, après avoir embrassé sa jeune femme, s'élança dans l'express du rail-way de Glasgow.

Mais avant de partir il avait confié à un agent plus rapide une note importante, et le télégraphe électrique, quelques minutes après, apportait au *Times* et au *Morning-Chronicle* un avis rédigé en ces termes :

« Pour renseignements sur le sort du trois-mâts « *Britannia* de Glasgow, capitaine Grant, s'adresser à « lord Glenarvan, Malcom-Castle, Luss, comté de « Dumbarton, Écosse. »

CHAPITRE III.

MALCOLM-CASTLE.

Le château de Malcolm, l'un des plus poétiques des Highlands[1], est situé auprès du village de Luss, dont il domine le joli vallon. Les eaux limpides du lac Lomond baignent le granit de ses murailles. Depuis un temps immémorial, il appartenait à la famille Glenarvan qui conserva dans le pays de Rob-Roy et de Fergus Mac Gregor les usages hospitaliers des vieux héros de Walter Scott. A l'époque où s'accomplit la révolution sociale en Écosse, grand nombre de vassaux furent chassés, qui ne pouvaient payer de gros fermages aux anciens chefs de clans; les uns moururent de faim; ceux-ci se firent pêcheurs; d'autres émigrèrent. C'était un désespoir général. Seuls entre tous, les Glenarvan crurent que la fidélité liait les grands comme les petits, et ils demeurèrent fidèles à leurs tenanciers. Pas un ne quitta le toit qui l'avait vu naître; nul n'abandonna la terre où reposaient ses ancêtres; tous restèrent au clan de leurs anciens seigneurs. Aussi, à cette époque même,

1. Hautes terres d'Écosse.

dans ce siècle de désaffection et de désunion, la famille Glenarvan ne comptait que des Écossais au château de Malcolm comme à bord du *Duncan;* tous descendaient des vassaux de Mac Gregor, de Mac Farlane, de Mac Nabbs, de Mac Naugthons, c'est-à-dire qu'ils étaient enfants des comtés de Stirling et de Dumbarton : braves gens dévoués corps et âme à leur maître, et dont quelques uns parlaient encore le gaélique de la vieille Calédonie.

Lord Glenarvan possédait une fortune immense; il l'employait à faire beaucoup de bien; sa bonté l'emportait encore sur sa générosité, car l'une était infinie, si l'autre avait forcément des bornes. Le seigneur de Luss, le « laird » de Malcolm, représentait son comté à la chambre des lords. Mais avec ses idées jacobites, peu soucieux de plaire à la maison de Hanovre, il était assez mal vu des hommes d'État d'Angleterre, et surtout par ce motif qu'il s'en tenait aux traditions de ses aïeux, et résistait énergiquement aux empiétements politiques de « ceux du Sud. »

Ce n'était pourtant pas un homme arriéré que lord Edward Glenarvan, ni de petit esprit, ni de mince intelligence; mais tout en tenant les portes de son comté largement ouvertes au progrès, il restait Écossais dans l'âme, et c'était pour la gloire de l'Écosse qu'il allait lutter avec ses yachts de course dans les « matches » du Royal Thames-Yacht-Club.

Edward Glenarvan avait trente deux ans; sa taille

était grande, ses traits un peu sévères, son regard d'une douceur infinie, sa personne tout empreinte de la poésie highlandaise. On le savait brave à l'excès, entreprenant, chevaleresque, un Fergus du XIXe siècle, mais bon par-dessus toutes choses, meilleur que saint Martin lui-même, car il eût donné son manteau tout entier aux pauvres gens des hautes terres.

Lord Glenarvan était marié depuis trois mois à peine; il avait épousé miss Helena Tuffnel, la fille du grand voyageur William Tuffnel, l'une des nombreuses victimes de la science géographique et de la passion des découvertes.

Miss Helena n'appartenait pas à une famille noble, mais elle était Écossaise, ce qui valait toutes les noblesses aux yeux de lord Glenarvan; de cette jeune personne charmante, courageuse, dévouée, le seigneur de Luss avait fait la compagne de sa vie. Un jour, il la rencontra vivant seule, orpheline, à peu près sans fortune, dans la maison de son père à Kilpatrick. Il comprit que la pauvre fille ferait une vaillante femme; il l'épousa. Miss Helena avait vingt-deux ans; c'était une jeune personne blonde, aux yeux bleus comme l'eau des lacs écossais par un beau matin du printemps. Son amour pour son mari l'emportait encore sur sa reconnaissance. Elle l'aimait comme si elle eût été la riche héritière, et lui, l'orphelin abandonné. Quant à ses fermiers et à ses serviteurs, ils étaient prêts à donner leur vie pour celle qu'ils nommaient : « Notre bonne dame de Luss. «

Lord Glenarvan et lady Helena vivaient heureux à Malcolm-Castle, au milieu de cette nature superbe et sauvage des Highlands, se promenant sous les sombres allées de marronniers et de sycomores, aux bords du lac où retentissaient encore les pibrochs[1] du vieux temps, au fond de ces gorges incultes dans lesquelles l'histoire de l'Écosse est écrite en ruines séculaires. Un jour ils s'égaraient dans les bois de bouleaux ou de mélèzes, au milieu des vastes champs de bruyères jaunies; un autre, ils gravissaient les sommets abrupts du Ben Lomond, ou couraient à cheval à travers les glens abandonnés, étudiant, comprenant, admirant cette poétique contrée encore nommée « le pays de Rob-Roy,» et tous ces sites célèbres, si vaillamment chantés par Walter Scott. Le soir, à la nuit tombante, quand « la lanterne de Mac Farlane » s'allumait à l'horizon, ils allaient errer le long des bartazennes, vieille galerie circulaire qui faisait un collier de créneaux au château de Malcolm, et là, pensifs, oubliés et comme seuls au monde, assis sur quelque pierre détachée, au milieu du silence de la nature, sous les pâles rayons de la lune, tandis que la nuit se faisait peu à peu au sommet des montagnes assombries, ils demeuraient ensevelis dans cette limpide extase et ce ravissement intime dont les cœurs aimants ont seuls le secret sur la terre.

Ainsi se passèrent les premiers mois de leur mariage.

1. Chants de guerre.

Mais lord Glenarvan n'oubliait pas que sa femme était fille d'un grand voyageur; il se dit que lady Helena devait avoir dans le cœur toutes les aspirations de son père, et il ne se trompait pas. Le *Duncan* fut construit; il était destiné à transporter lord et lady Glenarvan vers les plus beaux pays du monde, sur les flots de la Méditerranée, et jusqu'aux îles de l'Archipel. Que l'on juge de la joie de lady Helena quand son mari mit le *Duncan* à ses ordres. En effet, est-il un plus grand bonheur que de promener son amour vers ces contrées charmantes de la Grèce, et de voir se lever la lune de miel sur les rivages enchantés de l'Orient?

Cependant lord Glenarvan était parti pour Londres. Mais il s'agissait du salut de malheureux naufragés; aussi, de cette absence momentanée, lady Helena se montra-t-elle plus impatiente que triste; le lendemain, une dépêche de son mari lui fit espérer un prompt retour; le soir, une lettre demanda une prolongation; les propositions de lord Glenarvan éprouvaient quelques difficultés; le surlendemain, nouvelle lettre, dans laquelle lord Glenarvan ne cachait pas son mécontentement à l'égard de l'Amirauté.

Ce jour-là, lady Helena commença à être inquiète. Le soir, elle se trouvait seule dans sa chambre, quand l'intendant du château, Mr. Halbert, vint lui demander si elle voulait recevoir une jeune fille et un jeune garçon qui désiraient parler à lord Glenarvan.

« Des gens du pays? dit lady Helena.

— Non, madame, répondit l'intendant, car je ne les connais pas. Ils viennent d'arriver par le chemin de fer de Balloch, et de Balloch à Luss ils ont fait la route à pied.

— Priez-les de monter, Halbert, » dit lady Glenarvan.

L'intendant sortit. Quelques instants après, la jeune fille et le jeune garçon furent introduits dans la chambre de lady Helena. C'était une sœur et un frère; à leur ressemblance on ne pouvait en douter. La sœur avait seize ans. Sa jolie figure un peu fatiguée, ses yeux qui avaient dû pleurer souvent, sa physionomie résignée, mais courageuse, sa mise pauvre, mais propre, prévenaient en sa faveur. Elle tenait par la main un garçon de douze ans à l'air décidé, et qui semblait prendre sa sœur sous sa protection. Vraiment! quiconque eût manqué à la jeune fille aurait eu affaire à ce petit bonhomme!

La sœur demeura un peu interdite en se trouvant devant lady Helena. Celle-ci se hâta de prendre la parole.

« Vous désirez me parler? dit-elle en encourageant la jeune fille du regard.

— Non, répondit le jeune garçon d'un ton déterminé, pas à vous, mais à lord Glenarvan lui-même.

— Excusez-le, madame, dit alors la sœur en regardant son frère.

— Lord Glenarvan n'est pas au château, reprit lady Helena; mais je suis sa femme, et si je puis le remplacer auprès de vous...

— Vous êtes lady Glenarvan? dit la jeune fille.

— Oui, miss.

— La femme de lord Glenarvan de Malcom-Castle, qui a publié dans le *Times* une note relative au naufrage du *Britannia?*

— Oui! oui! répondit lady Helena avec empressement, et vous?...

— Je suis miss Grant, madame, et voici mon frère.

— Miss Grant, miss Grant! s'écria lady Helena en attirant la jeune fille près d'elle, en lui prenant les mains, en baisant les bonnes joues du petit bonhomme.

— Madame, reprit la jeune fille, que savez-vous du naufrage de mon père? Est-il vivant? Le reverrons-nous jamais? Parlez, je vous en supplie!

— Ma chère enfant, dit lady Helena, Dieu me garde de vous répondre légèrement dans une semblable circonstance; je ne voudrais pas vous donner une espérance illusoire...

— Parlez, madame, parlez! je suis forte contre la douleur et je puis tout entendre.

— Ma chère enfant, répondit lady Helena, l'espoir est bien faible; mais avec l'aide de Dieu qui peut tout, il est possible que vous revoyiez un jour votre père.

— Mon Dieu! mon Dieu! » s'écria miss Grant qui ne put contenir ses larmes, tandis que Robert couvrait de baisers les mains de lady Glenarvan.

Lorsque le premier accès de cette joie douloureuse fut

passé, la jeune fille se laissa aller à faire des questions sans nombre; lady Helena lui raconta l'histoire du document, comment le *Britannia* s'était perdu sur les côtes de la Patagonie, de quelle manière, après le naufrage, le capitaine et deux matelots, seuls survivants, devaient avoir gagné le continent; enfin comment ils imploraient le secours du monde entier dans ce document écrit en trois langues et abandonné aux caprices de l'Océan.

Pendant ce récit, Robert Grant dévorait des yeux lady Helena; sa vie était suspendue à ses lèvres; son imagination d'enfant lui retraçait les scènes terribles dont son père avait dû être la victime; il le voyait sur le pont du *Britannia;* il le suivait au sein des flots; il s'accrochait avec lui aux rochers de la côte; il se traînait haletant sur le sable et hors de la portée des vagues. Plusieurs fois, pendant cette histoire, des paroles s'échappèrent de sa bouche.

« Oh! papa! mon pauvre papa! » s'écriait-il en se pressant contre sa sœur.

Quant à miss Grant, elle écoutait, joignant les mains, et ne prononça pas une seule parole, jusqu'au moment où, le récit terminé, elle dit : « Oh! madame! le document! le document!

— Je ne l'ai plus, ma chère enfant, répondit lady Helena.

— Vous ne l'avez plus?

— Non; dans l'intérêt même de votre père, il a dû

être porté à Londres par lord Glenarvan; mais je vous ai dit tout ce qu'il contenait mot pour mot, et comment nous sommes parvenus à en retrouver le sens exact; parmi ces lambeaux de phrases presque effacés, les flots ont respecté quelques chiffres; malheureusement, la longitude...

— On s'en passera! s'écria le jeune garçon.

— Oui, monsieur Robert, répondit Helena en souriant à le voir si déterminé. Ainsi, vous le voyez, miss Grant, les moindres détails de ce document vous sont connus comme à moi.

— Oui, madame, répondit la jeune fille, mais, j'aurais voulu voir l'écriture de mon père.

— Eh bien, demain, demain peut-être, lord Glenarvan sera de retour. Mon mari, muni de ce document incontestable, a voulu le soumettre aux commissaires de l'Amirauté, afin de provoquer l'envoi immédiat d'un navire à la recherche du capitaine Grant.

— Est-il possible, madame! s'écria la jeune fille; vous avez fait cela pour nous?

— Oui, ma chère miss, et j'attends lord Glenarvan d'un instant à l'autre.

— Madame, dit la jeune fille avec un profond accent de reconnaissance et une religieuse ardeur, lord Glenarvan et vous, soyez bénis du ciel!

— Chère enfant, répondit lady Helena, nous ne méritons aucun remercîment; toute autre personne à notre place eût fait ce que nous avons fait. Puissent se réaliser les espérances que je vous ai laissé concevoir! Jusqu'au retour de lord Glenarvan, vous demeurerez au château...

— Madame, répondit la jeune fille, je ne voudrais pas abuser de la sympathie que vous témoignez à des étrangers...

— Étrangers, chère enfant; ni votre frère ni vous, vous n'êtes des étrangers dans cette maison, et je veux qu'à son arrivée lord Glenarvan apprenne aux enfants du capitaine Grant ce que l'on va tenter pour sauver leur père. »

Il n'y avait pas à refuser une offre faite avec tant de cœur. Il fut donc convenu que miss Grant et son frère attendraient à Malcolm-Castle le retour de lord Glenarvan.

CHAPITRE IV.

UNE PROPOSITION DE LADY GLENARVAN.

Pendant cette conversation, lady Helena n'avait point parlé des craintes exprimées dans les lettres de lord Glenarvan sur l'accueil fait à sa demande par les commissaires de l'Amirauté. Pas un mot non plus ne fut dit touchant la captivité probable du capitaine Grant chez les Indiens de l'Amérique méridionale. A quoi bon attrister ces pauvres enfants sur la situation de leur père et diminuer l'espérance qu'ils venaient de concevoir? Cela ne changeait rien aux choses. Lady Helena s'était donc tue à cet égard, et, après avoir satisfait à toutes les questions de miss Grant, elle l'interrogea à son tour sur sa vie, sur sa situation dans ce monde où elle semblait être la seule protectrice de son frère.

Ce fut une touchante et simple histoire qui accrut encore la sympathie de lady Glenarvan pour la jeune fille.

Miss Mary et Robert Grant étaient les seuls enfants du capitaine. Harry Grant avait perdu sa femme à la naissance de Robert, et pendant ses voyages au long cours il laissait ses enfants aux soins d'une bonne et vieille cousine. C'était un hardi marin que le capitaine Grant, un homme sachant bien son métier, bon navigateur et bon négociant tout à la fois, réunissant ainsi une double aptitude précieuse aux skippers de la marine marchande. Ses enfants et lui habitaient la ville de Dundee, dans le comté de Perth, en Écosse. Le capitaine Grant était donc un enfant du pays; son père, un ministre de Sainte-Katrine Church, lui avait donné une éducation complète, pensant que cela ne peut jamais nuire à personne, pas même à un capitaine au long cours.

Pendant ses premiers voyages d'outre-mer, comme

second d'abord, et enfin en qualité de skipper, ses affaires réussirent, et quelques années après la naissance de Robert Harry il se trouvait possesseur d'une petite fortune.

C'est alors qu'une grande idée lui vint à l'esprit, qui rendit son nom populaire en Écosse. Comme les Glenarvan, et quelques grandes familles des Lowlands, il était séparé de cœur, sinon de fait, de l'envahissante Angleterre. Les intérêts de son pays ne pouvaient être à ses yeux ceux des Anglo-Saxons, et pour leur donner un développement personnel il résolut de fonder une vaste colonie écossaise dans un des continents de l'Océanie. Rêvait-il pour l'avenir cette indépendance dont les États-Unis avaient donné l'exemple, cette indépendance que les Indes et l'Australie ne peuvent manquer de conquérir un jour? Peut-être. Peut-être aussi laissa-t-il percer ses secrètes espérances. On comprend donc que le gouvernement refusa de prêter la main à son projet de colonisation; il créa même au capitaine Grant des difficultés qui dans tout autre pays eussent tué leur homme. Mais Harry ne se laissa pas abattre; il fit appel au patriotisme de ses compatriotes, mit sa fortune au service de sa cause, construisit un navire, et, secondé par un équipage d'élite, après avoir confié ses enfants aux soins de sa vieille cousine, il partit pour explorer les grandes îles du Pacifique. C'était en l'année 1861. Pendant un an, jusqu'en mai 1862, on eut de ses nouvelles; mais depuis son départ du Callao, au mois de juin, personne n'entendit plus parler du *Britannia*, et la *Gazette maritime* devint muette sur le sort du capitaine.

Ce fut dans ces circonstances-là que mourut la vieille cousine d'Harry Grant, et les deux enfants restèrent seuls au monde.

Mary Grant avait alors quatorze ans; son âme vaillante ne recula pas devant la situation qui lui était faite, et elle se dévoua tout entière à son frère encore enfant. Il fallait l'élever, l'instruire. A force d'économies, de prudence et de sagacité, travaillant nuit et jour, se donnant toute à lui, se refusant tout à elle, la sœur suffit à l'éducation du frère, et remplit courageusement ses devoirs maternels.

Les deux enfants vivaient donc à Dundee dans cette situation touchante d'une misère noblement acceptée, mais vaillamment combattue. Mary ne songeait qu'à son frère, et rêvait pour lui quelque heureux avenir. Pour elle, hélas! le *Britannia* était à jamais perdu, et son père mort, bien mort. Il faut donc renoncer à peindre son émotion, quand la note du *Times* que le hasard jeta sous ses yeux la tira subitement de son désespoir.

Il n'y avait pas à hésiter; son parti fut pris immédiatement. Dût-elle apprendre que le corps du capitaine Grant avait été retrouvé sur une côte déserte, au fond d'un navire désemparé, cela valait mieux que ce doute incessant, cette torture éternelle de l'inconnu.

Elle dit tout à son frère; le jour même, les deux

enfants prirent le chemin de fer de Perth, et le soir ils arrivèrent à Malcolm-Castle, où Mary, après tant d'angoisses, se reprit à espérer.

Voilà cette douloureuse histoire que Mary Grant raconta à lady Glenarvan, d'une façon simple, et sans songer qu'en tout ceci, pendant ces longues années d'épreuves, elle s'était conduite en fille héroïque; mais lady Helena y songea pour elle, et à plusieurs reprises, sans cacher ses larmes, elle pressa dans ses bras les deux enfants du capitaine Grant.

Quant à Robert, il semblait qu'il entendît cette histoire pour la première fois; il ouvrait de grands yeux en écoutant sa sœur; il comprenait tout ce qu'elle avait fait, tout ce qu'elle avait souffert, et enfin, l'entourant de ses bras :

« Ah! maman! ma chère maman! » s'écria-t-il, sans pouvoir retenir ce cri parti du plus profond de son cœur.

Pendant cette conversation, la nuit était tout à fait venue. Lady Helena, tenant compte de la fatigue des deux enfants, ne voulut pas prolonger plus longtemps cet entretien. Mary Grant et Robert furent conduits dans leurs chambres, et s'endormirent en rêvant à un meilleur avenir.

Après leur départ, lady Helena fit demander le major, et lui apprit tous les incidents de cette soirée.

« Une brave jeune fille que cette Mary Grant, dit Mac Nabbs, lorsqu'il eut entendu le récit de sa cousine.

— Fasse le ciel que mon mari réussisse dans son entreprise! répondit lady Helena, car la situation de ces deux enfants deviendrait affreuse.

— Il réussira, répliqua Mac Nabbs, ou les lords de l'Amirauté auraient un cœur plus dur que la pierre de Portland. »

Malgré cette assurance du major, lady Helena passa la nuit dans les craintes les plus vives, et ne put prendre un moment de repos.

Le lendemain, Mary Grant et son frère, levés dès l'aube, se promenaient dans la grande cour du château, quand un bruit de voiture se fit entendre. Lord Glenarvan rentrait à Malcolm-Castle de toute la vitesse de ses chevaux. Presque aussitôt lady Helena, accompagnée du major, parut dans la cour, et vola au-devant de son mari.

Celui-ci semblait triste, désappointé, furieux. Il serrait sa femme dans ses bras, et se taisait.

« Eh bien, Edward, Edward! s'écria lady Helena.

— Eh bien, ma chère Helena, répondit lord Glenarvan, ces gens-là n'ont pas de cœur!

— Ils ont refusé?...

— Oui! ils m'ont refusé un navire! ils ont parlé des millions vainement dépensés à la recherche de Franklin! ils ont déclaré le document obscur, inintelligible! ils ont dit que l'abandon de ces malheureux remontait à deux ans déjà, et qu'il y avait peu de chance de les retrouver! ils ont soutenu que, prisonniers des Indiens, ils avaient dû être entraînés dans l'intérieur des terres, qu'on ne pouvait fouiller toute la Patagonie, pour retrouver trois hommes, — trois Écossais! — que cette recherche serait vaine et périlleuse, qu'elle coûterait plus de victimes qu'elle n'en sauverait! Enfin, ils ont donné toutes les mauvaises raisons de gens qui veulent refuser. Ils se souvenaient des projets du capitaine, et le malheureux Grant est à jamais perdu!

— Mon père! mon pauvre père! s'écria Mary Grant en se précipitant aux genoux de lord Glenarvan.

— Votre père! quoi, miss... dit celui-ci, surpris de voir cette jeune fille à ses pieds.

— Oui, Edward, miss Mary et son frère, répondit lady Helena, les deux enfants du capitaine Grant que l'Amirauté vient de condamner à rester orphelins!

— Ah! miss, reprit lord Glenarvan en relevant la jeune fille, si j'avais su votre présence... »

Il n'en dit pas davantage! Un silence pénible, entrecoupé de sanglots, régnait dans la cour. Personne n'élevait la voix, ni lord Glenarvan, ni lady Helena, ni le major, ni les serviteurs du château, rangés silencieusement autour de leurs maîtres. Mais par leur attitude tous ces Écossais protestaient contre la conduite du gouvernement anglais.

Après quelques instants, le major prit la parole, et s'adressant à lord Glenarvan, il lui dit :

« Ainsi, vous n'avez plus aucun espoir?

— Aucun.

— Eh bien, s'écria le jeune Robert, moi j'irai trouver ces gens-là, et... nous verrons... »

Robert n'acheva pas sa menace, car sa sœur l'arrêta; mais son poing fermé indiquait des intentions peu pacifiques.

« Non, Robert, dit Mary Grant, non! remercions ces braves seigneurs de ce qu'ils ont fait pour nous; gardons-leur une reconnaissance éternelle, et partons tous les deux.

— Mary! s'écria lady Helena.

— Miss, où voulez-vous aller? dit lord Glenarvan.

— Je vais aller me jeter aux pieds de la reine, répondit la jeune fille, et nous verrons si elle sera sourde aux prières de deux enfants qui demandent la vie de leur père. »

Lord Glenarvan secoua la tête, non qu'il doutât du cœur de Sa Gracieuse Majesté, mais il savait que Mary Grant ne pourrait parvenir jusqu'à elle. Les suppliants arrivent trop rarement aux marches d'un trône, et il semble que l'on ait écrit sur la porte des palais royaux ce que les Anglais mettent sur la roue des gouvernails de leurs navires :

Passengers are requested not to speak to the man at the wheel[1].

Lady Helena avait compris la pensée de son mari; elle savait que la jeune fille allait tenter une inutile démar

1. Les passagers sont priés de ne pas parler à l'homme qui tient la barre.

che; elle voyait ces deux enfants menant désormais une existence désespérée. Ce fut alors qu'elle eût une idée grande et généreuse.

« Mary Grant, s'écria-t-elle, attendez, mon enfant, et écoutez ce que je vais dire. »

La jeune fille tenait son frère par la main et se disposait à partir. Elle s'arrêta.

Alors lady Helena, l'œil humide, mais la voix ferme et les traits animés, s'avança vers son mari.

« Edward, lui dit-elle, en écrivant cette lettre et en la jetant à la mer, le capitaine Grant l'avait confiée aux soins de Dieu lui-même. Dieu nous l'a remise, à nous! Sans doute, Dieu a voulu nous charger du salut de ces malheureux.

— Que voulez-vous dire, Helena? » demanda lord Glenarvan.

Un silence profond régnait dans toute l'assemblée.

« Je veux dire, reprit lady Helena, qu'on doit s'estimer heureux de commencer la vie du mariage par une bonne action. Eh bien, vous, mon cher Edward, pour me plaire, vous avez projeté un voyage de plaisir! Mais quel plaisir sera plus vrai, plus utile, que de sauver des infortunés que leur pays abandonne?

— Helena! s'écria lord Glenarvan.

— Oui, vous me comprenez, Edward; le *Duncan* est un brave et bon navire! il peut affronter les mers du sud! il peut faire le tour du monde, et il le fera, s'il le faut! Partons, Edward! Allons à la recherche du capitaine Grant! »

A ces hardies paroles, lord Glenarvan avait tendu les bras à sa jeune femme; il souriait, il la pressait sur son cœur, tandis que Mary et Robert lui baisaient les mains.

Et pendant cette scène touchante, les serviteurs du château, émus et enthousiasmés, laissaient échapper de leur cœur ce cri de reconnaissance :

« Hurrah pour la dame de Luss! hurrah! trois fois hurrah pour lord et lady Glenarvan! »

CHAPITRE V.

LE DÉPART DU DUNCAN.

Il a été dit déjà que lady Helena avait une âme forte et généreuse. Ce qu'elle · nait de faire en était une preuve indiscutable. Lord Glenarvan fut à bon droit fier de cette noble femme, capable de le comprendre et de le suivre. Cette idée de voler au secours du capitaine Grant s'était déjà emparée de lui, quand, à Londres, il vit sa demande repoussée; s'il n'avait pas devancé lady Helena, c'est qu'il ne pouvait se faire à la pensée de se séparer d'elle. Mais, puisque lady Helena demandait à partir elle-même, toute hésitation cessait; les serviteurs du château avaient salué de leurs cris cette proposition; il s'agissait de sauver des frères, des Écossais comme eux, et lord Glenarvan s'unit cordialement aux hurrahs qui acclamaient la dame de Luss.

Le départ résolu, il n'y avait pas une heure à perdre. Le jour même, lord Glenarvan expédia à John Mangles l'ordre d'amener le *Duncan* à Glasgow, et de tout préparer pour un voyage dans les mers du Sud qui pouvait devenir un voyage de circumnavigation. D'ailleurs, en formulant sa proposition, lady Helena n'avait pas trop préjugé des qualités du *Duncan;* construit dans des conditions remarquables de solidité et de vitesse, il pouvait impunément tenter un voyage au long cours.

C'était un yacht à vapeur du plus bel échantillon; il jaugeait deux cent dix tonneaux, et les premiers navires qui abordèrent au Nouveau-Monde, ceux de Colomb, de Vespuce, de Pinçon, de Magellan, étaient de dimensions bien inférieures[1].

Le *Duncan* avait deux mâts : un mât de misaine avec misaine, goëlette-misaine, petit hunier et petit perroquet; un grand mât portant brigantine et flèche; de

1. Le quatrième voyage de Christophe Colomb s'est opéré avec quatre navires. Le plus grand, la caravelle capitane que montait Colomb, jaugeait 70 tonneaux; le plus petit, 50 seulement. C'étaient de véritables caboteurs.

plus, une trinquette, un grand foc, un petit foc et des voiles d'étai. Sa voilure était suffisante, et il pouvait profiter du vent comme un simple clipper; mais, avant tout, il comptait sur la puissance mécanique renfermée dans ses flancs. Sa machine, d'une force effective de cent soixante chevaux, et construite d'après un nouveau système, possédait des appareils de surchauffe qui donnaient une tension plus grande à sa vapeur; elle était à haute pression et mettait en mouvement une hélice double. Le *Duncan* à toute vapeur pouvait acquérir une vitesse supérieure à toutes les vitesses obtenues jusqu'à ce jour. En effet, pendant ses essais dans le golfe de la Clyde, il avait fait, d'après le patent-log [1], jusqu'à dix-sept milles à l'heure [2]. Donc, tel il était, tel il pouvait partir et faire le tour du monde. John Mangles n'eut à se préoccuper que des aménagements intérieurs.

Son premier soin fut d'abord d'agrandir ses soutes, afin d'emporter la plus grande quantité possible de charbon, car il est difficile de renouveler en route ses approvisionnements de combustible. Même précaution fut prise pour les cambuses, et John Mangles fit si bien qu'il emmagasina pour deux ans de vivres; l'argent ne lui manquait pas, et il en eut même assez pour acheter un canon à pivot qui fut établi sur le gaillard d'avant

1. Le patent-log est un instrument qui, au moyen d'aiguilles, tournant sur un cercle gradué, indique la vitesse du bâtiment.

2. 17 milles ou 17 nœuds. Le mille marin étant de 1852 mètres, 17 milles font 7 lieues et 7 dixièmes, près de 8 lieues de 4 kilomètres.

du yacht; on ne savait pas ce qui arriverait, et il est toujours bon de pouvoir lancer un boulet de huit à une distance de quatre milles.

John Mangles, il faut le dire, s'y entendait; bien qu'il ne commandât qu'un yacht de plaisance, il comptait parmi les meilleurs skippers de Glasgow; il avait trente ans, les traits un peu rudes, mais indiquant le courage et la bonté. C'était un enfant du château, que la famille Glenarvan éleva et dont elle fit un excellent marin; John Mangles donna souvent des preuves d'habileté, d'énergie et de sang-froid dans quelques-uns de ses voyages au long cours. Lorsque lord Glenarvan lui offrit le commandement du *Duncan*, il l'accepta de grand cœur, car il aimait comme un frère le seigneur de Malcolm-Castle, et cherchait, sans l'avoir rencontrée jusqu'alors, l'occasion de se dévouer pour lui.

Le second, Tom Austin, était un vieux marin digne de toute confiance; vingt-cinq hommes, en comprenant le capitaine et le second, composaient l'équipage du *Duncan;* tous appartenaient au comté de Dumbarton; tous, matelots éprouvés, étaient fils des tenanciers de la famille, et formaient à bord un clan véritable de braves gens auxquels ne manquait même pas le piper-bag[1] traditionnel. Lord Glenarvan avait là une troupe de bons sujets, heureux de leur métier, dévoués, courageux, habiles dans le maniement des armes comme à

1. Le joueur de cornemuse qui existe encore dans les régiments de highlanders.

la manœuvre d'un navire, et capables de le suivre dans les plus hasardeuses expéditions. Quand l'équipage du *Duncan* apprit où on le conduisait, il ne put contenir sa joyeuse émotion, et les échos des rochers de Dumbarton se réveillèrent à ses enthousiastes hurrahs.

John Mangles, tout en s'occupant d'arrimer et d'approvisionner son navire, n'oublia pas d'aménager les appartements de lord et de lady Glenarvan pour un voyage de long cours. Il dut préparer également les cabines des enfants du capitaine Grant, car lady Helena n'avait pu refuser à Mary la permission de la suivre à bord du *Duncan*.

Quant au jeune Robert, il se fût caché dans la cale du yacht plutôt que de ne pas partir ; eût-il dû faire le métier de mousse, comme Nelson et Franklin, il se serait embarqué sur le *Duncan*. Le moyen de résister à un pareil petit bonhomme ! On n'essaya pas. Il fallut même consentir « à lui refuser » la qualité de passager, car mousse, novice ou matelot, il voulait servir. John Mangles fut chargé de lui apprendre le métier de marin.

« Bon, dit Robert, et qu'il ne m'épargne pas les coups de martinet, si je ne marche pas droit !

— Sois tranquille, mon garçon, » répondit Glenarvan d'un air sérieux, et sans ajouter que l'usage du chat à neuf queues[1] était défendu, et, d'ailleurs, parfaitement inutile à bord du *Duncan*.

1. C'est un martinet composé de neuf courroies, fort en usage dans la marine anglaise.

Pour compléter le rôle des passagers, il suffira de nommer le major Mac Nabbs. Le major était un homme âgé de cinquante ans, d'une figure calme et régulière, qui allait où on lui disait d'aller, une excellente et parfaite nature, modeste, silencieux, paisible et doux; toujours d'accord sur n'importe quoi, avec n'importe qui, il ne discutait rien, il ne se disputait pas, il ne s'emportait point; il montait du même pas l'escalier de sa chambre à coucher ou le talus d'une courtine battue en brèche, ne s'émouvant de rien au monde, ne se dérangeant jamais, pas même pour un boulet de canon, et sans doute il mourra sans avoir trouvé l'occasion de se mettre en colère. Cet homme possédait au suprême degré, non-seulement le vulgaire courage des champs de bataille, cette bravoure physique uniquement due à l'énergie musculaire, mais mieux encore, le courage moral, c'est-à-dire la fermeté de l'âme. S'il avait un défaut, c'était d'être absolument Écossais de la tête aux pieds, un Calédonien pur sang, un observateur entêté des vieilles coutumes de son pays. Aussi ne voulut-il jamais servir l'Angleterre, et ce grade de major, il le gagna au 42e régiment des Highland-Black-Watch, garde noire dont les compagnies étaient formées uniquement de gentilshommes écossais. Mac Nabbs, en sa qualité de cousin des Glenarvan, demeurait au château de Malcolm, et en sa qualité de major il trouva tout naturel de prendre passage sur le *Duncan*.

Tel était donc le personnel de ce yacht, appelé par

des circonstances imprévues à accomplir un des plus surprenants voyages des temps modernes. Depuis son arrivée au Steamboat-Quay de Glasgow, il avait monopolisé à son profit la curiosité publique; une foule considérable venait chaque jour le visiter; on ne s'intéressait qu'à lui, on ne parlait que de lui, au grand déplaisir des autres capitaines du port, entre autres, du capitaine Burton, commandant le *Scottia,* un magnifique steamer amarré auprès du *Duncan,* et en partance pour Calcutta. Le *Scottia,* vu sa taille, avait le droit de considérer le *Duncan* comme un simple fly-boat[1] ! Cependant tout l'intérêt se concentrait sur le yacht de lord Glenarvan, et s'accroissait de jour en jour.

En effet, le moment du départ approchait. John Mangles s'était montré habile et expéditif; un mois après ses essais dans le golfe de la Clyde, le *Duncan,* arrimé, approvisionné, aménagé, pouvait prendre la mer. Le départ fut fixé au 25 août, ce qui permettait au yacht d'arriver vers le commencement du printemps des latitudes australes.

Lord Glenarvan, dès que son projet fut connu, n'avait pas été sans recevoir quelques observations sur les fatigues et les dangers du voyage; mais il n'en tint aucun compte, et il se disposa à quitter Malcolm-Castle. D'ailleurs, beaucoup le blâmaient, qui l'admiraient sincèrement. Puis, l'opinion publique se déclara fran-

1. Bateau-mouche.

chement pour le lord écossais, et tous les journaux, à l'exception des « organes du gouvernement », blâmèrent unanimement la conduite des commissaires de l'Amirauté dans cette affaire. Au surplus, lord Glenarvan fut insensible au blâme comme à l'éloge : il faisait so devoir, et se souciait peu du reste.

Le 24 août, Glenarvan, lady Helena, le major Mac Nabbs, Mary et Robert Grant, Mr. Olbinett, le stewart du yacht, et sa femme Mrs. Olbinett attachée au service de lady Glenarvan, quittèrent Malcolm-Castle, après avoir reçu les touchants adieux des serviteurs de la famille. Quelques heures plus tard, ils étaient installés à bord. La population de Glasgow accueillit avec une sympathique admiration lady Helena, la jeune et courageuse femme qui renonçait aux tranquilles plaisirs d'une vie opulente et volait au secours des naufragés.

Les appartements de lord Glenarvan et de sa femme occupaient dans la dunette tout l'arrière du *Duncan*; ils se composaient de deux chambres à coucher, d'un salon, et de deux cabinets de toilette; puis, il y avait un carré commun, entouré de six cabines, dont cinq étaient occupées par Mary et Robert Grant, Mr. et Mrs. Olbinett, et le major Mac Nabbs. Quant aux cabines de John Mangles et de Tom Austin, elles se trouvaient situées en retour et s'ouvraient sur le tillac. L'équipage était logé dans l'entre-pont, et fort à son aise, car le yacht n'emportait d'autre cargaison que son charbon, ses vivres et des armes. La place n'avait donc pas manqué à John Mangles pour les aménagements intérieurs, et il en avait habilement profité.

Le *Duncan* devait partir dans la nuit du 24 au 25 août, à la marée descendante de trois heures du matin. Mais auparavant, la population de Glasgow fut témoin d'une cérémonie touchante. A huit heures du soir, lord Glenarvan et ses hôtes, l'équipage entier depuis les chauffeurs jusqu'au capitaine, tous ceux qui devaient prendre part à ce voyage de dévouement, abandonnèrent le yacht et se rendirent à Saint-Mungo, la vieille cathédrale de Glasgow. Cette antique église, restée intacte au milieu des ruines causées par la réforme et si merveilleusement décrite par Walter Scott, reçut sous ses voûtes massives les passagers et les marins du *Duncan*. Une foule immense les accompagnait. Là, dans la grande nef pleine de tombes comme un cimetière, le révérend Morton implora les bénédictions du ciel et mit l'expédition sous la garde de la Providence. Il y eut un moment où la voix de Mary Grant s'éleva dans la vieille église. La jeune fille priait pour ses bienfaiteurs, et versait devant Dieu les douces larmes de la reconnaissance. Puis, l'assemblée se retira sous l'empire d'une émotion profonde.

A onze heures, chacun était rentré à bord. John Mangles et l'équipage s'occupaient des derniers préparatifs.

A minuit, les feux furent allumés; le capitaine donna l'ordre de les pousser activement, et bientôt des torrents de fumée noire se mêlèrent aux brumes de la nuit. Les voiles du *Duncan* avaient été soigneusement renfermées dans l'étui de toile qui servait à les garantir des souillures du charbon, car le vent soufflait du sud-ouest et ne pouvait favoriser la marche du navire.

A deux heures, le *Duncan* commença à frémir sous la trépidation de ses chaudières; le manomètre marqua une pression de quatre atmosphères; la vapeur surchauffée siffla par les soupapes; la marée était étale; le jour permettait déjà de reconnaître les passes de la Clyde entre les balises et les biggings[1] dont les fanaux s'effaçaient peu à peu devant l'aube naissante. Il n'y avait plus qu'à partir.

John Mangles fit prévenir lord Glenarvan qui monta aussitôt sur le pont.

Bientôt le jusant se fit sentir; le *Duncan* lança dans les airs de vigoureux coups de sifflet, largua ses amarres, et se dégagea des navires environnants; l'hélice fut mise en mouvement, et poussa le yacht dans le chenal de la rivière. John n'avait pas pris de pilote; il connaissait admirablement les passes de la Clyde, et nul pratique n'eût mieux manœuvré à son bord. Le yacht évoluait sur un signe de lui; de la main droite il commandait à la machine, de la main gauche, au gouvernail, silencieusement et sûrement. Bientôt les dernières usines de la rive firent place aux villas élevées

1. Petits monticules de pierre qui marquent le chenal de la Clyde.

çà et là sur les collines riveraines, et les bruits de la ville s'éteignirent dans l'éloignement.

Une heure après, le *Duncan* rasa les rochers de Dumbarton; deux heures plus tard, il était dans le golfe de la Clyde; à six heures du matin, il doublait le mull de Cantyre, sortait du canal du Nord, et voguait en plein Océan.

CHAPITRE VI.

LE PASSAGER DE LA CABINE Nº 6.

Pendant cette première journée de navigation, la mer fut assez houleuse, et le vent fraîchit vers le soir; le *Duncan* était fort secoué; aussi les dames ne parurent-elles pas sur la dunette; elles restèrent couchées dans leurs cabines, et firent bien.

Mais le lendemain le vent tourna d'un point; le capitaine John établit la misaine, la brigantine et le petit hunier; le *Duncan*, mieux appuyé sur les flots, fut moins sensible aux mouvements de roulis et de tangage. Lady Helena et Mary Grant purent dès l'aube rejoindre sur le pont lord Glenarvan, le major et le capitaine. Le lever du soleil fut magnifique. L'astre du jour, semblable à un disque de métal doré par les procédés Ruolz, sortait de l'Océan comme d'un immense bain voltaïque. Le *Duncan* glissait au milieu d'une irradiation splendide, et l'on eût vraiment dit que ses voiles se tendaient sous l'effort des rayons du soleil.

Les hôtes du yacht assistaient dans une silencieuse contemplation à cette apparition de l'astre radieux.

« Quel admirable spectacle! dit enfin lady Helena. Voilà le début d'une belle journée. Puisse le vent ne point se montrer contraire et favoriser la marche du *Duncan*.

— Il serait impossible d'en désirer un meilleur, ma chère Helena, répondit lord Glenarvan, et nous n'avons pas à nous plaindre de ce commencement de voyage.

— La traversée sera-t-elle longue, mon cher Edward?

— C'est au capitaine John de nous répondre, dit Glenarvan. Marchons-nous bien? Êtes-vous satisfait de votre navire, John?

— Très-satisfait, Votre Honneur, répliqua John; c'est un merveilleux bâtiment, et un marin aime à le sentir sous ses pieds. Jamais coque et machine ne furent mieux en rapport; aussi, vous voyez comme le sillage du yacht est plat, et combien il se dérobe aisément à la vague. Nous marchons à raison de dix-sept milles à l'heure. Si cette rapidité se soutient, nous couperons la ligne dans dix jours, et avant cinq semaines nous aurons doublé le cap Horn.

— Vous entendez, Mary, reprit lady Helena, avant cinq semaines !

— Oui, madame, répondit la jeune fille, j'entends, et mon cœur a battu bien fort aux paroles du capitaine.

— Et cette navigation, miss Mary, demanda lord Glenarvan, comment la supportez-vous ?

— Assez bien, milord, et sans en éprouver trop de désagréments. D'ailleurs, je m'y ferai bien vite.

— Et notre jeune Robert ?

— Oh ! Robert, répondit John Mangles, quand il n'est pas fourré dans la machine, il est juché à la pomme des mâts. Je vous le donne pour un garçon qui se moque du mal de mer. Et tenez ! le voyez-vous ? »

Sur un geste du capitaine, tous les regards se portèrent vers le mât de misaine, et chacun put apercevoir Robert suspendu aux balancines du petit perroquet à cent pieds en l'air. Mary ne put retenir un mouvement d'effroi.

« Oh ! rassurez-vous, miss, dit John Mangles, je réponds de lui, et je vous promets de présenter avant peu un fameux luron au capitaine Grant, car nous le retrouverons, ce digne capitaine !

— Le ciel vous entende, monsieur John, répondit la jeune fille.

— Ma chère enfant, reprit lord Glenarvan, il y a dans tout ceci quelque chose de providentiel qui doit nous donner bon espoir. Nous n'allons pas, on nous mène. Nous ne cherchons pas, on nous conduit. Et puis, voyez tous ces braves gens enrôlés au service d'une si belle cause. Non-seulement nous réussirons dans notre entreprise, mais elle s'accomplira sans difficultés. J'ai promis à lady Helena un voyage d'agrément, et je me trompe fort, ou je tiendrai ma parole.

— Edward, dit lady Glenarvan, vous êtes le meilleur des hommes.

— Non point; mais j'ai le meilleur des équipages sur le meilleur des navires. Est-ce que vous ne l'admirez pas, notre *Duncan*, miss Mary?

— Au contraire, mylord, répondit la jeune fille, je l'admire et en véritable connaisseuse.

— Ah! vraiment!

— J'ai joué tout enfant sur les navires de mon père; il aurait dû faire de moi un marin, et, s'il le fallait, je ne serais peut-être pas embarrassée de prendre un riz ou de tresser une garcette.

— Eh! miss, que dites-vous là? s'écria John Mangles.

— Si vous parlez ainsi, reprit lord Glenarvan, vous allez vous faire un grand ami du capitaine John, car il ne conçoit rien au monde qui vaille l'état de marin! il n'en voit pas d'autre, même pour une femme! N'est-il pas vrai, John?

— Sans doute, Votre Honneur, répondit le jeune capitaine, et j'avoue cependant que miss Grant est mieux à sa place sur la dunette qu'à serrer une voile de perroquet; mais je n'en suis pas moins très-flatté de l'entendre parler ainsi.

— Et surtout quand elle admire le *Duncan*, répliqua Glenarvan.

— Qui le mérite bien, répondit John.

— Ma foi, dit lady Helena, puisque vous êtes si fier de votre yacht, vous me donnez envie de le visiter jusqu'à fond de cale, et de voir comment nos braves matelots sont installés dans l'entre-pont.

— Admirablement, répondit John ; ils sont là comme chez eux.

— Et ils sont véritablement chez eux, ma chère Helena, répondit lord Glenarvan. Ce yacht est une portion de notre vieille Calédonie ! C'est un morceau détaché du comté de Dumbarton qui vogue par grâce spéciale, de telle sorte que nous n'avons pas quitté notre pays ! Le *Duncan*, c'est le château de Malcolm, et l'Océan, c'est le lac Lomond.

— Eh bien, mon cher Edward, faites-nous les honneurs du château, répondit lady Helena.

— A vos ordres, madame, dit Glenarvan, mais auparavant laissez-moi prévenir Olbinett. »

Le steward du yacht était un excellent maître d'hôtel, un Écossais qui aurait mérité d'être Français pour son importance ; d'ailleurs, remplissant ses fonctions avec zèle et intelligence. Il se rendit aux ordres de son maître.

« Olbinett, nous allons faire un tour avant déjeuner, dit Glenarvan, comme s'il se fût agi d'une promenade à Tarbet ou au lac Katrine ; j'espère que nous trouverons la table servie à notre retour. »

Olbinett s'inclina gravement.

« Nous accompagnez-vous, major? dit lady Helena.

— Si vous l'ordonnez, répondit Mac Nabbs.

— Oh! fit lord Glenarvan, le major est absorbé dans les fumées de son cigare; il ne faut pas l'en arracher; car je vous le donne pour un intrépide fumeur, miss Mary. Il fume toujours, même en dormant. »

Le major fit un signe d'assentiment, et les hôtes de lord Glenarvan descendirent dans l'entre-pont.

Mac Nabbs, demeuré seul, et causant avec lui-même, selon son habitude, mais sans jamais se contrarier, s'enveloppa de nuages plus épais; il restait immobile, et regardait à l'arrière le sillage du yacht. Après quelques minutes d'une muette contemplation, il se retourna et se vit en face d'un nouveau personnage. Si quelque chose avait pu le surprendre, le major eût été surpris de cette rencontre, car ce passager lui était absolument inconnu.

Cet homme grand, sec et maigre, pouvait avoir quarante ans; il ressemblait à un long clou à grosse tête; sa tête, en effet, était large et forte, son front haut, son menton allongé, sa bouche grande, son nez fortement busqué. Quant à ses yeux, ils se dissimulaient derrière d'énormes lunettes rondes, et son regard semblait avoir cette indécision particulière aux nyctalopes[1]. Sa physionomie annonçait un homme

1. L'affection de la nyctalopie est une disposition particulière de l'œil qui permet de voir les objets dans l'obscurité.

intelligent et gai; il n'avait pas l'air rébarbatif de ces graves personnages qui ne rient jamais, par principe, et dont la nullité se couvre d'un masque sérieux. Loin de là. Le laisser aller, le sans-façon aimable de cet inconnu démontraient clairement qu'il savait prendre les hommes et les choses par leur bon côté. Mais sans qu'il eût encore parlé, on le sentait parleur, et distrait surtout, à la façon des gens qui ne voient pas ce qu'ils regardent, et qui n'entendent pas ce qu'ils écoutent. Il était coiffé d'une casquette de voyage, chaussé de fortes bottines jaunes et de guêtres de cuir, vêtu d'un pantalon de velours marron et d'une jaquette de même étoffe, dont les poches innombrables semblaient bourrées de calepins, d'agendas, de carnets, de portefeuilles, et de mille objets aussi embarrassants qu'inutiles, sans parler d'une longue-vue qu'il portait en bandoulière.

L'agitation de cet inconnu contrastait singulièrement avec la placidité du major; il tournait autour de Mac Nabbs, il le regardait, il l'interrogeait des yeux, sans que celui-ci s'inquiétât de savoir d'où il venait, où il allait, pourquoi il se trouvait à bord du *Duncan*.

Quand cet énigmatique personnage vit ses tentatives déjouées par l'indifférence du major, il saisit sa longue-vue, qui dans son plus grand développement mesurait quatre pieds de longueur, et, immobile, les jambes écartées, semblable au poteau d'une grande route, il braqua son instrument sur cette ligne où le ciel et l'eau se confondaient dans un même horizon; après cinq minutes d'examen, il abaissa sa longue-vue, et, la posant sur le pont, il s'appuya dessus comme il eût fait d'une canne; mais aussitôt les compartiments de la lunette glissèrent l'un sur l'autre, elle rentra en elle-même, et le nouveau passager, auquel le point d'appui manqua subitement, faillit s'étaler au pied du mât d'artimon.

Tout autre eût au moins souri à la place du major. Le major ne sourcilla pas. L'inconnu prit alors son parti.

« Stewart, » cria-t-il, avec un accent qui dénotait un étranger.

Et il attendit. Personne ne parut.

« Stewart, » répéta-t-il d'une voix plus forte.

Mr. Olbinett passait en ce moment, se rendant à la cuisine située sous le gaillard d'avant. Quel fut son étonnement de s'entendre ainsi interpellé par ce grand individu qu'il ne connaissait pas!

« Quel est ce personnage? se dit-il. Un ami de lord Glenarvan? C'est impossible. »

Cependant, il monta sur la dunette, et s'approcha de l'étranger.

« Vous êtes le steward du bâtiment, lui demanda celui-ci.

— Oui, monsieur, répondit Olbinett, mais, je n'ai pas l'honneur...

— Je suis le passager de la cabine numéro six.

— Numéro six? répéta le stewart.

— Sans doute. Et vous vous nommez?...

— Olbinett.

— Eh bien, Olbinett, mon ami, répondit le passager de la cabine numéro six, il faut penser au déjeuner, et vivement. Voilà trente-six heures que je n'ai mangé, ou plutôt trente-six heures que j'ai dormi, ce qui est pardonnable à un homme venu tout d'une traite de Paris à Glasgow. A quelle heure déjeune-t-on, s'il vous plaît?

— A neuf heures, » répondit machinalement Olbinett.

L'étranger voulut consulter sa montre, mais cela ne laissa pas de prendre un temps long, car il ne la trouva qu'à sa neuvième poche.

« Bon, fit-il, il n'est pas encore huit heures. Eh bien, alors, Olbinett, un biscuit et un verre de sherry pour attendre, car je tombe d'inanition. »

Olbinett écoutait sans comprendre; d'ailleurs, l'inconnu parlait toujours, et passait d'un sujet à un autre avec une extrême volubilité.

« Eh bien! dit-il, et le capitaine? Le capitaine n'est pas encore levé! Et le second? Que fait le second? Est-ce qu'il dort aussi? Le temps est beau, heureusement, le vent favorable, et le navire marche tout seul... »

Précisement, et comme il parlait ainsi, John Mangles parut à l'escalier de la dunette.

« Voici le capitaine, dit Olbinett.

— Ah! enchanté, s'écria l'inconnu, enchanté, capitaine Burton, de faire votre connaissance! »

Si quelqu'un fut stupéfait, ce fut à coup sûr John Mangles, non moins de s'entendre appeler « capitaine Burton » que de voir cet étranger à son bord.

L'autre continuait de plus belle.

« Permettez-moi de vous serrer la main, dit-il, et si je ne l'ai pas fait avant-hier soir, c'est qu'au moment d'un départ il ne faut gêner personne. Mais aujourd'hui, capitaine, je suis véritablement heureux d'entrer en relation avec vous. »

John Mangles ouvrait des yeux démesurés, regardant tantôt Olbinett, et tantôt ce nouveau venu.

« Maintenant, reprit celui-ci, la présentation est faite, mon cher capitaine, et nous voilà de vieux amis. Causons donc, et dites-moi si vous êtes content du *Scottia?*

— Qu'entendez-vous par le *Scottia?* dit enfin John Mangles.

— Mais le *Scottia* qui nous porte, un bon navire dont on m'a vanté les qualités physiques non moins que les qualités morales de son commandant, le brave capitaine Burton. Seriez-vous parent du grand voyageur africain de ce nom? Un homme audacieux. Mes compliments, alors!

— Monsieur, reprit John Mangles, non-seulement je ne suis pas parent du voyageur Burton, mais je ne suis même pas le capitaine Burton.

— Ah! fit l'inconnu, c'est donc au second du *Scottia*, Mr. Burdness, que je m'adresse en ce moment?

— Mr. Burdness, » répondit John Mangles, qui commençait à soupçonner la vérité. Seulement avait-il affaire à un fou ou à un étourdi? Cela faisait question dans son esprit, et il allait s'expliquer catégoriquement, quand lord Glenarvan, sa femme et miss Grant remontèrent sur le pont. L'étranger les aperçut, et s'écria :

« Ah ! des passagers ! des passagères ! Parfait. J'espère, monsieur Burdness, que vous allez me présenter... »

Et s'avançant avec une parfaite aisance, sans attendre l'intervention de John Mangles :

« Madame, dit-il à miss Grant, miss, dit-il à lady Helena, monsieur, ajouta-t-il en s'adressant à lord Glenarvan !..

— Lord Glenarvan, dit John Mangles.

— Mylord, reprit alors l'inconnu, je vous demande pardon de me présenter moi-même; mais à la mer, il faut bien se relâcher un peu de l'étiquette; j'espère que nous ferons rapidement connaissance, et que dans la compagnie de ces dames la traversée du *Scottia* nous paraîtra aussi courte qu'agréable. »

Lady Helena et miss Grant n'auraient pu trouver un seul mot à répondre. Elles ne comprenaient rien à la présence de cet intrus sur la dunette du *Duncan*.

« Monsieur, dit alors Glenarvan, à qui ai-je l'honneur de parler?

— A Jacques-Éliacin-François-Marie Paganel, secrétaire de la Société de Géographie de Paris, membre correspondant des Sociétés de Berlin, de Bombay, de

Darmstadt, de Leipzig, de Londres, de Pétersbourg, de Vienne, de New-York, membre honoraire de l'Institut royal géographique et ethnographique des Indes orientales, qui, après avoir passé vingt ans de sa vie à faire de la géographie de cabinet, a voulu entrer dans la science militante, et se dirige vers l'Inde pour y relier entre eux les travaux des grands voyageurs. »

CHAPITRE VII.

D'OU VIENT ET OU VA JACQUES PAGANEL.

Le secrétaire de la Société de Géographie devait être un aimable personnage, car tout cela fut dit avec beaucoup de grâce. Lord Glenarvan, d'ailleurs, savait parfaitement à qui il avait affaire; le nom et le mérite de Jacques Paganel lui étaient parfaitement connus; ses travaux géographiques, ses rapports sur les découvertes modernes insérés aux bulletins de la Société, sa correspondance avec le monde entier, en faisaient l'un des savants les plus distingués de la France. Aussi Glenarvan tendit cordialement la main à son hôte inattendu

« Et maintenant, que nos présentations sont faites, ajouta-t-il, voulez-vous me permettre, monsieur Paganel, de vous adresser une question?

— Vingt questions, mylord, répondit Jacques Paganel; ce sera toujours un plaisir pour moi de m'entretenir avec vous.

— C'est avant-hier soir que vous êtes arrivé à bord de ce navire?

— Oui, mylord, avant-hier soir, à huit heures. J'ai sauté du Caledonian railway dans un cab, et du cab dans le *Scottia* où j'avais fait retenir de Paris la cabine numéro six. La nuit était sombre. Je ne vis personne à bord. Or, me sentant fatigué par trente heures de route, et sachant que pour éviter le mal de mer c'est une précaution bonne à prendre de se coucher en arrivant et de ne pas bouger de son cadre pendant les premiers jours de la traversée, je me suis mis au lit incontinent, et j'ai consciencieusement dormi, pendant trente-six heures, je vous prie de le croire. »

Les auditeurs de Jacques Paganel savaient désormais à quoi s'en tenir sur sa présence à bord; le voyageur français, se trompant de navire, s'était embarqué pendant que l'équipage du *Duncan* assistait à la cérémonie de Saint-Mungo. Tout s'expliquait; mais qu'allait dire le savant géographe, lorsqu'il apprendrait le nom et la destination du navire sur lequel il avait pris passage?

« Ainsi, monsieur Paganel, dit Glenarvan, c'est Calcutta que vous avez choisi pour point de départ de vos voyages?

— Oui, mylord. Voir l'Inde est une idée que j'ai caressée pendant toute ma vie. C'est mon plus beau rêve qui va se réaliser enfin dans la patrie des éléphants et des Taugs.

— Alors, monsieur Paganel, il ne vous serait point indifférent de visiter un autre pays?

— Non, mylord, cela me serait même désagréable, car j'ai des recommandations pour lord Sommerset, le gouverneur général des Indes, et une mission de la Société de Géographie que je tiens à remplir.

— Ah! vous avez une mission?

— Oui, un utile et curieux voyage à tenter, et dont le programme a été rédigé par mon savant ami et collègue M. Vivien de Saint-Martin. Il s'agit, en effet, de s'élancer sur les traces des frères Schlagintweit, du colonel Waugh, de Webb, d'Hodgson, des missionnaires Huc et Gabet, de Moorcroft, de M. Jules Remy, et de tant d'autres voyageurs célèbres. Je veux réussir là où le missionnaire Krick a malheureusement échoué en 1846, en un mot, reconnaître le cours du Yarou-Dzangbo-Tchou, qui arrose le Tibet pendant un espace de quinze cents kilomètres, en longeant la base septentrionale de l'Himalaya, et savoir enfin si cette rivière ne se joint pas au Brahmapoutre, dans le nord-est de l'Assam. La médaille d'or, mylord, est assurée au voyageur qui parviendra à réaliser ainsi l'un des plus vifs *desiderata* de la géographie des Indes. »

Paganel était magnifique. Il parlait avec une animation superbe. Il se laissait emporter sur les ailes rapides de l'imagination. Il eût été aussi impossible de l'arrêter que le Rhin aux chutes de Schaffousen.

« Monsieur Jacques Paganel, dit lord Glenarvan après un instant de silence, c'est là certainement un beau voyage et dont la science vous sera fort reconnaissante; mais je ne veux pas prolonger plus longtemps votre erreur, et, pour le moment du moins, vous devez renoncer au plaisir de visiter les Indes.

— Y renoncer! Et pourquoi?

— Parce que vous tournez le dos à la péninsule indienne.

— Comment! le capitaine Burton...

— Je ne suis pas le capitaine Burton, répondit John Mangles.

— Mais le *Scottia*?

— Ce navire n'est pas le *Scottia!* »

L'étonnement de Paganel ne saurait se dépeindre. Il regarda tour à tour lord Glenarvan, toujours sérieux, lady Helena et Mary Grant dont les traits exprimaient un sympathique chagrin, John Mangles qui souriait, et le major qui ne bronchait pas; puis, levant les épaules, et ramenant ses lunettes de son front à ses yeux :

« Quelle plaisanterie! » s'écria-t-il.

Mais en ce moment ses yeux rencontrèrent la roue du gouvernail qui portait ces deux mots en exergue :

DUNCAN

GLASGOW

« Le *Duncan!* le *Duncan!* » fit-il en poussant un véritable cri de désespoir!

Puis, dégringolant l'escalier de la dunette, il se précipita vers sa cabine.

Dès que l'infortuné savant eut disparu, personne à bord, sauf le major, ne put garder son sérieux, et le rire gagna jusqu'aux matelots. Se tromper de railway! Bon! Prendre le train d'Édimbourg pour celui de Dumbarton. Passe encore! Mais se tromper de navire, et voguer vers le Chili quand on veut aller aux Indes, c'est là le fait d'une haute distraction.

« Au surplus, cela ne m'étonne pas de la part de Jacques Paganel, dit Glenarvan ; il est fort cité pour de pareilles mésaventures. Un jour, il a publié une célèbre carte d'Amérique, dans laquelle il avait mis le Japon. Cela ne l'empêche pas d'être un savant distingué, et l'un des meilleurs géographes de France.

— Mais qu'allons-nous faire de ce pauvre monsieur? dit lady Helena. Nous ne pouvons l'emmener en Patagonie.

— Pourquoi non? répondit gravement Mac Nabbs;

nous ne sommes pas responsables de ses distractions. Supposez qu'il soit dans un train de chemin de fer, le fera-t-il arrêter?

— Non, mais il descendrait à la station prochaine, reprit lady Helena.

— Eh bien, dit Glenarvan, c'est ce qu'il pourra faire, si cela lui plaît, à notre première relâche. »

En ce moment, Paganel, piteux et honteux, remontait sur la dunette, après s'être assuré de la présence de ses bagages à bord. Il répétait incessamment ces mots malencontreux : le *Duncan !* le *Duncan !* Il n'en eût pas trouvé d'autres dans son vocabulaire. Il allait et venait, examinant la mâture du yacht, et interrogeant le muet horizon de la pleine mer. Enfin il revint vers lord Glenarvan.

« Et ce *Duncan* va?... dit-il.

— En Amérique, monsieur Paganel.

— Et plus spécialement?..

— A Concepcion.

— Au Chili! Au Chili! s'écria l'infortuné géographe! Et ma mission des Indes! Mais que vont dire M. de Quatrefages, le président de la commission centrale! Et M. d'Avezac! Et M. Cortambert! Et M. Vivien de Saint-Martin! Comment me représenter aux séances de la Société!

— Voyons, monsieur Paganel, répondit Glenarvan, ne vous désespérez pas. Tout peut s'arranger, et vous n'aurez subi qu'un retard relativement de peu d'importance. Le Yarou-Dzangbo-Tchou vous attendra toujours dans les montagnes du Tibet. Nous relâcherons bientôt à Madère, et là vous trouverez un navire qui vous ramènera en Europe.

— Je vous remercie, mylord, il faudra bien se résigner. Mais, on peut le dire, voilà une aventure extraordinaire, et il n'y a qu'à moi que ces choses arrivent. Et ma cabine qui est retenue à bord du *Scottia!*

— Ah! quant au *Scottia*, je vous engage à y renoncer provisoirement.

— Mais, dit Paganel, après avoir examiné de nouveau le navire, le *Duncan* est un yacht de plaisance?

— Oui, monsieur, répondit John Mangles, et il appartient à Son Honneur lord Glenarvan.

— Qui vous prie d'user largement de son hospitalité, dit Glenarvan.

— Mille grâces, mylord, répondit Paganel; je suis vraiment sensible à votre courtoisie; mais permettez-moi une simple observation : c'est un beau pays que l'Inde; il offre aux voyageurs des surprises merveilleuses; ces dames ne le connaissent pas sans doute... Eh bien, l'homme de la barre n'aurait qu'à donner un tour de roue, et le yacht *le Duncan* voguerait aussi facilement vers Calcutta que vers Concepcion; or, puisqu'il fait un voyage d'agrément... »

Les hochements de tête qui accueillirent la proposition de Paganel ne lui permirent pas d'en continuer le développement. Il s'arrêta court.

« Monsieur Paganel, dit alors lady Helena, s'il ne s'agissait que d'un voyage d'agrément, je vous répondrais : Allons tous ensemble aux Grandes-Indes, et lord Glenarvan ne me désapprouverait pas. Mais le *Duncan* va rapatrier des naufragés abandonnés sur les côtes de la Patagonie, et il ne peut changer une si humaine destination... »

En quelques minutes, le voyageur français fut mis au courant de la situation; il apprit, non sans émotion, la providentielle rencontre des documents, l'histoire du capitaine Grant, la généreuse proposition de lady Helena.

« Madame, dit-il, permettez-moi d'admirer votre conduite en tout ceci, et de l'admirer sans réserve. Que votre yacht continue sa route, je me reprocherais de le retarder d'un seul jour.

— Voulez-vous donc vous associer à nos recherches? demanda lady Helena.

— C'est impossible, madame, il faut que je remplisse ma mission. Je débarquerai à votre première relâche...

— A Madère alors, dit John Mangles.

— A Madère, soit. Je ne serai qu'à cent quatre-vingts lieues de Lisbonne, et j'attendrai là des moyens de transport.

— Eh bien, monsieur Paganel, dit Glenarvan, il sera fait suivant votre désir, et pour mon compte je suis heureux de pouvoir vous offrir pendant quelques jours l'hospitalité à mon bord. Puissiez-vous ne pas trop vous ennuyer dans notre compagnie!

— Oh! mylord, s'écria le savant, je suis encore trop heureux de m'être trompé d'une si agréable façon! Néanmoins, c'est une situation fort ridicule que celle d'un homme qui s'embarque pour les Indes et qui fait voile pour l'Amérique! »

Malgré cette réflexion mélancolique, Paganel prit son parti d'un retard qu'il ne pouvait empêcher. Il se montra aimable, gai, et même distrait; il enchanta les dames par sa bonne humeur; avant la fin de la journée, il était l'ami de tout le monde. Sur sa demande, le fameux document lui fut communiqué. Il l'étudia avec soin, longuement, minutieusement. Aucune autre interprétation ne lui parut possible. Mary Grant et son frère lui inspirèrent le plus vif intérêt. Il leur donna bon espoir. Sa façon d'entrevoir les événements, et le succès indiscutable qu'il prédit au *Duncan*, arrachèrent un sourire à la jeune fille. Vraiment, sans sa mission, il se serait lancé à la recherche du capitaine Grant!

En ce qui concerne lady Helena, quand il apprit qu'elle était fille de William Tuffnel, ce fut une explosion d'interjections admiratives. Il avait connu son père. Quel savant audacieux! Que de lettres ils échangèrent, quand William Tuffnel fut membre correspondant de la Société! C'était lui, lui-même, qui l'avait présenté avec M. Malte-Brun! Quelle rencontre, et quel plaisir de voyager avec la fille de William Tuffnel!

Finalement, il demanda à lady Helena la permission de l'embrasser.

A quoi consentit lady Glenarvan, quoique ce fût peut-être un peu « improper. »

CHAPITRE VIII.

UN BRAVE HOMME DE PLUS A BORD DU DUNCAN.

Cependant le yacht, favorisé par les courants du nord de l'Afrique, marchait rapidement vers l'équateur. Le 30 août, on eut connaissance du groupe de Madère. Glenarvan, fidèle à sa promesse, offrit à son nouvel hôte de relâcher pour le mettre à terre.

« Mon cher lord, répondit Paganel, je ne ferai point de cérémonies avec vous. Avant mon arrivée à bord, aviez-vous l'intention de vous arrêter à Madère?

— Non, dit Glenarvan.

— Eh bien, permettez-moi de mettre à profit les conséquences de ma malencontreuse distraction. Madère est une île trop connue. Elle n'offre plus rien d'intéressant à un géographe. On a tout dit, tout écrit sur ce groupe qui est, d'ailleurs, en pleine décadence au point de vue de la viticulture. Imaginez-vous qu'il n'y a plus de vignes à Madère! La récolte du vin qui, en 1813, s'élevait à vingt-deux mille pipes[1] est tombée, en 1845, à deux mille six cent soixante-neuf. Aujourd'hui, elle ne va pas à cinq cents! C'est un affligeant spectacle. Si donc il vous est indifférent de relâcher aux Canaries!...

— Relâchons aux Canaries, répondit Glenarvan. Cela ne nous écarte pas de notre route.

— Je le sais, mon cher lord. Aux Canaries, voyez-vous, il y a trois groupes à étudier, sans parler du pic de Ténériffe que j'ai toujours désiré voir. C'est une occasion. J'en profite, et, en attendant le passage d'un navire qui me ramène en Europe, je ferai l'ascension de cette montagne célèbre.

— Comme il vous plaira, mon cher Paganel, » répondit lord Glenarvan, qui ne put s'empêcher de sourire.

Et il avait raison de sourire.

Les Canaries sont peu éloignées de Madère. Deux cent cinquante milles[2] à peine séparent les deux groupes, distance insignifiante pour un aussi bon marcheur que le *Duncan*.

Le 31 août, à deux heures du soir, John Mangles et Paganel se promenaient sur la dunette. Le Français pressait son compagnon de vives questions sur le Chili; tout à coup le capitaine l'interrompit, et montrant dans le sud un point de l'horizon :

« Monsieur Paganel? dit-il.

1. La pipe vaut 50 hectolitres.
2. Environ 90 lieues.

— Mon cher capitaine, répondit le savant.

— Veuillez porter vos regards de ce côté. Ne voyez-vous rien?...

— Rien.

— Vous ne regardez pas où il faut. Ce n'est pas à l'horizon, mais au-dessus, dans les nuages.

— Dans les nuages? J'ai beau chercher...

— Tenez, maintenant, par le bout-dehors de beaupré.

— Je ne vois rien.

— C'est que vous ne voulez pas voir. Quoi qu'il en soit, et bien que nous en soyons à quarante milles, vous m'entendez, le pic de Ténériffe est parfaitement visible au-dessus de l'horizon. »

Que Paganel voulût voir ou non, il dut se rendre à l'évidence quelques heures plus tard, à moins de s'avouer aveugle.

« Vous l'apercevez enfin? lui dit John Mangles.

— Oui, oui, parfaitement, répondit Paganel; et c'est là, ajouta-t-il d'un ton dédaigneux, c'est là ce qu'on appelle le pic de Ténériffe?

— Lui-même.

— Il paraît avoir une hauteur assez médiocre.

— Cependant il est élevé de onze mille pieds au-dessus du niveau de la mer.

— Cela ne vaut pas le Mont-Blanc.

— C'est possible, mais quand il s'agira de le gravir, vous le trouverez peut-être suffisamment élevé.

— Oh! le gravir! le gravir, mon cher capitaine, à

quoi bon, je vous prie, après MM. de Humboldt et Beauplan? Un grand génie, ce Humboldt! Il a fait l'ascension de cette montagne; il en a donné une description qui ne laisse rien à désirer; il en a reconnu les cinq zones, la zone des vins, la zone des lauriers, la zone des pins, la zone des bruyères alpines, et enfin la zone de la stérilité. C'est au sommet du piton même qu'il a posé le pied, et là, il n'avait même pas la place de s'asseoir. Du haut de la montagne, sa vue embrassait un espace égal au quart de l'Espagne. Puis, il a visité le volcan jusque dans ses entrailles, et il a atteint le fond de son cratère éteint. Que voulez-vous que je fasse après ce grand homme, je vous le demande?

— En effet, répondit John Mangles, il ne reste plus rien à glaner. C'est fâcheux, car vous vous ennuierez fort à attendre un navire dans le port de Ténériffe. Il n'y a pas là beaucoup de distractions à espérer.

— Excepté les miennes, dit Paganel en riant. Mais, mon cher Mangles, est-ce que les îles du cap Vert n'offrent pas des points de relâche importants?

— Si vraiment. Rien de plus facile que de s'embarquer à Villa da Praïa.

— Sans parler d'un avantage qui n'est point à dédaigner, répliqua Paganel, c'est que les îles du cap Vert sont peu éloignées du Sénégal, où je trouverai des compatriotes. Je sais bien que l'on dit ce groupe médiocrement intéressant, sauvage, malsain; mais tout est curieux à l'œil du géographe. Voir est une science. Il y a des gens qui ne savent pas voir, et qui voyagent avec autant d'intelligence qu'un crustacé. Croyez bien que je ne suis pas de leur école.

— A votre aise, monsieur Paganel, répondit John Mangles; je suis certain que la science géographique gagnera à votre séjour dans les îles du cap Vert. Nous devons précisément y relâcher pour faire du charbon. Votre débarquement ne nous causera donc aucun retard. »

Cela dit, le capitaine donna la route de manière à passer dans l'ouest des Canaries; le célèbre pic fut laissé sur bâbord, et le *Duncan*, continuant sa marche rapide, coupa le tropique du Cancer le 2 septembre à cinq heures du matin. Le temps vint alors à changer. C'était l'atmosphère humide et pesante de la saison des pluies, le « tempo das aguas » suivant l'expression espagnole, saison pénible aux voyageurs, mais utile aux habitants des îles africaines qui manquent d'arbres, et conséquemment qui manquent d'eau. La mer très-houleuse empêcha les passagers de se tenir sur le pont; mais les conversations du carré n'en furent pas moins fort animées.

Le 3 septembre, Paganel se mit à rassembler ses bagages pour son prochain débarquement. Le *Duncan* évoluait entre les îles du cap Vert; il passa devant l'île du Sel, véritable tombe de sable, infertile et désolée; après avoir longé de vastes bancs de corail, il laissa par le travers l'île Saint-Jacques, traversée du nord au midi par une chaîne de montagnes basaltiques que terminent deux mornes élevés. Puis, John Mangles embouqua la baie de Villa-Praïa, et mouilla bientôt devant la ville par huit brasses de fond. Le temps était affreux, et le ressac excessivement violent, bien que la baie fût abritée contre les vents du large. La pluie tombait à torrents, et permettait à peine de voir la ville élevée sur une plaine en forme de terrasse qui s'appuyait à des contre-forts de roches volcaniques hauts de trois cents pieds. L'aspect de l'île à travers cet épais rideau de pluie était navrant.

Lady Helena ne put donner suite à son projet de visiter la ville ; l'embarquement du charbon ne se faisait pas sans de grandes difficultés. Les passagers du *Duncan* se virent donc consignés sous la dunette, pendant que la mer et le ciel mêlaient leurs eaux dans une inexprimable confusion. La question du temps fut naturellement à l'ordre du jour dans les conversations du bord. Chacun dit son mot, sauf le major, qui eût assisté au déluge universel avec une indifférence complète. Paganel allait et venait en hochant la tête.

« C'est un fait exprès, disait-il.

— Il est certain, répondit Glenarvan, que les éléments se déclarent contre vous.

— J'en aurai pourtant raison.

— Vous ne pouvez affronter une pareille pluie, dit lady Helena.

— Moi, madame, parfaitement. Je ne la crains que pour mes bagages et mes instruments. Tout sera perdu.

— Il n'y a que le débarquement à redouter, reprit Glenarvan. Une fois à Villa-Praïa, vous ne serez pas trop mal logé. Peu proprement, par exemple. En compagnie de singes et de porcs dont les relations ne sont pas toujours agréables. Mais un voyageur n'y regarde pas de si près. D'ailleurs, il faut espérer que dans sept ou huit mois vous pourrez vous embarquer pour l'Europe.

— Sept ou huit mois! s'écria Paganel.

— Au moins. Les îles du cap Vert ne sont pas très-fréquentées des navires pendant la saison des pluies. Mais vous pourrez employer votre temps d'une façon utile. Cet archipel est encore peu connu; en topographie, en climatologie, en ethnographie, en hypsométrie, il y a beaucoup à faire.

— Vous aurez des fleuves à reconnaître, dit lady Helena.

— Il n'y en a pas, madame, répondit Paganel.

— Eh bien, des rivières?

— Il n'y en a pas, non plus.

— Des cours d'eau alors?

— Pas davantage.

— Bon, fit le major, vous vous rabattrez sur les forêts.

— Pour faire des forêts, il faut des arbres. Or, il n'y a pas d'arbres.

— Un joli pays! répliqua le major.

— Consolez-vous, mon cher Paganel, dit alors Glenarvan, vous aurez du moins des montagnes.

— Oh! peu élevées et peu intéressantes, mylord. Et ailleurs, ce travail a été fait.

— Fait! dit Glenarvan.

— Oui, voilà bien ma chance habituelle. Si, aux Canaries, je me voyais en présence des travaux de Humboldt, ici, je me trouve devancé par un géologue, M. Charles Sainte-Claire Deville!

— Pas possible!

— Sans doute, répondit Paganel d'un ton piteux. Ce savant se trouvait à bord de la corvette de l'État *la Décidée*, pendant sa relâche aux îles du cap Vert, et il a visité le sommet le plus intéressant du groupe le volcan de l'île Fogo. Que voulez-vous que je fasse après lui?

— Voilà qui est vraiment regrettable, répondit lady Helena. Qu'allez-vous devenir, monsieur Paganel? »

Paganel garda le silence pendant quelques instants.

« Décidément, reprit Glenarvan, vous auriez mieux fait de débarquer à Madère, quoique il n'y ait plus de vin! »

Nouveau silence du savant secrétaire de la Société de Géographie.

« Moi, j'attendrais, dit le major, exactement comme s'il avait dit : Je n'attendrais pas.

— Mon cher Glenarvan, reprit alors Paganel, où comptez-vous relâcher désormais?

— Oh! pas avant Concepcion.

— Diable! cela m'écarte singulièrement des Indes.

— Mais non, du moment que vous avez passé le cap Horn, vous vous en rapprochez.

— Je m'en doute bien.

— D'ailleurs, reprit Glenarvan avec le plus grand sérieux, quand on va aux Indes, qu'elles soient orientales ou occidentales, peu importe.

— Comment, peu importe!

— Sans compter que les habitants des Pampas de la Patagonie sont aussi bien des Indiens que les indigènes du Pendjaub.

— Ah! parbleu, mylord, s'écria Paganel, voilà une raison que je n'aurais jamais imaginée!

— Et puis, mon cher Paganel, on peut gagner la médaille d'or en quelque lieu que ce soit; il y a partout à faire, à chercher, à découvrir, dans les chaînes des Cordillères comme dans les montagnes du Tibet.

— Mais le cours du Yarou-Dzangbo-Tchou?

— Bon! vous le remplacerez par le Rio-Colorado! Voilà un fleuve peu connu, et qui sur les cartes coule un peu trop à la fantaisie des géographes!

— Je le sais, mon cher lord, il y a là des erreurs de plusieurs degrés. Oh! je ne doute pas que sur ma demande la Société de Géographie ne m'eût envoyé dans la Patagonie aussi bien qu'aux Indes. Mais je n'y ai pas songé.

— Effet de vos distractions habituelles.

— Voyons, monsieur Paganel, nous accompagnez-vous? dit lady Helena de sa voix la plus engageante.

— Madame, et ma mission !

— Je vous préviens que nous passerons par le détroit de Magellan, reprit Glenarvan.

— Mylord, vous êtes un tentateur.

— J'ajoute que nous visiterons le Port Famine !

— Le Port-Famine, s'écria le Français, assailli de toutes parts, ce port célèbre dans les fastes géographiques !

— Considérez aussi, monsieur Paganel, reprit lady Helena, que dans cette entreprise vous aurez le droit d'associer le nom de la France à celui de l'Écosse !

— Oui, sans doute !

— Un géographe peut servir utilement notre expédition, et quoi de plus beau que de mettre la science au service de l'humanité ?

— Voilà qui est bien dit, madame !

— Croyez-moi. Laissez faire le hasard, ou plutôt la Providence. Imitez-nous. Elle nous a envoyé ce document, nous sommes partis. Elle vous jette à bord du *Duncan,* ne le quittez plus.

— Voulez-vous que je vous le dise, mes braves amis ? reprit alors Paganel ; eh bien, vous avez grande envie que je reste !

— Et vous, Paganel, vous mourez d'envie de rester, repartit Glenarvan.

— Parbleu ! s'écria le savant géographe, mais je craignais d'être indiscret ! »

CHAPITRE IX.

LE DÉTROIT DE MAGELLAN.

La joie fut générale à bord, quand on connut la résolution de Paganel. Le jeune Robert lui sauta au cou avec une vivacité fort démonstrative. Le digne secrétaire faillit tomber à la renverse. « Un rude petit bonhomme, dit-il, je lui apprendrai la géographie. »

Or, comme John Mangles se chargeait d'en faire un marin, Glenarvan un homme de cœur, le major un garçon de sang-froid, lady Helena un être bon et généreux, Mary Grant un élève reconnaissant envers de pareils maîtres, Robert devait évidemment devenir un jour un gentleman accompli.

Le *Duncan* termina rapidement son chargement de charbon, puis, quittant ces tristes parages, il gagna vers l'ouest le courant de la côte du Brésil, et, le 7 septembre, après avoir franchi l'équateur sous une belle brise du nord, il entra dans l'hémisphère austral.

La traversée se faisait donc sans peine. Chacun avait bon espoir. Dans cette expédition à la recherche du capitaine Grant, la somme des probabilités semblait s'accroître chaque jour. L'un des plus confiants du bord, c'était le capitaine. Mais sa confiance venait surtout du désir qui le tenait si fort au cœur de voir miss Mary heureuse et consolée. Il s'était pris d'un intérêt tout particulier pour cette jeune fille; et ce sentiment, il le cacha si bien, que sauf Mary Grant et lui, tout le monde s'en aperçut à bord du *Duncan*.

Quant au savant géographe, c'était probablement l'homme le plus heureux de l'hémisphère austral; il passait ses journées à étudier les cartes dont il couvrait la table du carré; de là des discussions quotidiennes avec Mr. Olbinett, qui ne pouvait mettre le couvert. Mais Paganel avait pour lui tous les hôtes de la dunette, sauf le major que les questions géographiques laissaient fort indifférent, surtout à l'heure du dîner. De plus, ayant découvert toute une cargaison de livres fort dépareillés dans les coffres du second, et parmi eux, un certain nombre d'ouvrages espagnols, Paganel résolut d'apprendre la langue de Cervantes, que personne ne savait à bord. Cela devait faciliter ses recherches sur le littoral chilien. Grâce à ses dispositions au polyglottisme, il ne désespérait pas de parler couramment ce nouvel idiome en arrivant à Concepçion. Aussi étudiait-il avec acharnement, et on l'entendait marmotter incessamment des syllabes hétérogènes.

Pendant ses loisirs, il ne manquait pas de donner une instruction pratique au jeune Robert, et lui apprenait l'histoire de ces côtes dont le *Duncan* s'approchait si rapidement.

On se trouvait alors, le 10 septembre, par 5° 37′ de latitude et 31° 15′ de longitude, et ce jour-là, Glenarvan apprit une chose que de plus instruits ignorent probablement. Paganel racontait l'histoire de l'Amérique, et pour arriver aux grands navigateurs, dont le yacht suivait alors la route, il remonta à Christophe Colomb; puis il finit en disant que le célèbre Génois était mort sans savoir qu'il avait découvert un nouveau monde.

Tout l'auditoire se récria. Paganel persista dans son affirmation.

« Rien n'est plus certain, ajouta-t-il. Je ne veux pas diminuer la gloire de Colomb, mais le fait est acquis. A la fin du quinzième siècle, les esprits n'avaient qu'une préoccupation : faciliter les communications avec l'Asie, et chercher l'Orient par les routes de l'Occident; en un mot, aller par le plus court « au pays des épices. » C'est ce que tenta Colomb. Il fit quatre voyages; il toucha l'Amérique aux côtes de Cumana, de Honduras, de Mosquitos, de Nicaragua, de Veragua, de Costa-Rica, de Panama, qu'il prit pour les terres du Japon et de la Chine, et mourut sans s'être rendu compte de l'existence du grand continent auquel il ne devait pas même léguer son nom!

— Je veux vous croire, mon cher Paganel, répondit Glenarvan, cependant vous me permettrez d'être surpris, et de vous demander quels sont les navigateurs qui ont reconnu la vérité sur les découvertes de Colomb?

— Ses successeurs, Ojeda qui l'avait déjà accompagné dans ses voyages, ainsi que Vincent Pinzon, Vespuce Mendoza, Bastidas, Cabral, Solis, Balboa. Ces navigateurs longèrent les côtes orientales de l'Amérique; ils les délimitèrent en descendant vers le sud, emportés, eux aussi, trois cent soixante ans avant nous, par ce courant qui nous entraîne! Voyez, mes amis, nous avons coupé l'équateur à l'endroit même où Pinzon le passa dans la dernière année du quinzième siècle, et nous approchons de ce huitième degré de latitude australe sous lequel il accosta les terres du Brésil. Un an après, le portugais Cabral descendit jusqu'au port Séguro. Puis Vespuce, dans sa troisième expédition en 1502, alla plus loin encore dans le sud. En 1508, Vincent Pinzon et Solis s'associèrent pour la reconnaissance des rivages américains, et en 1514, Solis découvrit l'embouchure du Rio de la Plata, où il fut dévoré par les indigènes, laissant à Magellan la gloire de contourner le continent. Ce grand navigateur, en 1519, partit avec cinq bâtiments, suivit les côtes de la Patagonie, découvrit le port Désiré, le port San-Julian, où il fit de longues relâches, trouva par cinquante-deux degrés de latitude ce détroit des Onze mille Vierges qui devait porter son nom, et le 28 novembre 1520, il déboucha dans l'océan Pacifique. Ah! quelle joie il dut éprouver, et quelle émotion fit battre son cœur, lorsqu'il vit une mer nouvelle étinceler à l'horizon sous les rayons du soleil!

— Oui, monsieur Paganel, s'écria Robert Grant, enthousiasmé par les paroles du géographe, j'aurais voulu être là !

— Moi aussi, mon garçon, et je n'aurais pas manqué une occasion pareille, si le ciel m'eût fait naître trois cents ans plus tôt !

— Ce qui eût été fâcheux pour nous, monsieur Paganel, répondit lady Helena, car vous ne seriez pas maintenant sur la dunette du *Duncan* à nous raconter cette histoire.

— Un autre vous l'eût dite à ma place, madame, et il aurait ajouté que la reconnaissance de la côte occidentale est due aux frères Pizarre. Ces hardis aventuriers furent de grands fondateurs de villes. Cusco, Quito, Lima, Santiago, Villarica, Valparaiso et Concepcion, où le *Duncan* nous mène, sont leur ouvrage. A cette époque, les découvertes de Pizarre se relièrent à celles de Magellan, et le développement des côtes américaines figura sur les cartes, à la grande satisfaction des savants du vieux monde.

— Eh bien, moi, dit Robert, je n'aurais pas encore été satisfait.

— Pourquoi donc? répondit Mary, en considérant son jeune frère qui se passionnait à l'histoire de ces découvertes.

— Oui, mon garçon, pourquoi? demanda lord Glenarvan avec le plus encourageant sourire.

— Parce que j'aurais voulu savoir ce qu'il y avait au delà du détroit de Magellan.

— Bravo, mon ami, répondit Paganel, et moi aussi, j'aurais voulu savoir si le continent se prolongeait jusqu'au pôle, ou s'il existait une mer libre, comme le supposait Drake, un de vos compatriotes, mylord. Il est donc évident que si Robert Grant et Jacques Paganel eussent vécu au dix-septième siècle, ils se seraient embarqués à la suite de Shouten et de Lemaire, deux hollandais fort curieux de connaître le dernier mot de cette énigme géographique.

— Étaient-ce des savants? demanda lady Helena.

— Non, mais d'audacieux commerçants, que le côté scientifique des découvertes inquiétait assez peu. Il existait alors une compagnie hollandaise des Indes orientales qui avait un droit absolu sur tout le commerce fait par le détroit de Magellan. Or, comme à cette époque on ne connaissait pas d'autre passage pour se rendre en Asie par les routes de l'Occident, ce privilége constituait un accaparement véritable. Quelques négociants voulurent donc lutter contre ce monopole, en découvrant un autre détroit, et de ce nombre fut un certain Isaac Lemaire, homme intelligent et instruit. Il fit les frais d'une expédition commandée par son neveu, Jacob Lemaire, et Shouten, un bon marin originaire de Horn. Ces hardis navigateurs partirent au mois de juin 1615, près d'un siècle après Magellan; ils découvrirent le détroit de Lemaire entre la Terre de Feu et la Terre des États, et le 12 février 1616, ils doublèrent ce fameux cap Horn, qui mieux que son frère, le cap de Bonne-Espérance, eût mérité de s'appeler le cap des Tempêtes!

— Oui certes, j'aurais voulu être là! s'écria Robert.

— Et tu aurais puisé à la source des émotions les plus vives, mon garçon, reprit Paganel en s'animant. Est-il, en effet, une satisfaction plus vraie, un plaisir plus réel que celui du navigateur qui pointe ses découvertes sur la carte du bord? Il voit les terres se former peu à peu sous ses regards, île par île, promontoire par promontoire, et, pour ainsi dire, émerger du sein des flots! D'abord, les lignes terminales sont vagues, brisées, interrompues! Ici un cap solitaire, là une baie isolée, plus loin un golfe perdu dans l'espace. Puis, les découvertes se complètent, les lignes se rejoignent, le pointillé des cartes fait place au trait; les baies échancrent des côtes déterminées, les caps s'appuient sur des rivages certains; enfin, le nouveau continent avec ses lacs, ses rivières et ses fleuves, ses montagnes, ses vallées et ses plaines, ses villages, ses villes et ses capitales, se déploie sur le globe dans toute sa splendeur magnifique! Ah! mes amis! un découvreur de terres est un véritable inventeur! il en a les émotions et les surprises! Mais maintenant cette mine est à peu près épuisée! On a tout vu, tout reconnu, tout inventé en fait de continents ou de nouveaux mondes, et nous autres, derniers venus dans la science géographique, nous n'avons plus rien à faire!

— Si, mon cher Paganel, répondit Glenarvan.

— Et quoi donc?

— Ce que nous faisons! »

Cependant, le *Duncan* filait sur cette route des Vespuce et des Magellan avec une rapidité merveilleuse. Le 15 septembre, il coupa le tropique du Capricorne, et le cap fut dirigé vers l'entrée du célèbre détroit; plusieurs fois les côtes basses de la Patagonie furent aperçues, mais comme une ligne à peine visible à l'horizon; on les rangeait à plus de dix milles, et la fameuse longue-vue de Paganel ne lui donna qu'une vague idée de ces rivages américains.

Le 25 septembre, le *Duncan* se trouvait à la hauteur du détroit de Magellan. Il s'y engagea sans hésiter; cette voie est généralement préférée par les navires à vapeur qui se rendent dans l'océan Pacifique; sa longueur exacte n'est que de trois cent soixante-seize milles[1]; les bâtiments du plus fort tonnage y trouvent partout une eau profonde, même au ras de ses rivages, un fond d'une excellente tenue, de nombreuses aiguades, des rivières abondantes en poissons, des forêts riches en gibier, en vingt endroits des relâches sûres et faciles, enfin mille ressources qui manquent au détroit de Lemaire et aux terribles rochers du cap Horn, incessamment visités par les ouragans et les tempêtes.

Pendant les premières heures de navigation, c'est-à-dire sur un espace de soixante à quatre-vingts milles,

1. 130 lieues.

jusqu'au cap Grégoire, les côtes sont basses et sablonneuses. Jacques Paganel ne voulait perdre ni un point de vue ni un détail du détroit; la traversée devait durer trente-six heures à peine, et ce panorama mouvant des deux rives valait bien la peine que le savant s'imposa de l'admirer sous les splendides clartés du soleil austral. Nul habitant ne se montra sur les terres du nord; quelques misérables Fuegiens seulement erraient sur les rocs décharnés de la Terre de Feu.

Paganel eut donc à regretter de ne pas voir de Patagons. Ce qui le fâcha fort, au grand amusement de ses compagnons de route.

« Une Patagonie sans Patagons, disait-il, ce n'est plus une Patagonie.

— Patience, mon digne géographe! lui répondit Glenarvan, nous verrons des Patagons.

— Je n'en suis pas certain.

— Mais il en existe, dit lady Helena.

— J'en doute fort, madame, puis je n'en vois pas.

— Enfin, ce nom de Patagons, qui signifie « grands pieds » en espagnol, n'a pas été donné à des êtres imaginaires.

— Oh! le nom n'y fait rien, répondit Paganel, qui s'entêtait dans son idée pour animer la discussion, et d'ailleurs, à vrai dire, on ignore comment ils se nomment!

— Par exemple, s'écria Glenarvan! Saviez-vous cela, major?

— Non, répondit Mac Nabbs, et je ne donnerais pas une livre d'Écosse pour le savoir.

— Vous l'entendrez pourtant, reprit Paganel, major indifférent! Si Magellan a nommé Patagons les indigènes de ces contrées, les Fuegiens les appellent Tiremenen, les Chiliens Caucalhues, les colons du Carmen Tehuelches, les Araucans Huiliches; Bougainville leur donne le nom de Chaouha, Falkner celui de Tehuelhets! Eux-mêmes, ils se désignent sous la dénomination générale d'Inaken! Je vous demande comment vous voulez que l'on s'y reconnaisse, et si un peuple qui a tant de noms peut exister!

— Voilà un argument! répondit lady Helena.

— Admettons-le, reprit Glenarvan; mais notre ami Paganel avouera, je pense, que s'il y a doute sur le nom des Patagons, il y a au moins certitude sur leur taille!

— Jamais je n'avouerai une pareille énormité, répondit Paganel.

— Ils sont grands, dit Glenarvan.

— Je l'ignore.

— Petits? demanda lady Helena.

— Personne ne peut l'affirmer.

— Moyens, alors? dit Mac Nabbs, pour tout concilier.

— Je ne le sais pas davantage.

— Cela est un peu fort, s'écria Glenarvan; les voyageurs qui les ont vus....

— Les voyageurs qui les ont vus, répondit le géographe, ne s'entendent en aucune façon. Magellan dit que sa tête touchait à peine à leur ceinture !

— Eh bien !

— Oui, mais Drake prétend que les Anglais sont plus grands que le plus grand Patagon !

— Oh ! des Anglais ! c'est possible, répliqua dédaigneusement le major ; mais s'il s'agissait d'Écossais.

— Cavendish assure qu'ils sont grands et robustes, reprit Paganel. Hawkins en fait des géants. Lemaire et Shouten leur donnent onze pieds de haut.

— Bon, voilà des gens dignes de foi, dit Glenarvan.

— Oui, tout autant que Wood, Narborough et Falkner, qui leur ont trouvé une taille moyenne. Il est vrai que Byron, la Giraudais, Bougainville, Wallis et Carteret affirment que les Patagons ont six pieds six pouces, tandis que M. d'Orbigny, le savant qui connaît le mieux ces contrées, leur attribue une taille moyenne de cinq pieds quatre pouces.

— Mais alors, dit lady Helena, quelle est la vérité au milieu de tant de contradictions ?

— La vérité, madame, répondit Paganel, la voici : c'est que les Patagons ont les jambes courtes et le buste développé. On peut donc formuler son opinion d'une manière plaisante, en disant que ces gens-là ont six pieds quand ils sont assis, et cinq seulement quand ils sont debout.

— Bravo ! mon cher savant, répondit Glenarvan. Voilà qui est bien dit !

— A moins, reprit Paganel, qu'ils n'existent pas, ce qui mettrait tout le monde d'accord. Mais pour finir, mes amis, j'ajouterai cette remarque consolante : c'est que le détroit de Magellan est magnifique, même sans Patagons ! »

En ce moment, le *Duncan* contournait la presqu'île de Brunswick, entre deux panoramas splendides. Soixante-dix milles après avoir doublé le cap Gregory, il laissa sur tribord le pénitentiaire de Punta Arena. Le pavillon chilien et le clocher de l'église apparurent un instant entre les arbres. Alors le détroit courait entre des masses granitiques d'un effet imposant ; les montagnes cachaient leur pied au sein de forêts immenses, et perdaient dans les nuages leur tête poudrée d'une neige éternelle ; vers le sud-ouest, le mont Tarn se dressait à six mille cinq cents pieds dans les airs ; la nuit vint, précédée d'un long crépuscule ; la lumière se fondit insensiblement en nuances douces ; le ciel se constella d'étoiles brillantes, et la Croix du Sud vint marquer aux yeux des navigateurs la route du pôle austral. Au milieu de cette obscurité lumineuse, à la clarté de ces astres qui remplacent les phares des côtes civilisées, le yacht continua audacieusement sa route sans jeter l'ancre dans ces baies faciles dont le rivage abonde ; souvent l'extrémité de ses vergues frôla les branches des hêtres antarctiques qui se penchaient sur les flots ; souvent aussi son hélice battit les eaux des grandes rivières, en réveillant les oies, les canards, les bécassines, les sarcelles, et tout ce monde emplumé des humides parages. Bientôt des ruines apparurent, et quelques écroulements auxquels la nuit prêtait un aspect grandiose, tristes restes d'une colonie abandonnée, dont le nom prostestera éternellement contre la fertilité de ces côtes et la richesse de ces forêts giboyeuses. Le *Duncan* passait devant le Port-Famine.

Ce fut à cet endroit même que l'Espagnol Sarmiento, en 1581, vint s'établir avec quatre cents émigrants; il y fonda la ville de Saint-Philippe; des froids extrêmement rigoureux décimèrent la colonie, la disette acheva ceux que l'hiver avait épargnés, et en 1587, le corsaire Cavendish trouva le dernier de ces quatre cents malheureux qui mourait de faim sur les ruines d'une ville vieille de six siècles après six ans d'existence.

Le *Duncan* longea ces rivages déserts; au lever du jour, il naviguait au milieu des passes rétrécies, entre des forêts de hêtres, de frênes et de bouleaux, du sein desquelles émergeaient des dômes verdoyants, des mamelons tapissés d'un houx vigoureux, et des pics aigus, parmi lesquels l'obélisque de Buckland se dressait à une grande hauteur. Il passa à l'ouvert de la baie Saint-Nicolas, autrefois la baie des Français, ainsi nommée par Bougainville; au loin, se jouaient des troupeaux de phoques et de baleines d'une grande taille, à en juger par leurs jets qui étaient visibles à une distance de quatre milles. Enfin, il doubla le cap Froward, tout hérissé encore des dernières glaces de l'hiver. De l'autre côté du détroit, sur la Terre de Feu, s'élevait à six mille pieds le mont Sarmiento, énorme agrégation de roches séparées par des bandes de nuages, et qui formaient dans le ciel comme un archipel aérien.

C'est au cap Froward que finit véritablement le continent américain, car le cap Horn n'est qu'un rocher perdu en mer sous le cinquante-sixième degré de latitude.

Ce point dépassé, le détroit se rétrécit entre la presqu'île de Brunswick et la Terre de la Désolation, longue île allongée entre mille îlots, comme un énorme cétacé échoué au milieu des galets. Quelle différence entre cette extrémité si déchiquetée de l'Amérique, et les pointes franches et nettes de l'Afrique, de l'Australie ou des Indes! Quel cataclysme inconnu a ainsi pulvérisé cet immense promontoire jeté entre deux océans?

Alors aux rivages fertiles succédait une suite de côtes dénudées, à l'aspect sauvage, échancrées par les mille pertuis de cet inextricable labyrinthe. Le *Duncan*, sans une erreur, sans une hésitation, suivait de capricieuses sinuosités en mêlant les tourbillons de sa fumée aux brumes déchirées par les rocs. Il passa, sans ralentir sa marche, devant quelques factoreries espagnoles établies sur ces rives abandonnées. Au cap Tamar, le détroit s'élargit ; le yacht put prendre du champ pour tourner la côte accore des îles Narborough, et se rapprocha des rivages du sud. Enfin, trente-six heures après avoir embouqué le détroit, il vit surgir le rocher du cap Pilares sur l'extrême pointe de la Terre de la Désolation. Une mer immense, libre, étincelante, s'étendait devant son étrave, et Jacques Paganel, la saluant d'un geste enthousiaste, se sentit ému comme le fut Fernand de Magellan lui-même, au moment où la *Trinitad*[1] s'inclina sous les brises de l'océan Pacifique.

CHAPITRE X.

LE TRENTE-SEPTIÈME PARALLÈLE.

Huit jours après avoir doublé le cap Pilares, le *Duncan* donnait à pleine vapeur dans la baie de Talcahuano, magnifique estuaire long de douze milles et large de neuf. Le temps était admirable. Le ciel de ce pays n'a pas un nuage de novembre à mars, et le vent du sud règne invariablement le long de ces côtes abritées par la chaîne des Andes. John Mangles, suivant les ordres d'Edward Glenarvan, avait serré de près l'archipel des

1. Navire que montait Magellan.

Chiloé et les innombrables débris de tout ce continent américain. Quelque épave, un espars brisé, un bout de bois travaillé de la main des hommes, pouvaient mettre le *Duncan* sur les traces du naufrage; mais on ne vit rien, et le yacht, continuant sa route, mouilla dans le port de Talcahuano, quarante-deux jours après avoir quitté les eaux brumeuses de la Clyde.

Aussitôt Glenarvan fit mettre son canot à la mer, et, suivi de Paganel, il débarqua au pied de l'estacade. Le savant géographe, profitant de la circonstance, voulut se servir de la langue espagnole qu'il avait si consciencieusement étudiée; mais, à son grand étonnement, il ne put se faire comprendre des indigènes.

« C'est l'accent qui me manque, dit-il.

— Allons à la Douane, » répondit Glenarvan.

Là, on lui apprit au moyen de quelques mots d'anglais accompagnés de gestes expressifs, que le consul britannique résidait à Concepcion. C'était une course d'une heure. Glenarvan trouva aisément deux chevaux d'allure rapide, et peu de temps après, Paganel et lui franchissaient les murs de cette grande ville, due au génie entreprenant de Valdivia, le vaillant compagnon des Pizarre.

Combien elle était déchue de son ancienne splendeur! Souvent pillée par les indigènes, incendiée en 1819, désolée, ruinée, ses murs encore noircis par la flamme des dévastations, éclipsée déjà par Talcahuano, elle comptait à peine huit mille âmes. Sous le pied paresseux des habitants, ses rues se transformaient en prairies. Pas de commerce, activité nulle, affaires impossibles. La mandoline résonnait à chaque balcon ; des chansons langoureuses s'échappaient à travers la jalousie des fenêtres, et Concepcion, l'antique cité des hommes, était devenue un village de femmes et d'enfants.

Glenarvan se montra peu désireux de rechercher les causes de cette décadence, bien que Jacques Paganel l'entreprît à ce sujet, et, sans perdre un instant, il se rendit chez J. R. Bentock, esq., consul de Sa Majesté Britannique. Ce personnage le reçut fort civilement, et se chargea, lorsqu'il connut l'histoire du capitaine Grant, de prendre des informations sur tout le littoral.

Quant à la question de savoir si le trois-mâts *Britannia* avait fait côte vers le trente-septième parallèle le long des rivages chiliens ou araucaniens, elle fut résolue négativement. Aucun rapport sur un événement de cette nature n'était parvenu ni au consul, ni à ses collègues des autres nations. Glenarvan ne se découragea pas. Il revint à Talcahuano, et n'épargnant ni démarches, ni soins, ni argent, il expédia des agents sur les côtes. Vaines recherches. Les enquêtes les plus minutieuses faites chez les populations riveraines ne produisirent pas de résultat. Il fallut en conclure que le *Britannia* n'avait laissé aucune trace de son naufrage.

Glenarvan instruisit alors ses compagnons de l'insuccès de ses démarches. Mary Grant et son frère ne purent contenir l'expression de leur douleur. C'était six jours après l'arrivée du *Duncan* à Talcahuano. Ses passagers se trouvaient réunis dans la dunette. Lady Helena consolait, non par ses paroles — qu'aurait-elle pu dire? — mais par ses caresses les deux enfants du capitaine. Jacques Paganel avait repris le document, et il le considérait avec une profonde attention, comme s'il eût voulu lui arracher de nouveaux secrets. Depuis une heure, il l'examinait ainsi, lorsque Glenarvan, l'interpellant, lui dit :

« Paganel! je m'en rapporte à votre sagacité. Est-ce que l'interprétation que nous avons faite de ce document est erronée? Est-ce que le sens de ces mots est illogique? »

Paganel ne répondit pas. Il réfléchissait.

« Est-ce que nous nous trompons sur le théâtre présumé de la catastrophe? reprit Glenarvan. Est-ce que le nom de *Patagonie* ne saute pas aux yeux des gens les moins perspicaces? »

Paganel se taisait toujours.

« Enfin, dit Glenarvan, le mot *Indien* ne vient-il pas encore nous donner raison?

— Parfaitement, répondit Mac Nabbs.

— Et, dès lors, n'est-il pas évident que les naufragés, au moment où ils écrivaient ces lignes, s'attendaient à devenir prisonniers des Indiens?

— Je vous arrête là, mon cher lord, répondit enfin Paganel, et si vos autres conclusions sont justes, la dernière, du moins, ne me paraît pas rationnelle.

— Que voulez-vous dire? demanda lady Helena, tandis que tous les regards se fixaient sur le géographe.

— Je veux dire, répondit Paganel en accentuant ses paroles, que le capitaine Grant *est maintenant prisonnier des Indiens,* et j'ajouterai que le document ne laisse aucun doute sur cette situation.

— Expliquez-vous, monsieur! dit miss Grant.

— Rien de plus facile, ma chère Mary; au lieu de lire sur le document *seront prisonniers,* lisons *sont prisonniers,* et tout devient clair.

— Mais cela est impossible! répondit lord Edward.

— Impossible! Et pourquoi, mon noble ami? demanda Paganel en souriant.

— Parce que la bouteille n'a pu être lancée qu'au moment où le navire se brisait sur les roches. De là, cette conséquence que les degrés de longitude et de latitude s'appliquent au lieu même du naufrage.

— Rien ne le prouve, répliqua vivement Paganel, et je ne vois pas pourquoi les naufragés, après avoir été entraînés par les Indiens dans l'intérieur du continent, n'auraient pas cherché à faire connaître, au moyen de cette bouteille, le lieu de leur captivité.

— Tout simplement, mon cher Paganel, parce que, pour lancer une bouteille à la mer, il faut au moins que la mer soit là.

— Ou à défaut de la mer, repartit Paganel, les fleuves qui s'y jettent! »

Un silence d'étonnement accueillit cette réponse

inattendue, et admissible, cependant. A l'éclair qui brilla dans les yeux de ses auditeurs, Paganel comprit que chacun d'eux se rattachait à une nouvelle espérance. Lady Helena fut la première à reprendre la parole.

« Quelle idée! s'écria-t-elle.

— Et quelle bonne idée! ajouta naïvement le géographe.

— Alors, votre avis?... demanda Glenarvan.

— Mon avis est de chercher le trente-septième parallèle à l'endroit où il rencontre la côte américaine, et de le suivre sans s'écarter d'un demi-degré jusqu'au point où il se plonge dans l'Atlantique. Peut-être trouverons-nous sur son parcours les naufragés du *Britannia*.

— Faible chance! répondit le major.

— Si faible qu'elle soit, reprit Paganel, nous ne devons pas la négliger. Que j'aie raison, par hasard, que cette bouteille soit arrivée à la mer en suivant le courant d'un fleuve de ce continent, nous ne pouvons manquer, dès lors, de tomber sur les traces des prisonniers. Voyez, mes amis, voyez la carte de ce pays, et je vais vous convaincre jusqu'à l'évidence! »

Ce disant, Paganel étala sur la table une carte du Chili et des provinces argentines.

« Regardez, dit-il, et suivez-moi dans cette promenade à travers le continent américain. Enjambons l'étroite bande chilienne. Franchissons la Cordillère des Andes. Descendons au milieu des Pampas. Les fleuves, les rivières, les cours d'eau manquent-ils à ces régions? Non. Voici le Rio-Negro, voici le Rio-Colorado, voici leurs affluents coupés par le trente-septième degré de latitude, et qui tous ont pu servir au transport du document. Là, peut-être, au sein d'une tribu, aux mains d'Indiens sédentaires, au bord de ces rivières peu connues, dans les gorges des Sierras, ceux que j'ai le droit de nommer nos amis attendent une intervention providentielle! Devons-nous donc tromper leur espérance? N'est-ce pas votre avis à tous de suivre à travers ces contrées la ligne rigoureuse que mon doigt trace en ce moment sur la carte, et si, contre toute prévision, je me trompe encore, n'est-ce pas notre devoir de remonter jusqu'au bout le trente-septième parallèle, et, s'il le faut pour retrouver les naufragés, de faire avec lui le tour du monde? »

Ces paroles, prononcées avec une généreuse animation, produisirent une émotion profonde parmi les auditeurs de Paganel. Tous se levèrent et vinrent lui serrer la main.

« Oui! mon père est là! s'écriait Robert Grant, en dévorant la carte des yeux.

— Et où il est, répondit Glenarvan, nous saurons le retrouver, mon enfant! Rien de plus logique que l'interprétation de notre ami Paganel, et il faut, sans hésiter, suivre la voie qu'il nous trace. Ou le capitaine Grant est entre les mains d'Indiens nombreux, ou il est prisonnier d'une faible tribu. Dans ce dernier cas, nous le délivrons. Dans l'autre, après avoir reconnu sa situation, nous rejoignons le *Duncan* sur la côte orientale, nous gagnons Buenos-Ayres, et là, un détachement organisé par le major Mac Nabbs aura raison de tous les Indiens des provinces argentines.

— Bien! bien! Votre Honneur, répondit John Mangles, et j'ajouterai que cette traversée du continent américain se fera sans périls.

— Sans périls et sans fatigues, reprit Paganel. Combien l'ont accomplie déjà, qui n'avaient guère nos moyens d'exécution, et dont le courage n'était pas soutenu par la grandeur de l'entreprise! Est-ce qu'en 1782 un certain Basilio Villarmo n'est pas allé de Carmen aux Cordillères? Est-ce qu'en 1806 un Chilien, alcade de la province de Concepcion, don Luiz de la Cruz, parti d'Autuco, n'a pas précisément suivi ce trente-septième degré, et, franchissant les Andes, n'est-il pas arrivé à Buenos-Ayres, après un trajet accompli en quarante-sept jours? Enfin le colonel Garcia, M. Alcide d'Orbigny, et mon honorable collègue, le docteur Martin de Moussy, n'ont-ils pas parcouru ce pays en tous les sens, et fait pour la science ce que nous allons faire pour l'humanité?

— Monsieur! Monsieur, dit Mary Grant d'une voix brisée par l'émotion, comment reconnaître un dévouement qui vous expose à tant de dangers?

— Des dangers! s'écria Paganel. Qui a prononcé le mot *danger*?

— Ce n'est pas moi! répondit Robert Grant, l'œil brillant, le regard décidé.

— Des dangers! reprit Paganel, est-ce que cela existe? D'ailleurs, de quoi s'agit-il? d'un voyage de trois cent cinquante lieues à peine, puisque nous irons en ligne droite, d'un voyage qui s'accomplira sous une latitude équivalente à celle de l'Espagne, de la Sicile, de la Grèce, dans l'autre hémisphère, et par conséquent sous un climat à peu près identique, d'un voyage enfin dont la durée sera d'un mois au plus! C'est une promenade!

— Monsieur Paganel, demanda alors lady Helena, vous pensez donc que si les naufragés sont tombés au pouvoir des Indiens, leur existence a été respectée?

— Si je le pense, madame! mais les Indiens ne sont pas des anthropophages! Loin de là. Un de mes compatriotes, que j'ai connu à la Société de géographie, M. Guinnard, est resté pendant trois ans prisonnier des Indiens des Pampas. Il a souffert, il a été fort malmené, mais enfin, il est sorti vivant de cette épreuve. Un Européen est un être utile dans ces contrées; les Indiens en connaissent la valeur, et ils le soignent comme un animal de prix.

— Eh bien, il n'y a plus à hésiter, dit Glenarvan, il faut partir, et partir sans retard. Quelle route devons-nous suivre?

— Une route facile et agréable, répondit Paganel. Un peu de montagnes en commençant, puis, une pente douce sur le versant oriental des Andes, et enfin une plaine unie, gazonnée, sablée, un vrai jardin.

— Voyons la carte, dit le major.

— La voici, mon cher Mac Nabbs. Nous irons prendre l'extrémité du trente-septième parallèle sur la côte chilienne entre la pointe Rumena et la baie de Carnero. Après avoir traversé la capitale de l'Araucanie, nous couperons la Cordillère par la passe d'Antuco, en laissant le volcan au sud; puis, glissant sur les déclivités allongées des montagnes, franchissant le Neuquem, le Rio-Colorado, nous atteindrons les Pampas, le lac Salinas, la rivière Guamini, la Sierra Tapalquen. Là se présentent les frontières de la province de Buenos-Ayres. Nous les passerons, nous gravirons la Sierra Tandil, et nous prolongerons nos recherches jusqu'à la pointe Medano, sur les rivages de l'Atlantique. »

En parlant ainsi, en développant le programme de l'expédition, Paganel ne prenait même pas la peine de regarder la carte déployée sous ses yeux, il n'en avait que faire. Nourrie des travaux de Frésier, de Molina, de Humboldt, de Miers, de d'Orbigny, sa mémoire imperturbable ne pouvait être ni trompée ni surprise. Après avoir terminé cette nomenclature géographique, il ajouta :

« Donc, mes chers amis, la route est droite. En trente jours nous l'aurons franchie, et nous serons arrivés avant le *Duncan* sur la côte orientale, pour peu que les vents d'aval retardent sa marche.

— Ainsi, le *Duncan*, dit John Mangles, devra croiser entre le cap Corrientes et le cap Saint-Antoine?

— Précisément.

— Et comment composeriez-vous le personnel d'une pareille expédition? demanda lord Edward.

— Le plus simplement possible. Il s'agit seulement de reconnaître la situation du capitaine Grant, et non de faire le coup de fusil avec les Indiens. Je crois que lord Glenarvan, notre chef naturel, le major, qui ne voudra céder sa place à personne, votre serviteur, Jacques Paganel...

— Et moi! s'écria le jeune Grant.

— Robert! Robert! dit Mary.

— Et pourquoi pas? répondit Paganel. Les voyages forment la jeunesse. Donc, nous quatre, et trois marins du *Duncan*...

— Comment, dit John Mangles en s'adressant à son maître, Votre Honneur ne réclame pas pour moi?

— Mon cher John, répondit Glenarvan, nous laissons nos passagères à bord, c'est-à-dire ce que nous avons de plus cher au monde! Qui veillerait sur elles, si ce n'est le dévoué capitaine du *Duncan*?

— Nous ne pouvons donc pas vous accompagner? dit lady Helena, dont les yeux se voilèrent d'un nuage de tristesse.

— Ma chère Helena, répondit Glenarvan, notre voyage doit s'accomplir dans des conditions exceptionnelles de célérité; notre séparation sera courte, et...

— Oui, mon ami, je vous comprends, répondit lady Helena, allez donc, et réussissez dans votre entreprise !

— D'ailleurs, ce n'est pas un voyage, dit Paganel.

— Et qu'est-ce donc ? demanda lady Helena.

— Un passage, rien de plus. Nous passerons, voilà tout, comme l'honnête homme sur terre, en faisant le plus de bien possible. *Transire benefaciendo*, c'est là notre devise. »

Sur cette parole de Paganel se termina la discussion, si l'on peut donner ce nom à une conversation dans laquelle tout le monde fut du même avis. Les préparatifs commencèrent le jour même. On résolut de tenir l'expédition secrète pour ne pas donner l'éveil aux Indiens.

Le départ fut fixé au 14 octobre. Quand il s'agit de choisir les matelots destinés à débarquer, tous offrirent leurs services, et Glenarvan n'eut que l'embarras du choix. Il préféra donc s'en remettre au sort pour ne pas désobliger de si braves gens. C'est ce qui eut lieu, et le second, Tom Austin, Wilson, un vigoureux gaillard, et Mulrady, qui eût défié à la boxe Tom Sayers lui-même [1], n'eurent point à se plaindre de la chance.

Glenarvan avait déployé une extrême activité dans ses préparatifs. Il voulait être prêt au jour indiqué, et il le fut. Concurremment, John Mangles s'approvisionnait de charbon, de manière à pouvoir reprendre

1. Fameux boxeur de Londres.

immédiatement la mer. Il tenait à devancer les voyageurs sur la côte argentine. De là, une véritable rivalité entre Glenarvan et le jeune capitaine, qui tourna au profit de tous.

En effet, le 14 octobre, à l'heure dite, chacun était prêt. Au moment du départ, les passagers du yacht se réunirent dans le carré. Le *Duncan* était en mesure d'appareiller, et les branches de son hélice troublaient déjà les eaux limpides de Talcahuano. Glenarvan, Paganel, Mac Nabbs, Robert Grant, Tom Austin, Wilson, Mulrady, armés de carabines et de revolvers Colt, se préparèrent à quitter le bord. Guides et mulets les attendaient à l'extrémité de l'estacade.

« Il est temps, dit enfin lord Edward.

— Allez donc, mon ami ! » répondit lady Helena en contenant son émotion.

Lord Glenarvan la pressa sur son cœur, tandis que Robert se jetait au cou de Mary Grant.

« Et maintenant, chers compagnons, dit Jacques Paganel, une dernière poignée de main qui nous dure jusqu'aux rivages de l'Atlantique ! »

C'était beaucoup demander. Cependant il y eut là des étreintes capables de réaliser les vœux du digne savant.

On remonta sur le pont, et les sept voyageurs quittèrent le *Duncan*. Bientôt ils atteignirent le quai, dont le yacht en évoluant se rapprocha à moins d'une demi-encâblure.

Lady Helena, du haut de la dunette, s'écria une dernière fois :

« Mes amis, Dieu vous aide !

— Et il nous aidera, madame, répondit Jacques Paganel, car, je vous prie de le croire, nous nous aiderons nous-mêmes !

— En avant ! cria John Mangles à son mécanicien.

— En route ! » répondit lord Glenarvan.

Et à l'instant même où les voyageurs, rendant la bride à leur monture, suivaient le chemin du rivage, le *Duncan*, sous l'action de son hélice, reprenait à toute vapeur la route de l'Océan.

CHAPITRE XI.

TRAVERSÉE DU CHILI.

La troupe indigène organisée par Glenarvan se composait de trois hommes et d'un enfant. Le muletier-chef était un Anglais naturalisé dans ce pays depuis vingt ans. Il faisait le métier de louer des mulets aux voyageurs et de les guider à travers les différents passages des Cordillères. Puis, il les remettait entre les mains d'un « baqueano, » guide argentin, auquel le chemin des Pampas était familier. Cet Anglais n'avait pas tellement oublié sa langue maternelle dans la compagnie des mulets et des Indiens qu'il ne pût s'entretenir avec les voyageurs. De là, une facilité pour la manifestation de ses volontés et l'exécution de ses ordres dont Glenarvan s'empressa de profiter, puisque Jacques Paganel ne parvenait pas encore à se faire comprendre.

Ce muletier-chef, ce « catapaz, » suivant la dénomination chilienne, était secondé par deux péons indigènes et un enfant de douze ans. Les péons surveillaient les mulets chargés du bagage de la troupe, et l'enfant conduisait la « madrina, » petite jument qui, portant grelots et sonnette, marchait en avant et entraînait dix mules à sa suite. Les voyageurs en montaient sept, le catapaz une; les deux autres transportaient les vivres et quelques rouleaux d'étoffes destinés à assurer le bon vouloir des caciques de la plaine. Les péons allaient à pied, suivant leur habitude. Cette traversée de l'Amérique méridionale devait donc s'effectuer dans les conditions les meilleures, au point de vue de la sûreté et de la célérité.

Ce n'est pas un voyage ordinaire que ce passage à travers la chaîne des Andes. On ne peut l'entreprendre sans employer ces robustes mulets dont les plus estimés sont de provenance argentine. Ces excellentes bêtes ont acquis dans le pays un développement supérieur à celui de la race primitive. Elles sont peu difficiles sur la question de nourriture. Elles ne boivent qu'une seule fois par jour, font aisément dix lieues en huit heures, et portent, sans se plaindre, une charge de quatorze arrobes [1].

Il n'y a pas d'auberges sur cette route d'un Océan à l'autre. On mange de la viande séchée, du riz assaisonné de piment, et le gibier qui consent à se laisser tuer en route. On boit l'eau des torrents dans la montagne, l'eau des ruisseaux dans la plaine, relevée de quelques gouttes de rhum, dont chacun a sa provision contenue dans une corne de bœuf appelée « chiffle. » Il faut avoir soin, d'ailleurs, de ne pas abuser des boissons alcooliques, peu favorables dans une région où le système nerveux de l'homme est particulièrement exalté. Quant à la literie, elle est contenue tout entière dans la selle indigène nommée « recado. » Cette selle est faite de « pelions, » peaux de moutons tannées d'un côté et garnies de laine de l'autre, que maintiennent de larges sangles luxueusement brodées. Un voyageur roulé dans ces chaudes couvertures brave impunément les nuits humides et dort du meilleur sommeil.

Glenarvan, en homme qui sait voyager et se conformer aux usages des divers pays, avait adopté le costume chilien pour lui et les siens. Paganel et Robert, deux enfants, — un grand et un petit, — ne se sentirent pas

1. L'arrobe est une mesure du pays qui équivaut à 11 kilogrammes et 50 centigrammes.

de joie; quand ils introduisirent leur tête à travers le puncho national, vaste tartan percé d'un trou à son centre, et leurs jambes dans des bottes de cuir faites de la patte de derrière d'un jeune cheval. Il fallait voir leur mule richement harnachée, ayant à la bouche le mors arabe, la longue bride en cuir tressé servant de fouet, la têtière enjolivée d'ornements de métal, et les « alforjas, » doubles sacs en toile de couleur éclatante qui contenaient les vivres du jour. Paganel, toujours distrait, faillit recevoir trois ou quatre ruades de son excellente monture au moment de l'enfourcher. Une fois en selle, son inséparable longue-vue en bandoulière, les pieds cramponnés aux étriers, il se confia à la sagacité de sa bête, et n'eut pas lieu de s'en repentir. Quant au jeune Robert, il montra dès ses débuts de remarquables dispositions à devenir un excellent cavalier.

On partit. Le temps était superbe, le ciel d'une limpidité parfaite, et l'atmosphère suffisamment rafraîchie par les brises de mer, malgré les ardeurs du soleil. La petite troupe suivit d'un pas rapide les sinueux rivages de la baie de Talcahuano, afin de gagner à trente milles au sud l'extrémité du parallèle. On marcha rapidement pendant cette première journée à travers les roseaux d'anciens marais desséchés, mais on parla peu. Les adieux du départ avaient laissé une vive impression dans l'esprit des voyageurs. Ils pouvaient voir encore la fumée du *Duncan* qui se perdait à l'horizon. Tous se taisaient, à l'exception de Paganel; ce studieux géographe se posait à lui-même des questions en espagnol, et se répondait dans cette langue nouvelle.

Le catapaz, au surplus, était un homme assez taciturne, et que sa profession n'avait pas dû rendre bavard. Il parlait à peine à ses péons. Ceux-ci, en gens du métier, entendaient fort bien leur service. Si quelque mule s'arrêtait, ils la stimulaient d'un cri guttural; si le cri ne suffisait pas, un bon caillou, lancé d'une main sûre, avait raison de son entêtement. Qu'une sangle vînt à se détacher, une bride à manquer, le péon, se débarrassant de son puncho, enveloppait la tête de la mule, qui, l'accident réparé, reprenait aussitôt sa marche.

L'habitude des muletiers est de partir à huit heures après le déjeuner du matin, et d'aller ainsi jusqu'au moment de la couchée, à quatre heures du soir. Edward Glenarvan s'en tint à cet usage. Or, précisément, quand le signal de halte fut donné par le catapaz, les voyageurs arrivaient à la ville d'Arauco située à l'extrémité sud de la baie, sans avoir abandonné la lisière écumeuse de l'Océan. Il eut alors fallu marcher pendant une vingtaine de milles dans l'ouest jusqu'à la baie Carnero pour y trouver l'extrémité du trente-septième degré. Mais les agents de Glenarvan avaient déjà parcouru cette partie du littoral sans rencontrer aucun vestige du naufrage. Une nouvelle exploration devenait donc inutile, et il fut décidé que la ville d'Arauco serait prise pour point de départ. De là, la route devait être tenue vers l'est, suivant une ligne rigoureusement droite.

La petite troupe entra dans la ville pour y passer la nuit, et campa en pleine cour d'une auberge dont le confortable était encore à l'état rudimentaire.

Arauco est la capitale de l'Araucanie, un État long de cent cinquante lieues, large de trente, habité par les Molouches, ces fils aînés de la race chilienne chantés par le poëte Ercilla. Race fière et forte, la seule des deux Amériques qui n'ait jamais subi une domination étrangère. Si Arauco a jadis appartenu aux Espagnols, les populations, du moins, ne se soumirent pas; elles résistèrent alors comme elles résistent aujourd'hui aux envahissantes entreprises du Chili, et leur drapeau indépendant, — une étoile blanche sur champ d'azur, — flotte encore au sommet de la colline fortifiée qui protége la ville.

Tandis que l'on préparait le souper, Glenarvan, Paganel et le catapaz se promenèrent entre les maisons coiffées de chaumes. Sauf une église, et les restes d'un couvent de Franciscains, Arauco n'offrait rien de curieux. Glenarvan tenta de recueillir quelques renseignements qui n'aboutirent pas. Paganel était désespéré de ne pouvoir se faire comprendre des habitants; mais, puisque ceux-ci parlaient l'araucanien, — une langue mère dont l'usage est général jusqu'au détroit de Magellan, — l'espagnol de Paganel lui servait autant que de l'hébreu. Il occupa donc ses yeux à défaut de ses oreilles, et somme toute, il éprouva une vraie joie de savant à observer les divers types de la race molouche qui posaient devant lui. Les hommes avaient une taille élevée, le visage plat, le teint cuivré, le menton épilé, l'œil méfiant, la tête large et perdue dans une longue chevelure noire. Ils paraissaient voués à cette fainéantise spéciale des gens de guerre qui ne savent que faire en temps de paix. Leurs femmes, misérables et courageuses, s'employaient aux travaux pénibles du ménage, pansaient les chevaux, nettoyaient les armes, labouraient, chassaient pour leurs maîtres, et trouvaient encore le temps de fabriquer ces punchos bleu-turquoise qui demandent deux années de travail, et dont le moindre prix atteint cent dollars [1].

En résumé, ces Molouches forment un peuple peu intéressant et de mœurs assez sauvages. Ils ont à peu près tous les vices humains, contre une seule vertu, l'amour de l'indépendance.

« De vrais Spartiates, » répétait Paganel, quand, sa promenade terminée, il vint prendre place au repas du soir.

Le digne savant exagérait, et on le comprit encore moins quand il ajouta que son cœur de Français battait fort pendant sa visite à la ville d'Arauco. Lorsque le major lui demanda la raison de ce « battement » inat-

1. 500 francs.

tendu, il répondit que son émotion était bien naturelle, puisqu'un de ses compatriotes occupait naguère le trône d'Araucanie. Le major le pria de vouloir bien faire connaître le nom de ce souverain. Jacques Paganel nomma fièrement le brave M. de Tonneins, un excellent homme, ancien avoué de Périgueux, un peu trop barbu, et qui avait subi ce que les rois détrônés appellent volontiers « l'ingratitude de leurs sujets. » Le major ayant légèrement souri à l'idée d'un ancien avoué chassé du trône, Paganel répondit fort sérieusement qu'il était peut-être plus facile à un avoué de faire un bon roi, qu'à un roi de faire un bon avoué. Et sur cette remarque, chacun de rire, et de boire quelques gouttes de « chicha[1] » à la santé d'Orellie-Antoine I, ex-roi d'Araucanie. Quelques minutes plus tard, les voyageurs, roulés dans leur puncho, dormaient d'un profond sommeil.

Le lendemain, à huit heures, la madrina en tête, les péons en queue, la petite troupe reprit à l'est la route du trente-septième parallèle. Elle traversait alors le fertile territoire de l'Araucanie, riche en vignes et en troupeaux. Mais, peu à peu, la solitude se fit. A peine, de mille en mille, une hutte de « rastreadores, » indiens dompteurs de chevaux, célèbres dans toute l'Amérique. Parfois, un relais de poste abandonné, qui servait d'abri à l'indigène errant des plaines. Deux rivières pendant

1. Eau-de-vie de maïs fermenté.

cette journée barrèrent la route aux voyageurs, le rio de Raque et le rio de Tubal. Mais le catapaz découvrit un gué qui permit de passer outre. La chaîne des Andes se déroulait à l'horizon, enflant ses croupes et multipliant ses pics vers le nord. Ce n'étaient encore là que les basses vertèbres de l'énorme épine dorsale sur laquelle s'appuie toute la charpente du Nouveau-Monde.

A quatre heures du soir, après un trajet de trente-cinq milles, on s'arrêta en pleine campagne sous un bouquet de myrtes géants. Les mules furent débridées, et allèrent paître en liberté l'herbe épaisse de la prairie. Les alforjas fournirent la viande et le riz accoutumés. Les pelions étendus sur le sol servirent de couverture, les recados d'oreillers, et chacun trouva sur ces lits improvisés un repos réparateur, tandis que les péons et le catapaz veillaient à tour de rôle.

Puisque le temps demeurait si favorable, puisque tous les voyageurs sans en excepter Robert se maintenaient en bonne santé, puisque enfin ce voyage débutait sous de si heureux auspices, il fallait en profiter et pousser en avant comme un joueur « pousse dans la veine. » C'était l'avis de tous. La journée suivante, on marcha vivement, on franchit sans accident le rapide de Bell, et le soir, en campant sur les bords du rio Biobio, qui sépare le Chili espagnol du Chili indépendant, Glenarvan put encore inscrire trente-cinq milles de plus à l'actif de l'expédition. Le pays n'avait pas changé. Il était toujours fertile et riche en amaryllis, violettes arborescentes, fluschies, daturas et cactus à fleurs d'or. Quelques animaux, entre autres l'ocelot, se tenaient tapis dans les fourrés. Un héron, une chouette solitaire, des grives et des grèbes, fuyant les serres du faucon, représentaient seuls la race emplumée. Mais d'indigènes, on voyait peu. A peine quelques « guassos, » enfants dégénérés des Indiens et des Espagnols, galopant sur des chevaux ensanglantés par l'éperon gigantesque qui chaussait leur pied nu, et passant comme des ombres. On ne trouvait à qui parler sur la route, et les renseignements manquaient absolument. Glenarvan en prenait son parti. Il se disait que le capitaine Grant, prisonnier des Indiens, devait avoir été entraîné par eux au delà de la chaîne des Andes. Les recherches ne pouvaient être fructueuses que dans les Pampas, non en deçà. Il fallait donc patienter, aller en avant, vite et toujours.

Le 17, on repartit à l'heure habituelle et dans l'ordre accoutumé. Un ordre que Robert ne gardait pas sans peine, car son ardeur l'entraînait à devancer la madrina, au grand désespoir de sa mule. Il ne fallait rien moins qu'un rappel sévère de lord Edward pour maintenir le jeune garçon à son poste de marche.

Le pays devint alors plus accidenté; quelques ressauts de terrain indiquaient de prochaines montagnes; les rios se multipliaient, en obéissant bruyamment aux caprices des pentes. Paganel consultait souvent ses cartes; quand l'un de ces ruisseaux n'y figurait pas, ce qui arrivait fréquemment, son sang de géographe bouillonnait dans ses veines, et il se fâchait de la plus charmante façon du monde.

« Un ruisseau qui n'a pas de nom, disait-il, c'est comme s'il n'avait pas d'état civil! Il n'existe pas aux yeux de la loi géographique. »

Aussi, ne se gênait-il pas pour baptiser ces rios innomés; il les notait sur sa carte, et les affublait des qualificatifs les plus retentissants de la langue espagnole.

« Quelle langue, répétait-il! quelle langue pleine et sonore! c'est une langue de métal, et je suis sûr qu'elle est composée de soixante-dix-huit parties de cuivre et de vingt-deux d'étain, comme le bronze des cloches!

— Mais au moins, faites-vous des progrès? lui répondait Glenarvan.

— Certes! mon cher lord! Ah! s'il n'y avait pas l'accent! Mais il y a l'accent! »

Et en attendant mieux, Paganel, chemin faisant, travaillait à rompre son gosier aux difficultés de la prononciation, sans oublier ses observations géographiques. Là, par exemple, il était étonnamment fort, et n'eût pas trouvé son maître. Lorsque Edward Glenarvan interrogeait le catapaz sur une particularité du pays, son savant compagnon devançait toujours la réponse du guide. Le catapaz le regardait d'un air ébahi.

Ce jour-là même, vers deux heures, une route se présenta, qui coupait la ligne suivie jusqu'alors. Glenarvan en demanda naturellement le nom, et naturellement aussi ce fut Jacques Paganel qui répondit :

« C'est la route de Yumbel à los Angeles. »

Glenarvan regarda le catapaz.

« Parfaitement, » répondit celui-ci.

Puis, s'adressant au géographe :

« Vous avez donc déjà traversé ce pays? dit-il.

— Parbleu! répondit sérieusement Paganel.

— Sur un mulet?

— Non, dans mon fauteuil. »

Le catapaz ne comprit pas, car il haussa les épaules et revint en tête de la troupe.

A cinq heures du soir, il s'arrêtait dans une gorge peu profonde, à quelques milles au-dessus de la petite ville de Loja. Et cette nuit-là, les voyageurs campèrent au pied des Sierras, premiers échelons de la grande Cordillère.

CHAPITRE XII.

A DOUZE MILLE PIEDS DANS LES AIRS.

La traversée du Chili n'avait présenté jusqu'ici aucun incident grave. Mais alors, ces obstacles et ces dangers que comporte un passage dans les montagnes s'offraient à la fois. La lutte avec les difficultés naturelles allait véritablement commencer.

Une question importante dut être résolue avant le départ. Par quel paso pouvait-on franchir la chaîne des Andes, sans s'écarter de la route déterminée? Le catapaz fut interrogé à ce sujet :

« Je ne connais, répondit-il, que deux passages praticables dans cette partie des Cordillères.

— Le passage d'Arica, sans doute, dit Paganel, qui a été découvert par Valdivia Mendoza.

— Précisément.

— Et celui de Villarica, situé au sud du Nevado de ce nom.

— Juste.

— Eh bien, mon ami, ces deux passages n'ont qu'un tort, c'est de nous entraîner au nord ou au sud plus qu'il ne convient.

— Avez-vous un autre paso à nous proposer? demanda le major.

— Parfaitement, répondit Paganel, le paso d'Antuco, situé sur le penchant volcanique, par trente-sept degrés trente minutes, c'est-à-dire à un demi degré près de notre route. Il se trouve à mille toises de hauteur seulement, et a été reconnu par Zamudio de Cruz.

— Bon, fit Glenarvan, mais ce paso d'Antuco, le connaissez-vous, catapaz?

— Oui, mylord, je l'ai traversé, et si je ne le proposais pas, c'est que c'est tout au plus une voie de bétail qui sert aux Indiens pasteurs des versants orientaux.

— Eh bien, mon ami, répondit Glenarvan, là où passent les troupeaux de juments, de moutons et de bœufs des Pehuenches, nous saurons passer aussi. Et puisqu'il nous maintient dans la ligne droite, va pour le paso d'Antuco. »

Le signal du départ fut aussitôt donné, et l'on s'enfonça dans la vallée de las Lajas, entre de grandes masses de calcaire cristallisé. On montait suivant une pente presque insensible. Vers onze heures, il fallut contourner les bords d'un petit lac, réservoir naturel et rendez-vous pittoresque de tous les rios du voisinage; ils y arrivaient en murmurant et s'y confondaient dans une limpide tranquillité. Au dessus du lac s'étendaient de vastes « llanos, » hautes plaines couvertes de graminées, où paissaient des troupeaux indiens. Puis, un marais se rencontra qui courait sud et nord, et dont on se tira, grâce à l'instinct des mules. A une heure, le fort Ballenare apparut sur un roc à pic qu'il couronnait de ses courtines démantelées. On passa outre. Les pentes devenaient déjà roides, pierreuses, et les cailloux, détachés par le sabot des mules, roulaient sous leurs pas en formant de bruyantes cascades de pierres. Vers trois heures, nouvelles ruines pittoresques d'un fort détruit dans le soulèvement de 1770.

« Décidément, dit Paganel, les montagnes ne suffisent pas à séparer les hommes, il faut encore les fortifier ! »

A partir de ce point, la route devint difficile, périlleuse même; l'angle des pentes s'ouvrit davantage, les corniches se rétrécirent de plus en plus, les précipices se creusèrent effroyablement. Les mules avançaient prudemment, le nez à terre, flairant le chemin. On marchait en file. Parfois, à un coude brusque, la madrina disparaissait, et la petite caravane se guidait alors au bruit lointain de sa sonnette. Souvent aussi, les capricieuses sinuosités du sentier ramenaient la colonne sur deux lignes parallèles, et le catapaz pouvait parler aux péons, tandis qu'une crevasse, large de deux toises à peine, mais profonde de deux cents, creusait entre eux un infranchissable abîme.

La végétation herbacée luttait encore, cependant, contre les envahissements de la pierre, mais on sentait déjà le règne minéral aux prises avec le règne végétal. Les approches du volcan d'Antuco se reconnaissaient à quelques traînées de lave d'une couleur ferrugineuse et hérissées de cristaux jaunes en forme d'aiguilles. Les rocs, entassés les uns sur les autres, et prêts à choir, se tenaient contre toutes les lois de l'équilibre. Évidemment, les cataclysmes devaient facilement modifier leur aspect, et, à considérer ces pics sans aplomb, ces dômes gauches, ces mamelons mal assis, il était facile de voir que l'heure du tassement définitif n'avait pas encore sonné pour cette montagneuse région.

Dans ces conditions, la route devait être difficile à reconnaître. L'agitation presque incessante de la charpente andine en change souvent le tracé, et les points de repère ne sont plus à leur place. Aussi le catapaz hésitait-il; il s'arrêtait; il regardait autour de lui; il interrogeait la forme des rochers; il cherchait sur la pierre friable des traces d'Indiens. Toute orientation devenait impossible.

Lord Edward suivait son guide pas à pas; il comprenait, il sentait son embarras croissant avec les difficultés du chemin; il n'osait l'interroger et pensait, non sans raison peut-être, qu'il en est de l'instinct des muletiers comme de l'instinct des mulets, et qu'il vaut mieux s'en rapporter à lui.

Pendant une heure encore, le catapaz erra pour ainsi dire à l'aventure, mais toujours en gagnant des zones plus élevées de la montagne. Enfin il fut forcé de s'arrêter court. On se trouvait au fond d'une vallée de peu de largeur, une de ces gorges étroites que les Indiens appellent « quebradas. » Un mur de porphyre, taillé à pic, en fermait l'issue. Le catapaz, après avoir cherché vainement un passage, mit pied à terre, se croisa les bras, et attendit. Glenarvan vint à lui.

« Vous vous êtes égaré? demanda-t-il.

— Non, mylord, répondit le catapaz.

— Cependant nous ne sommes pas dans le passage d'Antuco?

— Nous y sommes.

— Vous ne vous trompez pas?

— Je ne me trompe pas. Voici les restes d'un feu qui

a servi aux Indiens, et voilà les traces laissées par les troupeaux de juments et de moutons.

— Eh bien! on a passé par cette route!

— Oui, mais on n'y passera plus. Le dernier tremblement de terre l'a rendue impraticable...

— Aux mulets, répondit le major, mais non aux hommes.

— Ah! ceci vous regarde, répondit le catapaz, j'ai fait ce que j'ai pu. Mes mules et moi, nous sommes prêts à retourner en arrière, s'il vous plaît de revenir sur vos pas, et de chercher les autres passages de la Cordillère.

— Et ce sera un retard?...

— De trois jours, au moins. »

Glenarvan écoutait en silence les paroles du catapaz. Celui-ci était évidemment dans les conditions de son marché. Ses mules ne pouvaient aller plus loin, Cependant, quand la proposition fut faite de rebrousser chemin, Glenarvan se retourna vers ses compagnons, et leur dit :

« Voulez-vous passer quand même?

— Nous voulons vous suivre, répondit Tom Austin.

— Et même vous précéder, ajouta Paganel. De quoi s'agit-il, après tout? de franchir une chaîne de montagnes, dont les versants opposés offrent une descente incomparablement plus facile! Cela fait, nous trouverons les baqueanos argentins qui nous guideront à travers les Pampas, et des chevaux rapides habitués à galoper dans les plaines. En avant donc, et sans hésiter.

— En avant! s'écrièrent les compagnons de Glenarvan.

— Vous ne nous accompagnez pas? demanda celui-ci au catapaz.

— Je suis conducteur de mules, répondit le muletier.

— A votre aise.

— On se passera de lui, dit Paganel; de l'autre côté de cette muraille, nous retrouverons les sentiers d'Antuco, et je me fais fort de vous conduire au bas de la montagne aussi directement que le meilleur guide des Cordillères. »

Glenarvan régla donc avec le catapaz, et le congédia, lui, ses péons et ses mules. Les armes, les instruments, et quelques vivres furent répartis entre les sept voyageurs. D'un commun accord, on décida que l'ascension serait immédiatement reprise, et que, s'il le fallait, on voyagerait une partie de la nuit. Sur le talus de gauche serpentait un sentier abrupt que des mules n'auraient pu franchir. Les difficultés furent grandes; mais après deux heures de fatigues et de détours, Glenarvan et ses compagnons se retrouvèrent sur le passage d'Antuco.

Ils étaient alors dans la partie andine proprement dite qui n'est pas éloignée de l'arête supérieure des Cordillères; mais de sentier frayé, de paso déterminé, il n'y avait plus apparence. Toute cette région venait d'être bouleversée dans les derniers tremblements de terre, et il fallut s'élever de plus en plus sur les croupes de la chaîne. Paganel fut assez décontenancé de ne pas trouver la route libre, et il s'attendit à de rudes fatigues, pour gagner le sommet des Andes, car leur hauteur moyenne est comprise entre onze mille et douze mille six cents pieds. Fort heureusement, le temps était calme, le ciel pur, la saison favorable; mais en hiver, de mai à octobre, une pareille ascension eût été impraticable; les froids intenses tuent rapidement les voyageurs, et ceux qu'ils épargnent n'échappent pas, du moins, aux violences des « temporales, » sortes d'ouragans particuliers à ces régions, et qui, chaque année, peuplent de cadavres les gouffres de la Cordillère.

On monta pendant toute la nuit; on se hissait à force de poignets sur des plateaux presque inaccessibles; on sautait des crevasses larges et profondes; les bras ajoutés aux bras remplaçaient les cordes, et les épaules servaient d'échelons; ces hommes intrépides ressemblaient à une troupe de clowns livrés à toute la folie des jeux icariens. Ce fut alors que la vigueur de Mulrady et l'adresse de Wilson eurent mille occasions de s'exercer Ces deux braves Écossais se multiplièrent; maintes fois, sans leur dévouement et leur courage, la petite troupe n'aurait pu passer. Glenarvan ne perdait pas de vue le jeune Robert, que son âge et sa vivacité portaient aux imprudences. Paganel, lui, s'avançait avec une furie toute française. Quant au major, il ne se remuait qu'autant qu'il le fallait, pas plus, pas moins, et il s'élevait par un mouvement insensible. S'apercevait-il qu'il montait depuis plusieurs heures? Cela n'est pas certain. Peut-être s'imaginait-il descendre.

A cinq heures du matin, les voyageurs avaient atteint une hauteur de sept mille cinq cents pieds déterminée par observation barométrique. Ils se trouvaient alors sur les plateaux secondaires, dernière limite de la région arborescente. Là bondissaient quelques animaux qui eussent fait la joie ou la fortune d'un chasseur; ces bêtes agiles le savaient bien, car elles fuyaient, et de loin, l'approche des hommes. C'était le lama, animal précieux des montagnes, qui remplace le mouton, le bœuf et le cheval, et vit là où ne vivrait pas le mulet. C'était le chinchilla, petit rongeur doux et craintif, riche en fourrure, qui tient le milieu entre le lièvre et la gerboise, et auquel ses pattes de derrière donnent l'apparence d'un kanguroo. Rien de charmant à voir comme ce léger animal courant sur la cime des arbres, à la façon d'un écureuil.

« Ce n'est pas encore un oiseau, disait Paganel, mais ce n'est déjà plus un quadrupède. »

Cependant, ces animaux n'étaient pas les derniers habitants de la montagne. A neuf mille pieds, sur la limite des neiges perpétuelles, vivaient encore, et par troupes, des ruminants d'une incomparable beauté, l'alpaca au pelage long et soyeux, puis cette sorte de chèvre sans cornes, élégante et fière, dont la laine est fine, et que les naturalistes ont nommée vigogne. Mais il ne fallait pas songer à l'approcher, et c'est à peine s'il était donné de la voir ; elle s'enfuyait, on pourrait dire à tire-d'aile, et glissait sans bruit sur les tapis éblouissants de blancheur.

A cette hauteur, l'aspect des régions était entièrement métamorphosé. De grands blocs de glace éclatants, d'une teinte bleuâtre dans certains escarpements, se dressaient de toutes parts, et réfléchissaient les premiers rayons du jour. L'ascension devint très-périlleuse alors. On ne s'aventurait plus sans sonder attentivement pour reconnaître les crevasses. Wilson avait pris la tête de la file, et du pied il éprouvait le sol des glaciers. Ses compagnons marchaient exactement sur les empreintes de ses pas, et évitaient d'élever la voix, car le moindre bruit, agitant les couches d'air, pouvait provoquer la chute des masses neigeuses suspendues à sept ou huit cents pieds au-dessus de leur tête.

Ils étaient alors parvenus à la région des arbrisseaux, qui, deux cent cinquante toises plus haut, cédèrent la place aux graminées et aux cactus. A onze mille pieds, ces plantes elles-mêmes abandonnèrent le sol aride, et toute trace de végétation disparut. Les voyageurs ne s'étaient arrêtés qu'une seule fois, à huit heures, pour réparer leurs forces par un repas sommaire, et, avec un courage surhumain, ils reprirent l'ascension, bravant des dangers toujours croissants. Il fallut enfourcher des arêtes aiguës, et passer au-dessus de gouffres que le regard n'osait sonder. En maint endroit, des croix de bois jalonnaient la route et marquaient la place de catastrophes multipliées. Vers deux heures, un immense plateau, sans trace de végétation, une sorte de désert, s'étendit entre des pics décharnés. L'air était sec, le ciel d'un bleu cru; à cette hauteur, les pluies sont inconnues, et les vapeurs ne s'y résolvent qu'en neige ou en grêle. Çà et là, quelques pics de porphyre ou de basalte trouaient le suaire blanc comme les os d'un squelette, et, par instants, des fragments de quartz ou de gneiss, désunis sous l'action de l'air, s'éboulaient avec un bruit mat, qu'une atmosphère peu dense rendait presque imperceptible.

Cependant, la petite troupe, malgré son courage, était à bout de forces. Lord Edward, voyant l'épuisement de ses compagnons, regrettait de s'être engagé si avant dans la montagne. Le jeune Robert se roidissait contre la fatigue, mais il ne pouvait aller loin.

A trois heures Glenarvan s'arrêta.

« Il faut prendre du repos, dit-il, car il vit bien que personne ne ferait cette proposition.

— Prendre du repos? répondit Paganel, mais nous n'avons pas d'abri.

— Cependant, c'est indispensable, ne fût-ce que pour Robert.

— Mais non, mylord, répondit le courageux enfant, je puis encore marcher... ne vous arrêtez-pas...

— On te portera, mon garçon, répondit Paganel, mais il faut gagner à tout prix le versant oriental. Là, nous trouverons peut-être quelque hutte de refuge. Je demande encore deux heures de marche.

— Est-ce votre avis, à tous? demanda Glenarvan.

— Oui, » répondirent ses compagnons.

Mulrady ajouta :

« Je me charge de l'enfant. »

Et l'on reprit la direction de l'est. Ce furent encore deux heures d'une ascension effrayante. On montait toujours pour atteindre les dernières sommités de la montagne. La raréfaction de l'air produisait cette oppression douloureuse connue sous le nom de « puna. » Le sang suintait à travers les gencives et les lèvres par défaut d'équilibre, et peut-être aussi sous l'influence des neiges qui à une grande hauteur vicient évidemment l'atmosphère. Il fallait suppléer au défaut de sa densité par des inspirations fréquentes, et activer ainsi la circulation, ce qui fatiguait non moins que la réverbération des rayons du soleil sur les plaques de neige. Quelle que fût la volonté de ces hommes courageux, le moment vint donc où les plus vaillants défaillirent, et le vertige, ce terrible mal des montagnes, détruisit non-seulement leurs forces physiques, mais aussi leur énergie morale. On ne lutte pas impunément contre des fatigues de ce genre. Bientôt les chutes devinrent fréquentes, et ceux qui tombaient n'avançaient plus qu'en se traînant sur les genoux.

Or, l'épuisement allait mettre un terme à cette ascension trop prolongée, et Glenarvan ne considérait pas sans terreur l'immensité des neiges, le froid dont elles imprégnaient cette région funeste, l'ombre qui montait vers ces cimes désolées, le défaut d'abri pour la nuit, quand le major l'arrêta, et d'un ton calme :

« Une hutte, » dit-il.

CHAPITRE XIII.

DESCENTE DE LA CORDILLÈRE.

Tout autre que Mac Nabbs eût passé cent fois à côté, autour, au-dessus même de cette hutte, sans en soupçonner l'existence. Une extumescence du tapis de neige la distinguait à peine des rocs environnants. Il fallut la déblayer. Après une demi-heure d'un travail opiniâtre, Wilson et Mulrady eurent dégagé l'entrée de la « casucha, » et la petite troupe s'y blottit avec empressement.

Cette casucha, construite par les Indiens, était faite « d'adobes, » espèce de briques cuites au soleil ; elle avait la forme d'un cube de douze pieds sur chaque face, et se dressait au sommet d'un bloc de basalte. Un escalier de pierre conduisait à la porte, seule ouverture de la cahute, et quelque étroite qu'elle fût, les ouragans, la neige ou la grêle, savaient bien s'y frayer un passage, lorsque les temporales les déchaînaient dans la montagne.

Dix personnes pouvaient aisément y tenir place, et si ses murs n'eussent pas été suffisamment étanches dans la saison des pluies, à cette époque du moins ils garantissaient à peu près contre un froid intense que le thermomètre portait à dix degrés au-dessous de zéro. D'ailleurs, une sorte de foyer avec tuyau de briques fort mal rejointoyées permettait d'allumer du feu et de combattre efficacement la température extérieure.

« Voilà un gîte suffisant, dit lord Edward, s'il n'est pas confortable. La Providence nous y a conduits, et nous ne pouvons faire moins que de l'en remercier.

— Comment donc, répondit Paganel, mais c'est un palais. Il n'y manque que des factionnaires et des courtisans. Nous serons admirablement ici.

— Surtout quand un bon feu flambera dans l'âtre, dit Tom Austin, car si nous avons faim, nous n'avons pas moins froid, il me semble, et, pour ma part, un bon fagot me réjouirait plus qu'une tranche de venaison.

— Eh bien, Tom, répondit Paganel, on tâchera de trouver du combustible.

— Du combustible au sommet des Cordillères! dit Mulrady en secouant la tête d'un air de doute.

— Puisqu'on a fait une cheminée dans cette casucha, répondit le major, c'est probablement parce qu'on trouve ici quelque chose à brûler.

— Notre ami Mac Nabbs a raison, dit Glenarvan; disposez tout pour le souper; je vais aller faire le métier de bûcheron.

— Je vous accompagne avec Wilson, répondit Paganel.

— Si vous avez besoin de moi?... dit Robert en se levant.

— Non, repose-toi, mon brave garçon, répondit Glenarvan. Tu seras un homme à l'âge où d'autres ne sont encore que des enfants! »

Glenarvan, Paganel et Wilson sortirent de la casucha. Il était six heures du soir. Le froid piquait vivement malgré le calme absolu de l'atmosphère. Le bleu du ciel s'assombrissait déjà, et le soleil effleurait de ses derniers rayons les hauts pics des plateaux andins. Paganel, ayant emporté son baromètre, le consulta, et vit que le mercure se maintenait à 0,495 millimètres. La dépression de la colonne barométrique correspondait à une élévation de onze mille sept cents pieds. Cette région des Cordillères avait donc une altitude inférieure de neuf cent dix mètres seulement à celle du Mont-Blanc. Si ces montagnes eussent présenté les difficultés dont est hérissé le géant de la Suisse, si seulement les ouragans et les tourbillons se fussent déchaînés contre eux, pas un des voyageurs n'eût franchi la grande chaîne du Nouveau Monde.

Glenarvan et Paganel, arrivés sur un monticule de porphyre, portèrent leurs regards à tous les points de l'horizon. Ils occupaient alors le sommet des nevados de la Cordillère, et dominaient un espace de quarante milles carrés. A l'est, les versants s'abaissaient en rampes douces par des pentes praticables sur lesquelles les péons se laissent glisser pendant l'espace de plusieurs centaines de toises. Au loin, des traînées longitudinales de pierres et de blocs erratiques, repoussés par le glissement des glaciers, formaient d'immenses lignes de moraines. Déjà la vallée du Colorado se noyait dans une ombre montante, produite par l'abaissement du soleil; les reliefs du terrain, les saillies, les aiguilles, les pics, éclairés par ses rayons, s'éteignaient graduellement, et l'assombrissement se faisait peu à peu sur tout le versant oriental des Andes. Dans l'ouest, la lumière éclairait encore les contre-forts qui soutiennent la paroi à pic des flancs occidentaux. C'était un éblouissement de voir les rocs et les glaciers baignés dans cette irradiation de l'astre du jour. Vers le nord ondulait une succession de cimes qui se confondaient insensiblement et formaient comme une ligne tremblée sous un crayon inhabile. L'œil s'y perdait confusément. Mais au sud, au contraire, le spectacle devenait splendide, et, avec la nuit tombante, il allait prendre de sublimes proportions. En effet, le regard, s'enfonçant dans la vallée sauvage du Torbido, dominait l'Antuco, dont le cratère béant se creusait à deux milles de là. Le volcan rugissait comme un monstre énorme, semblable aux Léviathans des jours apocalyptiques, et vomissait d'ardentes fumées mêlées à des torrents d'une flamme fuligineuse. Le cirque de montagnes qui l'entourait paraissait être en feu; des grêles de pierres incandescentes, des nuages de vapeurs rougeâtres, des fusées de laves, se réunissaient en gerbes étincelantes. Un immense éclat, qui s'accroissait d'instant en instant, une déflagration éblouissante, emplissait ce vaste circuit de ses réverbérations intenses, tandis que le soleil, dépouillé peu à peu de ses lueurs crépusculaires, disparaissait comme un astre éteint dans les ombres de l'horizon.

Paganel et Glenarvan seraient restés longtemps à contempler cette lutte magnifique des feux de la terre et des feux du ciel; les bûcherons improvisés faisaient place aux artistes; mais Wilson, moins enthousiaste, les rappela au sentiment de la situation. Le bois manquait, il est vrai; heureusement, un lichen maigre et sec revêtait les rocs; on en fit une ample provision, ainsi que d'une certaine plante nommée « llaretta, » dont la racine pouvait brûler suffisamment. Ce précieux combustible rapporté à la casucha, on l'entassa dans le foyer. Le feu fut difficile à allumer et surtout à entretenir. L'air très-raréfié ne fournissait plus assez d'oxygène à son alimentation; du moins ce fut la raison donnée par le major.

« En revanche, ajouta-t-il, l'eau n'aura pas besoin de cent degrés de chaleur pour bouillir; ceux qui aiment le café fait avec de l'eau à cent degrés seront forcés de s'en passer, car à cette hauteur l'ébullition se manifestera avant quatre-vingt-dix degrés[1]. »

Mac Nabbs ne se trompait pas, et le thermomètre, plongé dans l'eau de la chaudière, dès qu'elle fut bouillante, ne marqua que quatre-vingt-sept degrés. Ce fut avec volupté que chacun but quelques gorgées de café brûlant; quant à la viande sèche, elle parut un peu insuffisante, ce qui provoqua de la part de Paganel une réflexion aussi sensée qu'inutile.

« Parbleu, dit-il, il faut avouer qu'une grillade de lama ne serait pas à dédaigner! On dit que cet animal remplace le bœuf et le mouton, et je serais bien aise de savoir si c'est au point de vue alimentaire!

— Comment! dit le major, vous n'êtes pas content de notre souper, savant Paganel?

— Enchanté, mon brave major; cependant j'avoue qu'un plat de venaison serait le bienvenu.

— Vous êtes un sybarite, dit Mac Nabbs.

— J'accepte le qualificatif, major; mais vous-même, et quoique vous en disiez, vous ne bouderiez pas devant un beefsteak quelconque!

— Cela est probable, répondit le major.

— Et si l'on vous priait d'aller vous poster à l'affût, malgré le froid et la nuit, vous iriez sans faire une seule réflexion?

1. L'abaissement du point d'ébullition de l'eau est d'environ de 1 degré pour 324 mètres d'élévation.

— Évidemment, et pour peu que cela vous plaise... »

Les compagnons de Mac Nabbs n'avaient pas eu le temps de le remercier et d'enrayer son incessante obligeance, que des hurlements lointains se firent entendre. Ils se prolongeaient longuement. Ce n'étaient pas là des cris d'animaux isolés, mais ceux d'un troupeau qui s'approchait avec rapidité. La Providence, après avoir fourni la cahute, voulait-elle donc offrir le souper? Ce fut la réflexion du géographe. Mais Glenarvan rabattit un peu de sa joie en lui faisant observer que les quadrupèdes de la Cordillère ne se rencontrent jamais sur une zone si élevée.

« Alors d'où vient ce bruit? dit Tom Austin. Entendez-vous comme il s'approche!

— Une avalanche? dit Mulrady.

— Impossible! Ce sont de véritables hurlements, répliqua Paganel.

— Voyons, dit Glenarvan.

— Et voyons en chasseurs, » répondit le major qu prit sa carabine.

Tous s'élancèrent hors de la casucha. La nuit était venue, sombre et constellée. La lune ne montrait pas encore le disque à demi rongé de sa dernière phase. Les sommets du nord et de l'est disparaissaient dans les ténèbres, et le regard ne percevait plus que la silhouette fantastique de quelques rocs dominants. Les hurlements, — des hurlements de bêtes effarées, — redoublaient. Ils venaient de la partie ténébreuse des

Cordillères. Que se passait-il ? Soudain, une avalanche furieuse arriva, mais une avalanche d'êtres animés et fous de terreur. Tout le plateau sembla s'agiter. De ces animaux, il en venait des centaines, des milliers peut-être, qui, malgré la raréfaction de l'air, produisaient un vacarme assourdissant. Étaient-ce des bêtes fauves de la Pampa ou seulement une troupe de lamas et de vigognes? Glenarvan, Mac Nabbs, Robert, Austin, les deux matelots, n'eurent que le temps de se jeter à terre, pendant que ce tourbillon vivant passait à quelques pieds au-dessus d'eux. Paganel qui, en sa qualité de nyctalope, se tenait debout pour mieux voir, fut culbuté en un clin d'œil.

En ce moment la détonation d'une arme à feu éclata. Le major avait tiré au jugé. Il lui sembla qu'un animal tombait à quelques pas de lui, tandis que toute la bande, emportée par son irrésistible élan et redoublant ses clameurs, disparaissait sur les pentes éclairées par la réverbération du volcan.

« Ah ! je les tiens, dit une voix, — la voix de Paganel.

— Et que tenez-vous ? demanda Glenarvan.

— Mes lunettes, parbleu ! C'est bien le moins qu'on perde ses lunettes dans une pareille bagarre !

— Vous n'êtes pas blessé ?...

— Non, un peu piétiné. Mais par qui ?

— Par ceci, » répondit le major, en traînant après lui l'animal qu'il avait abattu.

Chacun se hâta de regagner la cahute, et à la lueur

du foyer on examina le « coup de fusil » de Mac-Nabbs.

C'était une jolie bête, ressemblant à un petit chameau sans bosse; elle avait la tête fine, le corps aplati, les jambes longues et grêles, le poil fin, le pelage café au lait, et le dessous du ventre tacheté de blanc. A peine Paganel l'eut-il regardée, qu'il s'écria :

« C'est un guanaque!

— Qu'est-ce que c'est qu'un guanaque? demanda Glenarvan.

— Une bête qui se mange, répondit Paganel.

— Et c'est bon?

— Savoureux. Un mets de l'Olympe. Je savais bien que nous aurions de la viande fraîche pour souper. Et quelle viande! Mais qui va découper l'animal?

— Moi, dit Wilson.

— Bien, je me charge de le faire griller, répliqua Paganel.

— Vous êtes donc cuisinier, monsieur Paganel? dit Robert.

— Parbleu, mon garçon, puisque je suis Français! Dans un Français, il y a toujours un cuisinier. »

Cinq minutes après, Paganel déposa de larges tranches de venaison sur les charbons produits par la racine de llaretta. Dix minutes plus tard, il servit à ses compagnons cette viande fort appétissante sous le nom de « filets de guanaque. » Personne ne fit de façons, et chacun y mordit à pleines dents.

Mais, à la grande stupéfaction du géographe, une

grimace générale accompagnée d'un « pouah » unanime accueillit la première bouchée.

« C'est horrible ! dit l'un.

— Ce n'est pas mangeable ! » répliqua l'autre.

Le pauvre savant, quoiqu'il en eût, dut convenir que cette grillade ne pouvait être acceptée, même par des affamés. On commençait donc à lui lancer quelques plaisanteries qu'il entendait parfaitement, du reste, et à dauber son « mets de l'Olympe ; » lui-même cherchait la raison pour laquelle cette chair de guanaque, véritablement bonne et très-estimée, était devenue détestable entre ses mains, quand une réflexion subite traversa son cerveau.

« J'y suis, s'écria-t-il ! Eh parbleu ! j'y suis, j'ai trouvé !

— Est-ce que c'est de la viande trop avancée ? demanda tranquillement Mac Nabbs.

— Non, major intolérant, mais de la viande qui a trop marché ! Comment ai-je pu oublier cela ?

— Que voulez-vous dire ? monsieur Paganel, demanda Tom Austin.

— Je veux dire que le guanaque n'est bon que lorsqu'il a été tué au repos ; si on le chasse longtemps, s'il fournit une longue course, sa chair n'est plus mangeable. Je puis donc affirmer au goût que cet animal venait de loin, et par conséquent le troupeau tout entier.

— Vous êtes certain de ce fait ? dit Glenarvan.

— Absolument certain.

— Mais quel événement, quel phénomène a pu effrayer ainsi ces animaux et les chasser à l'heure où ils devraient être paisiblement endormis dans leur gîte?

— A cela, mon cher Glenarvan, dit Paganel, il m'est impossible de vous répondre; si vous m'en croyez, allons dormir sans en chercher plus long. Pour mon compte, je meurs de sommeil. Dormons-nous, major?

— Dormons, Paganel. »

Sur ce, chacun s'enveloppa de son poncho, le feu fut ravivé pour la nuit, et bientôt dans tous les tons et sur tous les rhythmes s'élevèrent des ronflements formidables, au milieu desquels la basse du savant géographe soutenait l'édifice harmonique.

Seul, Edward Glenarvan ne dormit pas. De secrètes inquiétudes le tenaient dans un état de fatigante insomnie. Il songeait involontairement à ce troupeau fuyant dans une direction commune, à son effarement inexplicable. Les guanaques ne pouvaient être poursuivis par des bêtes fauves. A cette hauteur, il n'y en a guère, et de chasseurs encore moins. Quelle terreur les précipitait donc vers les abîmes de l'Antuco, et quelle en était la cause? Glenarvan avait le pressentiment d'un danger prochain.

Cependant, sous l'influence d'un demi-assoupissement, ses idées se modifièrent peu à peu, et les craintes firent place à l'espérance. Il se vit au lendemain, dans la plaine des Andes. Là devaient commencer véritablement ses recherches, et le succès n'était peut-être pas loin. Il songea au capitaine Grant, à ses deux matelots délivrés d'un dur esclavage. Ces images passaient rapidement devant son esprit, à chaque instant distrait par un pétillement du feu, une étincelle crépitant dans l'air, une flamme vivement oxygénée qui éclairait la face endormie de ses compagnons, et agitait quelque ombre fuyante sur les murs de la casucha. Puis, ses pressentiments revenaient avec plus d'intensité. Il écoutait vaguement les bruits extérieurs, difficiles à expliquer sur ces cimes solitaires?

A un certain moment, il crut surprendre des grondements éloignés, sourds, menaçants, comme les roulements d'un tonnerre qui ne viendrait pas du ciel. Or, ces grondements ne pouvaient appartenir qu'à un orage déchaîné sur les flancs de la montagne, à quelques mille pieds au-dessous de son sommet. Glenarvan voulut constater le fait, et sortit.

La lune se levait alors. L'atmosphère était limpide et calme. Pas un nuage, ni en haut, ni en bas. Çà et là, quelques reflets mobiles des flammes de l'Antuco. Nul orage, nul éclair. Au zénith étincelaient des milliers d'étoiles. Pourtant, les grondements duraient toujours; ils semblaient se rapprocher et courir à travers la chaîne des Andes. Glenarvan rentra plus inquiet, se demandant quel rapport existait entre ces ronflements souterrains et la fuite des guanaques. Y avait-il là un effet et une cause? Il regarda sa montre qui marquait deux heures du matin.

Cependant, n'ayant point la certitude d'un danger immédiat, il n'éveilla pas ses compagnons que la fatigue tenait pesamment endormis, et il tomba lui-même dans une lourde somnolence qui dura plusieurs heures.

Tout d'un coup, de violents fracas le remirent sur pied. C'était un assourdissant vacarme, comparable au bruit saccadé que feraient d'innombrables caissons d'artillerie roulant sur un pavé sonore. Soudain Glenarvan sentit le sol manquer à ses pieds; il vit la casucha osciller et s'entrouvrir.

« Alerte! » s'écria-t-il.

Ses compagnons, tous réveillés et renversés pêle-mêle, étaient entraînés sur une pente rapide. Le jour se levait alors, et la scène était effrayante. La forme des montagnes changeait subitement; les cônes se tronquaient; les pics chancelants disparaissaient comme si quelque trappe s'entr'ouvrait sous leur base. Par suite d'un phénomène particulier aux Cordillères[1], un massif, large de plusieurs milles, se déplaçait tout entier et glissait vers la plaine.

« Un tremblement de terre! » s'écria Paganel.

Il ne se trompait pas. C'était un de ces cataclysmes fréquents sur la lisière montagneuse du Chili, et précisément dans cette région où Copiapo a été deux fois détruit, et Santiago renversé quatre fois en quatorze

1. Un phénomène presque identique se produisit sur la chaîne du Mont-Blanc en 1820, et amena cette épouvantable catastrophe qui coûta la vie à trois guides de Chamounix.

ans. Cette portion du globe est travaillée par les feux de la terre, et les volcans de cette chaîne d'origine récente n'offrent que d'insuffisantes soupapes à la sortie des vapeurs souterraines. De là ces secousses incessantes, connues sous le nom de « temblores. »

Cependant, ce plateau auquel se cramponnaient sept hommes accrochés à des touffes de lichen, étourdis, épouvantés, glissait avec la rapidité d'un express, c'est-à-dire une vitesse de cinquante milles à l'heure. Pas un cri n'était possible, pas un mouvement pour fuir ou s'enrayer. On n'aurait pu s'entendre. Les roulements intérieurs, le fracas des avalanches, le choc des masses de granit et de basalte, les tourbillons d'une neige pulvérisée, rendaient toute communication impossible. Tantôt, le massif dévalait sans heurts ni cahots; tantôt, pris d'un mouvement de tangage et de roulis comme le pont d'un navire secoué par la houle, côtoyant des gouffres dans lesquels tombaient des morceaux de montagne, déracinant les arbres séculaires, il nivelait avec la précision d'une faux immense toutes les saillies du versant oriental.

Que l'on songe à la puissance d'une masse pesant plusieurs milliards de tonnes, lancée avec une vitesse toujours croissante sous un angle de cinquante degrés.

Ce que dura cette chute indescriptible, nul n'aurait pu l'évaluer. A quel abîme elle devait aboutir, nul n'eût osé le prévoir. Si tous étaient là, vivants, ou si l'un d'eux gisait déjà au fond d'un abîme, nul encore n'aurait pu le dire. Étouffés par la vitesse de la course, glacés par l'air froid qui les pénétrait, aveuglés par les tourbillons de neige, ils haletaient, anéantis, presque inanimés, et ne s'accrochaient aux rocs que par un suprême instinct de conservation.

Tout d'un coup, un choc d'une incomparable violence les arracha de leur glissant véhicule. Ils furent lancés en avant et roulèrent sur les derniers échelons de la montagne. Le plateau s'était arrêté net.

Pendant quelques minutes, nul ne bougea. Enfin, l'un se releva, étourdi du coup, mais ferme encore, — le major. Il secoua la poussière qui l'aveuglait, puis il regarda autour de lui. Ses compagnons, étendus dans un cercle restreint, comme les grains de plomb d'un fusil qui ont fait balle, étaient renversés les uns sur les autres.

Le major les compta. Tous, moins un, gisaient sur le sol. Celui qui manquait, c'était Robert Grant.

CHAPITRE XIV.

UN COUP DE FUSIL DE LA PROVIDENCE.

Le versant oriental de la Cordillère des Andes est fait de longues pentes qui vont se perdre insensiblement à la plaine. C'est là qu'une portion du massif s'était subitement arrêtée. Dans cette contrée nouvelle, tapissée de pâturages épais, hérissée d'arbres magnifiques, un nombre incalculable de ces pommiers plantés au temps de la conquête étincelaient de fruits dorés et formaient des forêts véritables. C'était un coin de l'opulente Normandie jeté dans les régions platéennes, et en toute autre circonstance, l'œil d'un voyageur eût été frappé de cette transition subite du désert à l'oasis, des cimes neigeuses aux prairies verdoyantes, de l'hiver à l'été.

Le sol avait repris, d'ailleurs, une immobilité absolue. Le tremblement de terre s'était apaisé, et sans doute les forces souterraines exerçaient plus loin leur action dévastatrice, car la chaîne des Andes est toujours en quelque endroit agitée ou tremblante. Cette fois, la commotion avait été d'une violence extrême. La ligne des montagnes se trouvait entièrement modifiée. Un panorama nouveau de cimes, de crêtes et de pics se découpait sur le fond bleu du ciel, et le guide des Pampas y eût en vain cherché ses points de repère accoutumés.

Une admirable journée se préparait; les rayons du soleil sorti de son lit humide du Pacifique glissaient sur les plaines argentines, et se plongeaient déjà dans les flots de l'autre Océan. Il était huit heures du matin.

Edward Glenarvan et ses compagnons, ranimés par les soins du major, revinrent peu à peu à la vie. En somme, ils avaient subi un étourdissement effroyable, mais rien de plus. La Cordillère était descendue, et ils n'auraient eu qu'à s'applaudir d'un moyen de locomotion dont la nature avait fait tous les frais, si l'un d'eux, le plus faible, un enfant, Robert Grant, n'eût manqué à l'appel.

Chacun l'aimait, ce courageux garçon, Paganel qui s'était particulièrement attaché à lui, le major malgré sa froideur, tous et surtout Glenarvan. Ce dernier, quand il apprit la disparition de Robert, fut désespéré. Il se représentait le pauvre enfant englouti dans quelque abîme, et appelant d'une voix inutile celui qu'il nommait son second père.

« Mes amis, mes amis, dit-il, en retenant à peine ses larmes, il faut le chercher, il faut le retrouver! Nous ne pouvons l'abandonner ainsi! Pas une vallée, pas un précipice, pas un abîme qui ne doive être fouillé jusqu'au fond! On m'attachera par une corde! On m'y descendra! Je le veux, vous m'entendez! Je le veux! Fasse le ciel que Robert respire encore! Sans lui, comment oserions-nous retrouver son père, et de quel droit sauver le capitaine Grant, si son salut a coûté la vie à son enfant! »

Les compagnons de Glenarvan l'écoutaient sans répondre; ils sentaient qu'il cherchait dans leur regard quelque lueur d'espérance, et ils baissaient les yeux.

« Eh bien, reprit lord Edward, vous m'avez entendu! vous vous taisez! Vous n'espérez plus rien! rien! »

Il y eut quelques instants de silence; puis, Mac Nabbs prit la parole et dit :

« Qui de vous, mes amis, se rappelle à quel instant Robert a disparu? »

A cette demande, aucune réponse ne fut faite.

« Au moins, reprit le major, vous me direz près de qui se trouvait l'enfant pendant la descente de la Cordillère?

— Près de moi, répondit Wilson.

— Eh bien, jusqu'à quel moment l'as-tu vu près de toi? Rappelle tes souvenirs. Parle.

— Voici tout ce dont je me souviens, répondit Wilson. Robert Grant était encore à mes côtés, la main crispée à une touffe de lichen, moins de deux minutes avant le choc qui a terminé notre descente.

— Moins de deux minutes! Fais bien attention, Wilson, les minutes ont dû te paraître longues! Ne te trompes-tu pas?

— Je ne crois pas me tromper... C'est bien cela... moins de deux minutes!

— Bon! dit Mac Nabbs. Et Robert se trouvait-il placé à ta gauche ou à ta droite?

— A ma gauche. Je me rappelle que son poncho fouettait ma figure.

— Et toi, par rapport a nous, tu étais placé?...

— Également sur la gauche.

— Ainsi, Robert n'a pu disparaître que de ce côté, dit le major, se tournant vers la montagne et indiquant sa droite. J'ajouterai qu'en tenant compte du temps écoulé depuis sa disparition, l'enfant doit être tombé sur la partie de la montagne comprise entre le sol et deux milles de hauteur. C'est là qu'il faut le chercher, en nous partageant les différentes zones, et c'est là que nous le retrouverons. »

Pas une parole ne fut ajoutée. Les six hommes, gravissant les pentes de la Cordillère, s'échelonnèrent sur sa croupe à diverses hauteurs, et commencèrent leur exploration. Ils se maintenaient constamment à droite de la ligne de descente, fouillant les moindres fissures, descendant au fond des précipices comblés en partie par les débris du massif, et plus d'un en sortit les vêtements en lambeaux, les pieds et les mains ensanglantés, après avoir exposé sa vie. Toute cette portion des Andes, sauf quelques plateaux inaccessibles, fut scrupuleusement fouillée pendant de longues heures, sans qu'aucun de ces braves gens songeât à prendre du repos. Vaines recherches. L'enfant avait trouvé non-seulement la mort dans la montagne, mais aussi un tombeau dont la pierre, faite de quelque roc énorme, s'était à jamais refermée sur lui.

Vers une heure, Glenarvan et ses compagnons brisés, anéantis, se retrouvaient au fond de la vallée. Lord Edward était en proie à une douleur violente; il parlait à peine, et de ses lèvres sortaient ces seuls mots entrecoupés de soupirs :

« Je ne m'en irai pas! Je ne m'en irai pas! »

Chacun comprit cette obstination devenue une idée fixe, et la respecta.

« Attendons, dit Paganel au major et à Tom Austin. Prenons quelque repos, et réparons nos forces. Nous en avons besoin, soit pour recommencer nos recherches, soit pour continuer notre route.

— Oui, répondit Mac Nabbs, et restons, puisque Edward veut demeurer! Il espère. Mais qu'espère-t-il?

— Dieu le sait, dit Tom Austin.

— Pauvre Robert! » répondit Paganel en s'essuyant les yeux.

Les arbres poussaient en grand nombre dans la vallée; le major choisit un groupe de hauts caroubiers, sous lesquels il fit établir un campement provisoire. Quelques couvertures, les armes, un peu de viande séchée et du riz, voilà ce qui restait aux voyageurs. Un rio coulait non loin, qui fournit une eau encore troublée par l'avalanche. Mulrady alluma du feu sur l'herbe et bientôt il offrit à son maître une boisson chaude et réconfortante. Mais Glenarvan la refusa, et demeura étendu sur son poncho dans une profonde prostration.

La journée se passa ainsi. La nuit vint, calme et tranquille comme la nuit précédente. Pendant que ses compagnons demeuraient immobiles, quoique inassoupis, Glenarvan remonta les pentes de la Cordillère. Il prêtait l'oreille, espérant toujours qu'un dernier appel parviendrait jusqu'à lui. Il s'aventura loin, haut, seul, collant son oreille contre terre, écoutant et comprimant les battements de son cœur, appelant d'une voix désespérée.

Pendant toute la nuit, le pauvre lord erra dans la montagne. Tantôt Paganel, tantôt le major le suivaient, prêts à lui porter secours sur les crêtes glissantes et au bord des gouffres où l'entraînait son inutile imprudence. Mais ses derniers efforts furent stériles, et à ces cris mille fois jetés de « Robert! Robert! » l'écho seul répondit en répétant ce nom regretté.

Le jour se leva. Il fallut aller chercher Glenarvan sur les plateaux éloignés, et, malgré lui, le ramener au campement. Son désespoir était affreux. Qui eût osé lui parler de départ, et lui proposer de quitter cette vallée funeste? Cependant, les vivres manquaient. Non loin devaient se rencontrer les guides argentins annoncés par le muletier, et les chevaux nécessaires à la traversée des Pampas. Revenir sur ses pas offrait plus de difficultés que marcher en avant. D'ailleurs, c'était à l'océan Atlantique que rendez-vous avait été donné au *Duncan*. Toutes ces raisons graves ne permettaient pas un plus long retard, et, dans l'intérêt de tous, l'heure de partir ne pouvait être reculée.

Ce fut Mac Nabbs qui tenta d'arracher Glenarvan à sa douleur. Longtemps il parla sans que son ami parût l'entendre. Glenarvan secouait la tête. Quelques mots, cependant, entr'ouvrirent ses lèvres.

« Partir! dit-il.

— Oui! partir.

— Encore une heure! dit lord Edward.

— Oui, encore une heure, » répondit le digne major.

Et, l'heure écoulée, Glenarvan demanda en grâce qu'une autre heure lui fût accordée. On eût dit un condamné implorant une prolongation d'existence. Ce fut ainsi jusqu'à midi environ. Alors Mac Nabbs, de l'avis de tous, n'hésita plus, et dit à Glenarvan qu'il fallait partir, et que d'une prompte résolution dépendait la vie de ses compagnons.

« Oui! oui! dit lord Edward, partons! partons! »

Mais, en parlant ainsi, ses yeux se détournaient de Mac Nabbs; son regard fixait un point noir dans les airs. Soudain, sa main se leva, et demeura immobile comme si elle eût été pétrifiée.

« Là! là, dit-il, voyez! voyez! »

Tous les regards se portèrent vers le ciel, et dans la direction si impérieusement indiquée. En ce moment, le point noir grossissait visiblement. C'était un oiseau qui planait à une hauteur incommensurable.

« Un condor, dit Paganel.

— Oui, un condor, répondit Glenarvan ; qui sait ? il vient ! il descend ! attendons ! »

Qu'espérait lord Edward ? Sa raison s'égarait-elle ? « Qui sait ? » avait-il dit. Paganel ne s'était pas trompé. Le condor devenait plus visible d'instants en instants. Ce magnifique oiseau, jadis révéré des Incas, est le roi des Andes méridionales. Dans ces régions il atteint un développement extraordinaire. Sa force est prodigieuse, et souvent il précipite des bœufs au fond des gouffres. Il s'attaque aux moutons, aux chevreaux, aux jeunes veaux errants par les plaines, et les enlève dans ses serres à de grandes hauteurs. Il n'est pas rare qu'il plane à vingt mille pieds au-dessus du sol, c'est-à-dire à cette limite que l'homme ne peut pas franchir. De là, invisible aux meilleures vues, ce roi des airs promène un regard perçant sur les régions terrestres, et distingue les plus faibles objets avec une puissance de vision qui fait l'étonnement des naturalistes.

Qu'avait donc vu ce condor ? Un cadavre, celui de Robert Grant ! « Qui sait ? » répétait Glenarvan, sans le perdre du regard. L'énorme oiseau s'approchait, tantôt planant, tantôt tombant avec la vitesse des corps inertes abandonnés dans l'espace. Bientôt, il décrivit des cercles d'un large rayon, à moins de cent toises du sol. On le distinguait parfaitement. Il mesurait plus de quinze pieds d'envergure. Ses ailes puissantes le portaient sur le fluide aérien presque sans battre, car c'est le propre des grands oiseaux de voler avec un calme majestueux, tandis que pour les soutenir dans l'air il faut aux insectes mille coups d'ailes par seconde.

Le major et Wilson avaient saisi leur carabine. Glenarvan les arrêta d'un geste. Le condor enlaçait dans les replis de son vol une sorte de plateau inaccessible situé à un quart de mille sur les flancs de la Cordillère. Il tournait avec une rapidité vertigineuse, ouvrant, refermant ses redoutables serres, et secouant sa crête cartilagineuse.

« C'est là ! là ! » s'écria Glenarvan.

Puis, soudain, une pensée traversa son esprit.

« Si Robert est encore vivant ! s'écria-t-il en poussant une exclamation terrible, cet oiseau... Feu ! mes amis ! feu ! »

Mais il était trop tard. Le condor s'était dérobé derrière de hautes saillies de roc. Une seconde s'écoula, une seconde que l'aiguille dut mettre un siècle à battre ! Puis, l'énorme oiseau reparut pesamment chargé et s'élevant d'un vol plus lourd.

Un cri d'horreur se fit entendre. Aux serres du condor un corps inanimé apparaissait suspendu et ballotté, celui de Robert Grant. L'oiseau l'enlevait par ses vêtements, et se balançait dans les airs à moins de cent cinquante pieds au-dessus du campement; il avait aperçu les voyageurs, et, cherchant à s'enfuir avec sa lourde proie, il battait violemment de l'aile les couches atmosphériques.

« Ah! s'écria Glenarvan, que le cadavre de Robert se brise sur ces rocs, plutôt que de servir... »

Il n'acheva pas, et, saisissant la carabine de Wilson, il essaya de coucher en joue le condor. Mais son bras tremblait. Il ne pouvait fixer son arme. Ses yeux se troublaient.

« Laissez-moi faire, » dit le major.

Et l'œil calme, la main assurée, le corps immobile, il visa l'oiseau qui se trouvait déjà à trois cents pieds de lui.

Mais il n'avait pas encore pressé la gâchette de sa carabine, qu'une détonation retentit dans le fond de la vallée; une fumée blanche fusa entre deux masses de basalte, et le condor, frappé à la tête, tomba peu à peu en tournoyant, soutenu par ses grandes ailes déployées qui formaient parachute. Il n'avait pas lâché sa proie, et ce fut avec une certaine lenteur qu'il s'affaissa sur le sol, à dix pas des berges du ruisseau.

« À nous! à nous! » dit Glenarvan.

Et sans chercher d'où venait ce coup de fusil providentiel, il se précipita vers le condor. Ses compagnons le suivirent en courant.

Quand ils arrivèrent, l'oiseau était mort, et le corps de Robert disparaissait sous ses larges ailes. Glenarvan se jeta sur le cadavre de l'enfant, l'arracha aux serres de l'oiseau, l'étendit sur l'herbe, et pressa de son oreille la poitrine de ce corps inanimé.

Jamais plus terrible cri de joie ne s'échappa de lèvres humaines, qu'à ce moment où Glenarvan se releva en répétant :

« Il vit ! il vit encore ! »

En un instant, Robert fut dépouillé de ses vêtements, et sa figure baignée d'eau fraîche. Il fit un mouvement, il ouvrit les yeux, il regarda, il prononça quelques paroles, et ce fut pour dire :

« Ah ! vous, mylord... mon père !... »

Glenarvan ne put répondre ; l'émotion l'étouffait, et, s'agenouillant, il pleura près de cet enfant si miraculeusement sauvé.

CHAPITRE XV.

L'ESPAGNOL DE JACQUES PAGANEL.

Après l'immense danger auquel il venait d'échapper, Robert en courut un autre non moins grand, celui d'être dévoré de caresses. Quoiqu'il fût bien faible encore, pas un de ces braves gens ne résista au désir de le presser sur son cœur. Il faut croire que ces bonnes étreintes ne sont pas fatales aux malades, car l'enfant n'en mourut pas. Au contraire.

Mais après le sauvé on pensa au sauveur; et ce fut naturellement le major qui eut l'idée de regarder autour de lui. A cinquante pas du rio, un homme d'une stature très-élevée se tenait immobile sur un des premiers échelons de la montagne. Un long fusil reposait à ses pieds. Cet homme, subitement apparu, avait les épaules larges, les cheveux longs et rattachés avec des cordons de cuir. Sa taille dépassait six pieds; sa figure bronzée était rouge entre les yeux et la bouche, noire à la paupière inférieure, et blanche au front. Vêtu à la façon des Patagons des frontières, cet indigène portait un splendide manteau décoré d'arabesques rouges, fait avec le dessous du cou et des jambes d'un guanaque, cousu de tendons d'autruche, et dont la laine soyeuse était retournée à l'extérieur. Sous son manteau s'appliquait un vêtement de peau de renard serré à la taille, et qui par devant se terminait en pointe. A sa ceinture pendait un petit sac renfermant les couleurs qui lui servaient à peindre son visage. Ses bottes étaient formées d'un morceau de cuir de bœuf, et fixées à la cheville par des courroies croisées régulièrement.

La figure de ce Patagon était superbe et dénotait une réelle intelligence, malgré le bariolage qui la décorait. Il attendait dans une pose pleine de dignité. A le voir immobile et grave sur son piédestal de rochers, on l'eût pris pour la statue du sang-froid.

Le major, dès qu'il l'eut aperçu, le montra à Glenarvan qui courut à lui. Le Patagon fit deux pas en avant. Glenarvan prit sa main et la serra dans les siennes. Il y avait dans le regard du lord, dans l'épanouissement de sa figure, dans toute sa physionomie un tel sentiment de reconnaissance, une telle expression de gratitude, que l'indigène ne put s'y tromper. Il inclina doucement la tête, et prononça quelques paroles que ni le major ni son ami ne purent comprendre.

Alors, le Patagon, après avoir regardé attentivement les étrangers, changea de langage; mais, quoi qu'il fît, ce nouvel idiome ne fut pas plus compris que le premier. Cependant, certaines expressions dont se servit l'indigène frappèrent Glenarvan. Elles lui parurent appartenir à la langue espagnole dont il connaissait quelques mots usuels.

« *Español?* » dit-il.

Le Patagon remua la tête de haut en bas, mouvement alternatif qui a la même signification affirmative chez tous les peuples.

« Bon, fit le major, voilà l'affaire de notre ami Paganel. Il est heureux qu'il ait eu l'idée d'apprendre l'espagnol! »

On appela Paganel. Il accourut aussitôt, et salua le Patagon avec une grâce toute française, à laquelle celui-ci n'entendit probablement rien. Le savant géographe fut mis au courant de la situation.

« Parfait, » dit-il.

Et, ouvrant largement la bouche afin de mieux articuler, il dit :

« *Vos sois um homem de bem*[1] ! »

L'indigène tendit l'oreille, et ne répondit rien.

« Il ne comprend pas, dit le géographe.

— Peut-être n'accentuez-vous pas bien? répliqua le major.

— C'est juste. Diable d'accent ! »

Et de nouveau Paganel recommença son compliment. Il obtint le même succès.

« Changeons de phrase, » dit-il, et prononçant avec une lenteur magistrale, il fit entendre ces mots :

« *Sem duvida, um Patagão*[2]? »

L'autre resta muet comme devant.

« *Dizeime*[3] ! » ajouta Paganel.

Le Patagon, ne répondit pas davantage.

« *Vos compriendeis*[4] ? » cria Paganel si violemment qu'il faillit s'en rompre les cordes vocales.

Il était évident que l'Indien ne comprenait pas, car il répondit, mais en espagnol :

« *No comprendo*[5]. »

Ce fut au tour de Paganel d'être ébahi, et il fit vivement aller ses lunettes de son front à ses yeux, comme un homme agacé.

« Que je sois pendu, dit il, si j'entends un mot de

1. Vous êtes un brave homme.
2. Un Patagon, sans doute.
3. Répondez.
4. Comprenez-vous?
5. Je ne comprends pas.

ce patois infernal! C'est de l'araucanien, bien sûr!

— Mais non, répondit Glenarvan, cet homme a certainement répondu en espagnol. »

Et se tournant vers le Patagon :

« *Español?* répéta-t-il.

— *Si, si*[1]! » répondit l'indigène.

La surprise de Paganel devint de la stupéfaction. Le major et Glenarvan se regardaient du coin de l'œil.

« Ah çà! mon savant ami, dit le major, pendant qu'un demi-sourire se dessinait sur ses lèvres, est-ce que vous auriez commis une de ces distractions dont vous me paraissez avoir le monopole?

— Hein! fit le géographe en dressant l'oreille.

— Oui! il est évident que ce Patagon parle l'espagnol...

— Lui!

— Lui! Est-ce que, par hasard, vous auriez appris une autre langue, en croyant étudier... »

Mac Nabbs n'acheva pas. Un « oh! » vigoureux du savant, accompagné de haussements d'épaules, le coupa net.

« Major, vous allez un peu loin, dit Paganel d'un ton assez sec.

— Enfin, puisque vous ne comprenez pas! répondit Mac Nabbs.

— Je ne comprends pas parce que cet indigène parle

1. Oui, oui!

mal! répliqua le géographe, qui commençait à s'impatienter.

— C'est-à-dire qu'il parle mal parce que vous ne comprenez pas, riposta tranquillement le major.

— Mac Nabbs, dit alors Glenarvan, c'est là une supposition inadmissible. Quelque distrait que soit notre ami Paganel, on ne peut supposer que ses distractions aient été jusqu'à apprendre une langue pour une autre!

— Alors, mon cher Edward, ou plutôt vous, mon brave Paganel, expliquez-moi ce qui se passe ici.

— Je n'explique pas, répondit Paganel, je constate. Voici le livre dans lequel je m'exerce journellement aux difficultés de la langue espagnole! Examinez-le, major, et vous verrez si je vous en impose! »

Ceci dit, Paganel fouilla dans ses poches; après quelques minutes de recherches, il en tira un volume en fort mauvais état, et le présenta d'un air assuré. Le major prit le livre et le regarda :

« Eh bien, quel est cet ouvrage? demanda-t-il.

— Ce sont les *Lusiades*, répondit Paganel, une admirable épopée, qui...

— Les *Lusiades!* s'écria Glenarvan.

— Oui, mon ami, les *Lusiades* du grand Camoëns, ni plus ni moins!

— Camoëns, répéta lord Edward, mais, malheureux ami, Camoëns est un Portugais! C'est le portugais que vous apprenez depuis six semaines!

— Camoëns! *Lusiades!* portugais!.. »

Paganel ne put pas en dire davantage. Ses yeux se troublèrent sous ses lunettes, tandis qu'un éclat de rire homérique éclatait à ses oreilles, car tous ses compagnons étaient là qui l'entouraient.

Le Patagon ne sourcillait pas; il attendait patiemment l'explication d'un incident absolument incompréhensible pour lui.

« Ah! insensé! fou! dit enfin Paganel. Comment! cela est ainsi? Ce n'est point une invention faite à plaisir? J'ai fait cela, moi? Mais c'est la confusion des langues, comme à Babel! Ah! mes amis! mes amis! partir pour les Indes et arriver au Chili! apprendre l'espagnol et parler le portugais, cela est trop fort, et si cela continue, un jour il m'arrivera de me jeter par la fenêtre au lieu de jeter mon cigare! »

A entendre Paganel prendre ainsi sa mésaventure, à voir sa comique déconvenue, il était impossible de garder son sérieux. D'ailleurs, il donnait l'exemple.

« Riez, mes amis! disait-il, riez de bon cœur! Vous ne rirez pas tant de moi que j'en ris moi-même! »

Et il fit entendre le plus formidable éclat de rire qui soit jamais sorti de la bouche d'un savant.

« Il n'en est pas moins vrai que nous sommes sans interprète, dit le major.

— Oh! ne vous désolez pas, répondit Paganel; le portugais et l'espagnol se ressemblent tellement que je m'y suis trompé; mais aussi, cette ressemblance me servira à réparer promptement mon erreur, et avant peu je veux remercier ce digne Patagon dans la langue qu'il parle si bien. »

Paganel avait raison, car bientôt il put échanger quelques mots avec l'indigène; il apprit même que le Patagon se nommait Thalcave, mot qui dans la langue araucanienne signifie « le Tonnant. »

Ce surnom lui venait sans doute de son adresse à manier des armes à feu.

Mais ce dont Glenarvan se félicita particulièrement. ce fut d'apprendre que le Patagon était guide de son métier, et guide des Pampas. Il y avait dans cette rencontre quelque chose de si providentiel, que le succès de l'entreprise prit déjà la forme d'un fait accompli, et personne ne mit plus en doute le salut du capitaine Grant.

Cependant, les voyageurs et le Patagon étaient retournés auprès de Robert. Celui-ci tendit les bras vers l'indigène, qui, sans prononcer une parole, lui mit la main sur la tête. Il examina l'enfant et palpa ses membres endoloris. Puis, souriant, il alla cueillir sur les bords du rio quelques poignées de céleri sauvage dont il frotta le corps du malade. Sous ce massage fait avec une délicatesse infinie, l'enfant sentit ses forces renaître, et il fut évident que quelques heures de repos suffiraient à le remettre.

On décida donc que cette journée et la nuit suivante se passeraient au campement. Deux graves questions, d'ailleurs, restaient à résoudre, touchant la nourriture et le transport. Vivres et mulets manquaient également. Heureusement, Thalcave était là. Ce guide habitué à conduire les voyageurs le long des frontières patagones, et l'un des plus intelligents baqueanos du pays, se chargea de fournir à Glenarvan tout ce qui manquait à sa petite troupe. Il lui offrit de le conduire à une « tolderia » d'Indiens, distante de quatre milles au plus, où se trouveraient les choses nécessaires à l'expédition. Cette proposition fut faite moitié par gestes, moitié en mots espagnols que Paganel parvint à comprendre. Elle fut acceptée. Aussitôt, Glenarvan et son savant ami, prenant congé de leurs compagnons, remontèrent le rio sous la conduite du Patagon.

Ils marchèrent d'un bon pas pendant une heure et demie, et à grandes enjambées pour suivre le géant Thalcave. Toute cette région andine était charmante et d'une opulente fertilité. Les gras pâturages se succédaient l'un à l'autre, et eussent nourri sans peine une armée de cent mille ruminants. De larges étangs liés entre eux par l'inextricable lacet des rios procuraient à ces plaines une verdoyante humidité. Des cygnes à tête noire s'y ébattaient capricieusement et disputaient l'empire des eaux à de nombreuses autruches qui gambadaient à travers les llanos. Le monde des oiseaux était fort brillant, fort bruyant aussi, mais d'une variété merveilleuse. Les isacas, gracieuses tourterelles grisâtres au plumage strié de blanc, et les cardinaux jaunes s'épanouissaient sur les branches d'arbres comme des fleurs vivantes; les pigeons voyageurs traversaient l'espace, tandis que toute la gent emplumée des moineaux, les « chingolos, » les « hilgueros» et les « monjitas, » se poursuivant à tire-d'aile, remplissaient l'air de cris pétillants.

Jacques Paganel marchait d'admirations en admirations; les interjections sortaient incessamment de ses lèvres, à l'étonnement du Patagon, qui trouvait tout naturel qu'il y eût des oiseaux par les airs, des cygnes sur les étangs et de l'herbe dans les prairies. Le savant n'eut pas à regretter sa promenade, ni à se plaindre de sa durée. Il se croyait à peine parti, que le campement des Indiens s'offrait à sa vue.

Cette tolderia occupait le fond d'une vallée étranglée entre les contre-forts des Andes. Là vivaient, sous des cabanes de branchages, une trentaine d'indigènes nomades paissant de grands troupeaux de vaches laitières, de moutons, de bœufs et de chevaux. Ils allaient ainsi d'un pâturage à un autre, et trouvaient la table toujours servie pour leurs convives à quatre pattes.

Type hybride des races d'Araucans, de Pehuenches et d'Aucas, ces Ando-Péruviens de couleur olivâtre, de taille moyenne, de formes massives, au front bas, à la face presque circulaire, aux lèvres minces, aux pommettes saillantes, aux traits efféminés, à la physionomie froide, n'eussent pas offert aux yeux d'un anthropologiste le caractère des races pures. C'étaient, en somme, des indigènes peu intéressants. Mais Glenarvan en voulait à leur troupeau, non à eux. Du moment qu'ils avaient des bœufs et des chevaux, il n'en demandait pas davantage.

Thalcave se chargea de la négociation, qui ne fut pas longue. En échange de sept petits chevaux de race argentine tout harnachés, d'une centaine de livres de charqui ou viande séchée, de quelques mesures de riz et d'outres de cuir pour l'eau, les Indiens, à défaut de vin ou de rhum qu'ils eussent préféré, acceptèrent vingt onces d'or [1] dont ils connaissaient parfaitement la valeur. Glenarvan voulait acheter un huitième cheval pour le Patagon, mais celui-ci fit comprendre que c'était inutile.

Ce marché terminé, Glenarvan prit congé de ses nouveaux « fournisseurs, » suivant l'expression de Paganel, et il revint au campement en moins d'une demi-heure. Son arrivée fut saluée par des acclamations qu'il voulut bien rapporter à qui de droit, c'est-à-dire aux vivres et aux montures. Chacun mangea avec appétit. Robert prit quelques aliments; ses forces lui étaient presque entièrement revenues.

La fin de la journée se passa dans un repos complet. On parla un peu de tout, des chères absentes, du *Duncan,* du capitaine John Mangles, de son brave équipage, d'Harry Grant, qui n'était pas loin peut-être.

Quant à Paganel, il ne quittait pas l'Indien; il se

1. 1030 francs.

faisait l'ombre de Thalcavé. Il ne se sentait pas d'aise de voir un vrai Patagon, auprès duquel il eût passé pour un nain, un Patagon qui pouvait presque rivaliser avec cet empereur Maximin et ce nègre du Congo vu par le savant Van der Brock, hauts de huit pieds tous les deux ! Puis il assommait le grave Indien de phrases espagnoles, et celui-ci se laissait faire. Le géographe étudiait, sans livre, cette fois. On l'entendait articuler des mots retentissants à l'aide du gosier, de la langue et des mâchoires.

« Si je n'attrape pas l'accent, repétait-il au major, il ne faudra pas m'en vouloir ! Mais qui m'eût dit qu'un jour ce serait un Patagon qui m'apprendrait l'espagnol ? »

CHAPITRE XVI.

LE RIO COLORADO.

Le lendemain 22 octobre, à huit heures, Thalcave donna le signal du départ. Le sol argentin entre le vingt-deuxième et le quarante-deuxième degré s'incline de l'ouest à l'est ; les voyageurs n'avaient plus qu'à descendre une pente douce jusqu'à la mer.

Quand le Patagon refusa le cheval que lui offrait Glenarvan, celui-ci pensa qu'il préférait aller à pied, suivant l'habitude de certains guides, et certes, ses longues jambes devaient lui rendre la marche facile.

Mais Glenarvan se trompait.

Au moment de partir, Thalcave siffla d'une façon particulière. Aussitôt un magnifique cheval argentin, de superbe taille, sortit d'un petit bois peu éloigné, et se rendit à l'appel de son maître. L'animal était d'une beauté parfaite; sa couleur brune indiquait une bête de fond, fière, courageuse et vive; il avait la tête légère et finement attachée, les naseaux largement ouverts, l'œil ardent, les jarrets larges, le garrot bien sorti, la poitrine haute, les paturons longs, c'est-à-dire toutes les qualités qui font la force et la souplesse. Le major, en parfait connaisseur, admira sans réserve cet échantillon de la race pampéenne auquel il trouva certaines ressemblances avec le « hunter » anglais. Ce bel animal s'appelait « Thaouka, » c'est-à-dire « oiseau » en langue patagone, et il méritait ce nom à juste titre.

Lorsque Thalcave fut en selle, son cheval bondit sous lui. Le Patagon, écuyer consommé, était magnifique à voir; son harnachement comportait les deux instruments de chasse usités dans la plaine argentine, les « bolas » et le « lazo ». Les bolas consistent en trois boules réunies ensemble par une courroie de cuir, et attachées à l'avant du recado. L'Indien les lance souvent à cent pas de distance sur l'animal ou l'ennemi qu'il poursuit, et avec une précision telle, qu'elles s'enroulent autour de ses jambes et l'abattent aussitôt. C'est donc entre ses mains un instrument redoutable, et il le manie avec une surprenante habileté. Le lazo, au contraire, n'abandonne pas la main qui le brandit. Il se compose uniquement d'une corde longue de trente pieds, formée par la réunion de deux cuirs bien tressés, et terminée par un nœud coulant qui glisse dans un anneau de fer. C'est ce nœud coulant que lance la main droite, tandis que la gauche tient le reste du lazo dont l'extrémité est fixée fortement à la selle. Une longue carabine mise en bandoulière complétait les armes offensives du Patagon.

Thalcave, sans remarquer l'admiration produite par sa grâce naturelle, son aisance et sa fière désinvolture, prit la tête de la troupe, et l'on partit tantôt au galop, tantôt au pas des chevaux, auxquels l'allure du trot semblait être inconnue. Robert montait avec beaucoup de hardiesse, et rassura promptement Glenarvan sur son aptitude à se tenir en selle.

Au pied même de la Cordillère commence la plaine des Pampas. Elle peut se diviser en trois parties; la première s'étend depuis la chaîne des Andes sur un espace de deux cent cinquante milles, couvert d'arbres peu élevés et de buissons. La seconde, large de quatre cent cinquante milles, est tapissée d'une herbe magnifique, et s'arrête à cent quatre-vingts milles de Buenos-Ayres. De ce point à la mer. le pas du voyageur foule d'immenses prairies de luzernes et de chardons. C'est la troisième partie des Pampas.

En sortant des gorges de la Cordillère, la troupe de Glenarvan rencontra d'abord une grande quantité de dunes de sable appelées « medanos, » véritables vagues incessamment agitées par le vent, lorsque la racine des végétaux ne les enchaîne pas au sol. Ce sable est d'une extrême finesse; aussi le voyait-on, au moindre souffle, s'envoler en ébroussins légers, ou former de véritables trombes qui s'élevaient à une hauteur considérable. Ce spectacle faisait à la fois le plaisir et le désagrément des yeux : le plaisir, car rien n'était plus curieux que ces trombes errant par la plaine, luttant, se confondant, s'abattant, se relevant dans un désordre inexprimable; le désagrément, car une poussière impalpable se dégageait de ces innombrables medanos, et pénétrait à travers les paupières, si bien fermées qu'elles fussent.

Ce phénomène dura pendant une grande partie de la journée sous l'action des vents du nord. On marcha rapidement, néanmoins, et vers six heures les Cordillères, éloignées de quarante milles, présentaient un aspect noirâtre déjà perdu dans les brumes du soir.

Les voyageurs étaient un peu fatigués de leur route qui pouvait être estimée à trente-huit milles. Aussi virent-ils avec plaisir arriver l'heure du coucher. Ils campèrent sur les bords du rapide Neuquem, un rio torrentueux aux eaux troubles, encaissé dans de hautes falaises rouges. Le Neuquem est nommé Ramid ou

Comoe par certains géographes, et prend sa source au milieu de lacs que les Indiens seuls connaissent.

La nuit et la journée suivante n'offrirent aucun incident digne d'être relaté. On allait vite et bien. Un sol uni, une température supportable rendaient facile la marche en avant. Vers midi, cependant, le soleil fut prodigue de rayons très-chauds. Le soir venu, une barre de nuages raya l'horizon du sud-ouest, symptôme assuré d'un changement de temps. Le Patagon ne pouvait s'y méprendre, et du doigt il indiqua au géographe la zone occidentale du ciel.

« Bon! je sais, » dit Paganel; et s'adressant à ses compagnons : « Voilà, ajouta-t-il, un changement de temps qui se prépare. Nous allons avoir un coup de Pampero. »

Et il expliqua que ce Pampero est fréquent dans les plaines argentines. C'est un vent du sud-ouest très-sec. Thalcave ne s'était pas trompé, et pendant la nuit qui fut assez pénible pour des gens abrités d'un simple poncho, le Pampero souffla avec une grande force. Les chevaux se couchèrent sur le sol, et les hommes s'étendirent près d'eux en groupe serré. Glenarvan craignait d'être retardé si cet ouragan se prolongeait; mais Paganel le rassura, après avoir consulté son baromètre.

« Ordinairement, lui dit-il, le Pampero crée des tempêtes de trois jours que la dépression du mercure indique d'une façon certaine. Mais quand, au contraire, le baromètre remonte, — et c'est le cas, — on en est quitte pour quelques heures de rafales furieuses. Rassurez-vous donc, mon cher ami, au lever du jour le ciel aura repris sa pureté habituelle.

— Vous parlez comme un livre, Paganel, répondit Glenarvan.

— Et j'en suis un, répliqua Paganel. Libre à vous de me feuilleter tant qu'il vous plaira. »

Le livre ne se trompait pas. A une heure du matin, le vent tomba subitement, et chacun put trouver dans le sommeil un repos réparateur. Le lendemain on se levait frais et dispos, Paganel surtout, qui faisait craquer ses articulations avec un bruit joyeux, et s'étirait comme un jeune chien.

Ce jour était le vingt-quatrième d'octobre, et le dixième depuis le départ de Talcahuano. Quatre-vingt-treize milles[1] séparaient encore les voyageurs du point où le Rio-Colorado coupe le trente-septième parallèle, c'est-à-dire trois jours de voyage. Pendant cette traversée du continent américain, lord Glenarvan guettait avec une scrupuleuse attention l'approche des indigènes. Il voulait les interroger au sujet du capitaine Grant par l'intermédiaire du Patagon avec lequel Paganel, d'ailleurs, commençait à s'entretenir suffisamment. Mais on suivait une ligne peu fréquentée des Indiens, car les routes de la Pampa qui vont de la république argentine aux Cordillères sont situées plus au nord. Aussi, In-

1. 150 kilomètres.

diens errants ou tribus sédentaires vivant sous la loi des caciques ne se rencontraient pas. Si, d'aventure, quelque cavalier nomade apparaissait au loin, il s'enfuyait rapidement, peu soucieux d'entrer en communication avec des inconnus. Une pareille troupe devait sembler suspecte à quiconque se hasardait seul dans la plaine, au bandit dont la prudence s'alarmait à la vue de huit hommes bien armés et bien montés, comme au voyageur qui, par ces campagnes désertes, pouvait voir en eux des gens malintentionnés. De là, une impossibilité absolue de s'entretenir avec les honnêtes gens ou les pillards. C'était à regretter de ne pas se trouver en face d'une bande de « rastreadores[1], » dût-on commencer la conversation à coups de fusil.

Cependant, si Glenarvan, dans l'intérêt de ses recherches, eut à regretter l'absence des Indiens, un incident se produisit qui vint singulièrement justifier l'interprétation du document.

Plusieurs fois la route suivie par l'expédition coupa des sentiers de la Pampa, entre autres une route assez importante, — celle de Carmen à Mendoza, — reconnaissable aux ossements d'animaux domestiques, de mulets, de chevaux, de moutons ou de bœufs, qui la jalonnaient de leurs débris désagrégés sous le bec des oiseaux de proie et blanchis à l'action décolorante de l'atmosphère. Ils étaient là par milliers, et sans doute

1. Pillards de la plaine.

plus d'un squelette humain y confondait sa poussière avec la poussière des plus humbles animaux.

Jusqu'alors Thalcave n'avait fait aucune observation sur la route rigoureusement suivie. Il comprenait, cependant, que, ne se reliant à aucune voie des Pampas, elle n'aboutissait ni aux villes, ni aux villages, ni aux établissements des provinces argentines. Chaque matin, on marchait vers le soleil levant, sans s'écarter de la ligne droite, et chaque soir le soleil couchant se trouvait à l'extrémité opposée de cette ligne. En sa qualité de guide, Thalcave devait donc s'étonner de voir que non-seulement il ne guidait pas, mais qu'on le guidait lui-même. Cependant, s'il s'en étonna, ce fut avec la réserve naturelle aux Indiens, et à propos des simples sentiers négligés jusqu'alors, il ne fit aucune observation. Mais ce jour là, arrivé à la susdite voie de communication, il arrêta son cheval et se tournant vers Paganel :

« Route de Carmen, dit-il.

— Eh bien, oui, mon brave Patagon, répondit le géographe dans son plus pur espagnol, route de Carmen à Mendoza.

— Nous ne la prenons pas? reprit Thalcave.

— Non, répliqua Paganel.

— Et nous allons?

— Toujours à l'est.

— C'est aller nulle part.

— Qui sait? »

Thalcave se tut, et regarda le savant d'un air profondément surpris. Il n'admettait pas, pourtant, que Paganel plaisantât le moins du monde. Un Indien, toujours sérieux, n'imagine jamais qu'on ne parle pas sérieusement.

« Vous n'allez donc pas à Carmen? ajouta-t-il après un instant de silence.

— Non, répondit Paganel.

— Ni à Mendoza?

— Pas davantage. »

En ce moment Glenarvan, ayant rejoint Paganel, lui demanda ce que disait Thalcave, et pourquoi il s'était arrêté.

« Il m'a demandé si nous allions soit à Carmen, soit à Mendoza, répondit Paganel, et il s'étonne fort de ma réponse négative à sa double question.

— Au fait, notre route doit lui paraître fort étrange, reprit Glenarvan.

— Je le crois. Il dit que nous n'allons nulle part.

— Eh bien, Paganel, est-ce que vous ne pourriez pas lui expliquer le but de notre expédition, et quel intérêt nous avons à marcher toujours vers l'est?

— Ce sera fort difficile, répondit Paganel, car un Indien n'entend rien aux degrés terrestres, et l'histoire du document sera pour lui une histoire fantastique.

— Mais, dit sérieusement le major, sera-ce l'histoire qu'il ne comprendra pas, ou l'historien?

— Ah! Mac Nabbs, répliqua Paganel, voilà que vous doutez encore de mon espagnol!

— Eh bien, essayez, mon digne ami.

— Essayons. »

Paganel retourna vers le Patagon, et entreprit un discours fréquemment interrompu par le manque de mots, par la difficulté de traduire certaines particularités, et d'expliquer à un sauvage à demi ignorant des détails fort peu compréhensibles pour lui. Le savant était curieux à voir. Il gesticulait, il articulait, il se démenait de cent façons, et des gouttes de sueur tombaient en cascade de son front à sa poitrine. Quand la langue n'alla plus, le bras lui vint en aide. Paganel mit pied à terre, et là, sur le sable, il traça une carte géographique où se croisaient des latitudes et des longitudes, où figuraient les deux océans, où s'allongeait la route de Carmen. Jamais professeur ne fut dans un tel embarras. Thalcave regardait ce manége d'un air tranquille, sans laisser voir s'il comprenait ou non.

La leçon du géographe dura plus d'une demi-heure. Puis il se tut, épongea son visage qui fondait en eau, et regarda le Patagon.

« A-t-il compris? demanda Glenarvan.

— Nous verrons bien, répondit Paganel, mais s'il n'a pas compris, j'y renonce. »

Thalcave ne bougeait pas. Il ne parlait pas davantage. Ses yeux restaient attachés aux figures tracées sur le sable, que le vent effaçait peu à peu.

« Eh bien? » lui demanda Paganel.

Thalcave ne parut pas l'entendre. Paganel voyait déja un sourire ironique se dessiner sur les lèvres du major, et voulant en venir à son honneur, il allait recommencer avec une nouvelle énergie ses démonstrations géographiques, quand le Patagon l'arrêta d'un geste.

« Vous cherchez un prisonnier? dit-il.

— Oui, répondit Paganel.

— Et précisément sur cette ligne comprise entre le soleil qui se lève et le soleil qui se couche, ajouta Thalcave, en précisant par une comparaison à la mode indienne la route de l'ouest à l'est.

— Oui, oui, c'est cela.

— Et c'est votre Dieu, dit le Patagon, qui a confié aux flots de la vaste mer les secrets du prisonnier?

— Dieu lui-même.

— Que sa volonté s'accomplisse alors, répondit Thalcave avec une certaine solennité, nous marcherons dans l'est, et, s'il le faut, jusqu'au soleil! »

Paganel, triomphant dans la personne de son élève, traduisit immédiatement à ses compagnons les réponses de l'Indien.

« Quelle race intelligente! ajouta-t-il. Sur vingt paysans de mon pays, dix-neuf n'auraient rien compris à mes explications! »

Glenarvan engagea Paganel à demander au Patagon s'il avait entendu dire que des étrangers fussent tombés entre les mains d'Indiens des Pampas.

Paganel fit la demande, et attendit la réponse.

« Peut-être, » dit le Patagon.

A ce mot immédiatement traduit, Thalcave fut entouré des sept voyageurs. On l'interrogeait du regard.

Paganel, ému, et trouvant à peine ses mots, reprit cet interrogatoire si intéressant, tandis que ses yeux, fixés sur le grave Indien, essayaient de surprendre sa réponse avant qu'elle ne sortît de ses lèvres.

Chaque mot espagnol du Patagon, il le répétait en anglais, de telle sorte que ses compagnons l'entendaient parler, pour ainsi dire, dans leur langue naturelle.

« Et ce prisonnier? demanda Paganel.

— C'était un étranger, répondit Thalcave, un Européen.

— Vous l'avez vu?

— Non, mais il est parlé de lui dans les récits des Indiens. C'était un brave! Il avait un cœur de taureau!

— Un cœur de taureau! dit Paganel. Ah! magnifique langue patagone! Vous comprenez, mes amis! Un homme courageux!

— Mon père! » s'écria Robert Grant.

Puis, s'adressant à Paganel :

« Comment dit-on « *c'est mon père* » en espagnol? lui demanda-t-il.

— *Es mio padre,* » répondit le géographe.

Aussitôt Robert, prenant les mains de Thalcave, dit d'une voix douce :

« *Es mio padre!*

— *Suo padre*[1] ! » répondit le Patagon, dont le regard s'éclaira !

Il prit l'enfant dans ses bras, l'enleva de son cheval, et le considéra avec la plus curieuse sympathie. Son visage intelligent était empreint d'une paisible émotion.

Mais Paganel n'avait pas terminé son interrogatoire. Ce prisonnier, où était-il ? Que faisait-il ? Quand Thalcave en avait-il entendu parler ? Toutes ces questions se pressaient à la fois dans son esprit.

Les réponses ne se firent pas attendre, et il apprit que l'Européen était esclave de l'une des tribus indiennes qui parcourent le pays entre le Colorado et le Rio-Negro.

« Mais où se trouvait-il en dernier lieu ? demanda Paganel.

— Chez le cacique Calfoucoura, répondit Thalcave.

— Sur la ligne suivie par nous jusqu'ici ?

— Oui.

— Et quel est ce cacique ?

— Le chef des Indiens-Poyuches, un homme à deux langues, un homme à deux cœurs !

— C'est-à-dire faux en parole, et faux en action, dit Paganel, après avoir traduit à ses compagnons cette belle image de la langue patagone. — Et pourrons-nous délivrer notre ami ? ajouta-t-il.

— Peut-être, s'il est encore aux mains des Indiens.

— Et quand en avez-vous entendu parler ?

1. Son père.

— Il y a longtemps, et depuis lors, le soleil a ramené déjà deux étés dans le ciel des Pampas! »

La joie de Glenarvan ne peut se décrire. Cette réponse concordait exactement avec la date du document. Mais une question restait à poser à Thalcave, Paganel la fit aussitôt.

« Vous parlez d'un prisonnier, dit-il, est-ce qu'il n'y en avait pas trois?

— Je ne sais, répondit Thalcave.

— Et vous ne connaissez rien de sa situation actuelle?

— Rien. »

Ce dernier mot termina la conversation. Il était possible que les trois prisonniers fussent séparés depuis longtemps. Mais ce qui résultait des renseignements donnés par le Patagon, c'est que les Indiens parlaient d'un Européen tombé en leur pouvoir. La date de sa captivité, l'endroit même où il devait être, tout, jusqu'à la phrase patagone employée pour exprimer son courage, se rapportait évidemment au capitaine Harry Grant.

Le lendemain 25 octobre, les voyageurs reprirent avec une animation nouvelle la route de l'est. La plaine, toujours triste et monotone, formait un de ces espaces sans fin qui se nomment « travesias » dans la langue du pays. Le sol argileux, livré à l'action des vents, présentait une horizontalité parfaite; pas une pierre, pas un caillou même, excepté dans quelques ravins arides et desséchés, ou sur le bord des mares artificielles creusées de la main des Indiens. A de longs intervalles apparaissaient des forêts basses à cimes noirâtres que perçaient çà et là des caroubiers blancs dont la gousse renferme une pulpe sucrée, agréable et rafraîchissante; puis, quelques bouquets de térébinthes, des « chañares, » des genêts sauvages, et toute une espèce d'arbres épineux dont la maigreur trahissait déjà l'infertilité du sol.

Le 26, la journée fut fatigante. Il s'agissait de gagner le Rio-Colorado. Mais les chevaux, excités par leurs cavaliers, firent une telle diligence, que le soir même, par 69° 45′ de longitude, ils atteignirent le beau fleuve des régions pampéennes. Son nom indien, le Cobu Leubu, signifie « grande rivière, » et après un long parcours, il va se jeter dans l'Atlantique. Là, vers son embouchure, se produit une particularité curieuse, car, alors, la masse de ses eaux diminue en s'approchant de la mer, soit par imbibition, soit par évaporation, et la cause de ce phénomène n'est pas encore parfaitement déterminée.

En arrivant au Colorado, le premier soin de Paganel fut de se baigner « géographiquement » dans ses eaux colorées par une argile rougeâtre. Il fut surpris de les trouver aussi profondes, résultat uniquement dû à la fonte des neiges sous le premier soleil de l'été. De plus, la largeur du fleuve était assez considérable pour que les chevaux ne pussent le traverser à la nage. Fort heureusement, à quelques centaines de toises en amont, se trouvait un pont de clayonnage soutenu par des lanières de cuir et suspendu à la mode indienne. La petite troupe put donc passer le fleuve et camper sur la rive gauche.

Avant de s'endormir, Paganel voulut prendre un relèvement exact du Colorado, et il le pointa sur sa carte avec un soin particulier, à défaut du Yarou-Dzangbo-Tchou, qui coulait sans lui dans les montagnes du Tibet.

Pendant les deux journées suivantes, celles du 27 et du 28 octobre, le voyage s'accomplit sans incidents. Même monotonie et même stérilité du terrain. Jamais paysage ne fut moins varié, jamais panorama plus insignifiant. Cependant, le sol devint très-humide. Il fallut passer « des canadas, » sortes de bas-fonds inondés, et des « esteros, » lagunes permanentes encombrées d'herbes aquatiques. Le soir, les chevaux s'arrêtèrent au bord d'un vaste lac, aux eaux fortement minéralisées, l'Urre Lanquem, nommé « lac amer » par les Indiens, qui fut en 1862 témoin de cruelles représailles des troupes argentines. On campa à la manière accoutumée, et la nuit aurait été bonne, n'eût été la présence des singes, des allouates [1] et des chiens sauvages. Ces bruyants animaux, sans doute en l'honneur, mais, à coup sûr, pour le désagrément des oreilles européennes, exécutèrent une de ces symphonies naturelles que n'eût pas désavouées un compositeur de l'avenir.

1. Espèces de sapajous.

CHAPITRE XVII.

LES PAMPAS.

La Pampasie argentine s'étend du trente-quatrième au quarantième degré de latitude australe. Le mot « Pampa », d'origine araucanienne, signifie « plaine d'herbes » et s'applique justement à cette région. Les mimosées arborescentes de sa partie occidentale, les herbages substantiels de sa partie orientale, lui donnent un aspect particulier. Cette végétation prend racine dans une couche de terre qui recouvre le sol argilo-sableux, rougeâtre ou jaune. Le géologue trouverait des richesses abondantes, s'il interrogeait ces terrains de l'époque tertiaire. Là gisent en quantités infinies des ossements antédiluviens que les Indiens attribuent à de grandes races de tatous disparus, et sous cette poussière végétale est enfouie l'histoire primitive de ces contrées.

La Pampa américaine est une spécialité géographique, comme les savanes des Grands-Lacs ou les steppes de la Sibérie. Son climat a des chaleurs et des froids plus extrêmes que celui de la province de Buénos-Ayres, étant plus continental. Car, suivant l'explication que donna Paganel, la chaleur de l'été emmagasinée dans l'Océan qui l'absorbe est lentement restituée par lui pendant l'hiver. De là, cette conséquence que les îles ont une température plus uniforme que l'intérieur des continents[1]. Aussi, le climat de la Pampasie occidentale n'a-t-il pas cette égalité qu'il présente sur les côtes, grâce au voisinage de l'Atlantique. Il est soumis à de brusques excès, à des modifications rapides qui font incessamment sauter d'un degré à l'autre les colonnes thermométriques. En automne, c'est-à-dire pendant les mois d'avril et de mai, les pluies y sont fréquentes et torrentielles. Mais à cette époque de l'année le temps était très-sec, et la température fort élevée.

On partit dès l'aube, vérification faite de la route; le sol, enchaîné par les arbrisseaux et arbustes, offrait une fixité parfaite; plus de médanos, ni le sable dont ils se formaient, ni la poussière que le vent tenait en suspension dans les airs.

Les chevaux marchaient d'un bon pas, entre les touffes de « paja-brava, » l'herbe pampéenne par excellence, qui sert d'abri aux Indiens pendant les orages. A de certaines distances, mais de plus en plus rares, quelques bas-fonds humides laissaient pousser des saules, et une certaine plante, le « gygnerium argenteum » qui se plaît dans le voisinage des eaux douces. Là, les che-

1. Les hivers de l'Islande sont pour cette raison plus doux que ceux de la Lombardie.

vaux se délectaient d'une bonne lampée, prenant le bien quand il venait, et se désaltérant pour l'avenir. Thalcave, en avant, battait les buissons. Il effrayait ainsi les « cholinas », vipères de la plus dangereuse espèce, dont la morsure tue un bœuf en moins d'une heure. L'agile Thaouka bondissait au-dessus des broussailles, et aidait son maître à frayer un passage aux chevaux qui le suivaient.

Le voyage, sur ces plaines unies et droites, s'accomplissait donc facilement et rapidement. Aucun changement ne se produisait dans la nature de la prairie; pas une pierre, pas un caillou, même à cent milles à la ronde. Jamais pareille monotonie ne se rencontra, ni si obstinément prolongée. De paysages, d'incidents, de surprises naturelles, il n'y avait pas l'ombre! Il fallait être un Paganel, un de ces enthousiastes savants qui voient là où il n'y a rien à voir, pour prendre intérêt aux détails de la route. A quel propos? Il n'aurait pu le dire. Un buisson tout au plus! Un brin d'herbe peut-être. Cela lui suffisait pour exciter sa faconde inépuisable, et instruire Robert, qui se plaisait à l'écouter.

Pendant cette journée du 29 octobre, la plaine se déroula devant les voyageurs avec son uniformité infinie. Vers deux heures, de longues traces d'animaux se rencontrèrent sous le pied des chevaux. C'étaient les ossements d'un innombrable troupeau de bœufs, amoncelés et blanchis. Ces débris ne s'allongeaient pas en ligne sinueuse, telle que la laissent après eux des animaux à bout de forces et tombant peu à peu sur la route. Aussi, personne ne savait comment expliquer cette réunion de squelettes dans un espace relativement restreint, et Paganel, quoi qu'il fît, pas plus que les autres. Il interrogea donc Thalcave, qui ne fut point embarrassé de lui répondre.

Un « pas possible! » du savant et un signe très-affirmatif du Patagon intriguèrent fort leurs compagnons.

« Qu'est-ce donc? demandèrent-ils.

—Le feu du ciel, répondit le géographe.

— Quoi! la foudre aurait produit un tel désastre, dit Tom Austin; un troupeau de cinq cents têtes étendu sur le sol!

— Thalcave l'affirme, et Thalcave ne se trompe pas. Je le crois, d'ailleurs, car les orages des Pampas se signalent, entre tous, par leurs fureurs. Puissions-nous ne pas les éprouver un jour!

— Il fait bien chaud, dit Wilson.

— Le thermomètre, répondit Paganel, doit marquer trente degrés à l'ombre.

— Cela ne m'étonne pas, dit Glenarvan, je sens l'électricité qui me pénètre. Espérons que cette température ne se maintiendra pas.

— Oh! oh! fit Paganel, il ne faut pas compter sur un changement de temps, puisque l'horizon est libre de toute brume.

— Tant pis, répondit Glenarvan, car nos chevaux

sont très-affectés par la chaleur. Tu n'as pas trop chaud, mon garçon? ajouta-t-il en s'adressant à Robert.

— Non, mylord, répondit le petit bonhomme. J'aime la chaleur, c'est une bonne chose.

— L'hiver surtout, » fit observer judicieusement le major, en lançant vers le ciel la fumée de son cigare.

Le soir, on s'arrêta près d'un « rancho » abandonné, un entrelacement de branchages mastiqués de boue et recouverts de chaume; cette cabane attenait à une enceinte de pieux à demi pourris, qui suffit, cependant, à protéger les chevaux pendant la nuit contre les attaques des renards. Non qu'ils eussent rien à redouter personnellement de la part de ces animaux, mais les malignes bêtes rongent leurs licous, et les chevaux en profitent pour s'échapper.

A quelques pas du rancho était creusé un trou qui servait de cuisine et contenait des cendres refroidies. A l'intérieur, il y avait un banc, un grabat de cuir de bœuf, une marmite, une broche et une bouilloire à maté. Le maté est une boisson fort en usage dans l'Amérique du Sud. C'est le thé des Indiens. Il consiste en une infusion de feuilles séchées au feu, et on l'aspire comme les boissons américaines au moyen d'un tube de paille. A la demande de Paganel, Thalcave prépara quelques tasses de ce breuvage, qui accompagna fort avantageusement les comestibles ordinaires et fut déclaré excellent.

Le lendemain, 30 octobre, le soleil se leva dans une

brume ardente et versa sur le sol ses rayons les plus chauds. La température de cette journée devait être excessive, en effet, et malheureusement la plaine n'offrait aucun abri. Cependant, on reprit courageusement la route de l'est. Plusieurs fois se rencontrèrent d'immenses troupeaux qui, n'ayant pas la force de paître sous cette chaleur accablante, restaient paresseusement étendus. De gardiens, de bergers, pour mieux dire, il n'était pas question. Des chiens habitués à teter les brebis, quand la soif les aiguillonne, surveillaient seuls ces nombreuses agglomérations de vaches, de taureaux et de bœufs. Ces animaux sont d'ailleurs d'humeur douce, et n'ont pas cette horreur instinctive du rouge qui distingue leurs congénères européens.

« Cela vient sans doute de ce qu'ils paissent l'herbe d'une république ! » dit Paganel, enchanté de sa plaisanterie, un peu trop française peut-être.

Vers le milieu de la journée, quelques changements se produisirent dans la Pampa, qui ne pouvaient échapper à des yeux fatigués de sa monotonie. Les graminées devinrent plus rares. Elles firent place à de maigres bardanes, et à des chardons gigantesques hauts de neuf pieds, qui eussent fait le bonheur de tous les ânes de la terre. Des chañares rabougris et autres arbrisseaux épineux d'un vert sombre, plantes chères aux terrains desséchés, poussaient çà et là. Jusqu'alors une certaine humidité conservée dans l'argile de la prairie entretenait les pâturages; le tapis d'herbe était épais et luxueux. Mais alors, sa moquette usée par places, arrachée en maint endroit, laissait voir la trame et étalait aux regards la misère du sol. Ces symptômes d'une croissante sécheresse ne pouvaient être méconnus, et Thalcave les fit remarquer.

« Je ne suis pas fâché de ce changement, dit Tom Austin, toujours de l'herbe, toujours de l'herbe, cela devient écœurant à la longue.

— Oui, mais toujours de l'herbe, toujours de l'eau, répondit le major.

— Oh! nous ne sommes pas à court, dit Wilson, et nous trouverons bien quelque rivière sur notre route. »

Si Paganel avait entendu cette réponse, il n'eût pas manqué de dire que les rivières étaient rares entre le Colorado et les sierras de la province Argentine; mais en ce moment il expliquait à Glenarvan un fait sur lequel celui-ci venait d'attirer son attention.

Depuis quelque temps, l'atmosphère semblait être imprégnée d'une odeur de fumée. Cependant, nul feu n'était visible à l'horizon; nulle fumée ne trahissait un incendie éloigné. On ne pouvait donc assigner à ce phénomène une cause naturelle. Bientôt cette odeur d'herbe brûlée devint si forte qu'elle étonna les voyageurs, moins Paganel et Thalcave. Le géographe, que l'explication d'un fait quelconque ne pouvait embarrasser, fit à ses amis la réponse suivante :

« Nous ne voyons pas le feu, dit-il, et nous sentons la fumée. Or, pas de fumée sans feu, et le proverbe est vrai en Amérique comme en Europe. Il y a donc un feu quelque part. Seulement, ces Pampas sont si unies que rien n'y gêne les courants de l'atmosphère, et on y sent souvent l'odeur d'herbes qui brûlent à une distance de près de soixante-quinze milles[1].

— Soixante-quinze milles? répliqua le major d'un ton peu convaincu.

— Tout autant, affirma Paganel. Mais j'ajoute que ces conflagrations se propagent sur une grande échelle et atteignent souvent un développement considérable.

— Qui met le feu aux prairies? demanda Robert.

— Quelquefois la foudre, quand l'herbe est desséchée par les chaleurs; quelquefois aussi la main des Indiens.

— Et dans quel but?

— Ils prétendent, — je ne sais jusqu'à quel point cette prétention est fondée, — qu'après un incendie des Pampas les graminées y poussent mieux. Ce serait alors un moyen de revivifier le sol par l'action des cendres. Pour mon compte, je crois plutôt que ces incendies sont destinés à détruire des milliards d'ixodes, sorte d'insectes parasites qui incommodent particulièrement les troupeaux.

— Mais ce moyen énergique, dit le major, doit coû-

1. Trente lieues.

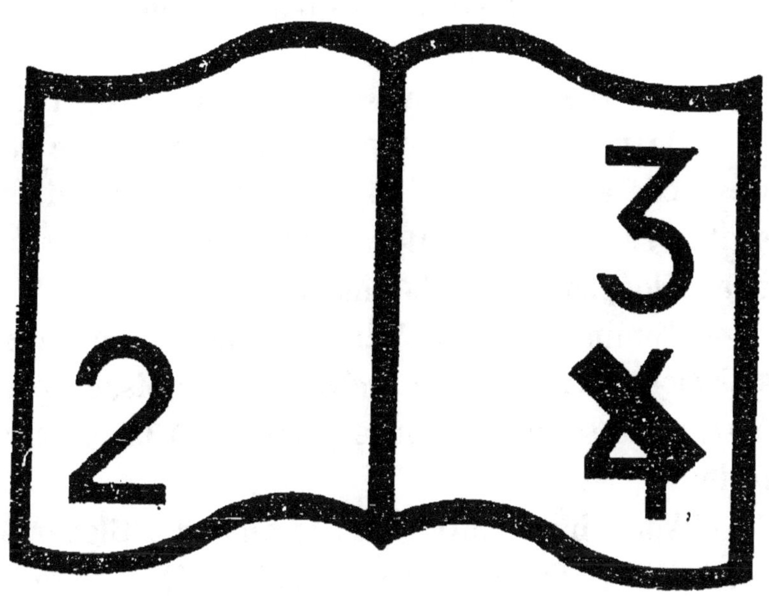

Pagination incorrecte — date incorrecte

NF Z 43-120-12

LIRE PAGE (S) 191

AU LIEU DE PAGE (S) 19

ter la vie à quelques-uns des bestiaux qui errent par la plaine?

— Oui, il en brûle; mais qu'importe dans le nombre?

— Je ne réclame pas pour eux, reprit Mac Nabbs, c'est leur affaire, mais pour les voyageurs qui traversent la Pampa. Ne peut-il arriver qu'ils soient surpris et enveloppés par les flammes?

— Comment donc! s'écria Paganel, avec un air de satisfaction visible, cela arrive quelquefois, et, pour ma part, je ne serais pas fâché d'assister à un pareil spectacle.

— Voilà bien notre savant, répondit Glenarvan, il pousserait l'amour de la science jusqu'à se faire brûler vif.

— Ma foi non, mon cher Glenarvan; mais on a lu son Cooper, et Bas de Cuir nous a enseigné le moyen d'arrêter la marche des flammes en arrachant l'herbe autour de soi dans un rayon de quelques toises. Rien n'est plus simple. Aussi, je ne redoute pas l'approche d'un incendie; et je l'appelle de tous mes vœux! »

Mais les désirs de Paganel ne devaient pas se réaliser, et s'il rôtit à moitié, ce fut uniquement à la chaleur des rayons du soleil qui versait une insoutenable ardeur. Les chevaux haletaient sous l'influence de cette température tropicale. Il n'y avait pas d'ombre à espérer, à moins qu'elle ne vînt de quelque rare nuage voilant le disque enflammé; l'ombre courait alors sur le sol uni, et les cavaliers, poussant leur monture, essayaient de se maintenir dans la nappe fraîche que les vents d'ouest chassaient devant eux. Mais les chevaux, bientôt distancés, demeuraient en arrière, et l'astre dévoilé arrosait d'une nouvelle pluie de feu le terrain calciné des Pampas.

Cependant, quand Wilson avait dit que la provision d'eau ne manquerait pas, il comptait sans la soif inextinguible qui dévora ses compagnons pendant cette journée; quand il avait ajouté que l'on rencontrerait quelque rio sur la route, il s'était trop avancé. En effet, non-seulement les rios manquaient, car la planité du sol ne leur offrait aucun lit favorable, mais les mares artificielles creusées de la main des Indiens étaient également taries. En voyant les symptômes de sécheresse s'accroître de mille en mille, Paganel fit quelques observations à Thalcave, et lui demanda où il comptait trouver de l'eau.

« Au lac Salinas, répondit l'Indien.

— Et quand y arriverons-nous ?

— Demain soir. »

Les Argentins, ordinairement, quand ils voyagent dans la Pampa, creusent des puits et trouvent l'eau à quelques toises au-dessous du sol. Mais les voyageurs, privés des outils nécessaires, n'avaient pas cette ressource. Il fallut donc se rationner, et si on ne souffrit pas absolument de l'irritant besoin de boire, personne, du moins, ne put étancher complétement sa soif.

Le soir, on fit halte après une traite de trente milles.

Chacun comptait sur une bonne nuit pour se remettre des fatigues du jour, et elle fut précisément troublée par une nuée fort importune de moustiques et de maringouins. Leur présence indiquait un changement du vent, qui, en effet, tourna d'un quart et passa dans le nord. Ces maudits insectes disparaissent généralement avec les brises du sud ou du sud-ouest.

Si le major gardait son calme, même au milieu des petites misères de la vie, Paganel, au contraire, s'indignait des taquineries du sort. Il donna au diable moustiques et maringouins, et regretta fort l'eau acidulée qui eût calmé les mille cuissons de ses piqûres. Bien que le major essayât de le consoler en lui disant que sur les trois cent mille espèces d'insectes que comptent les naturalistes on devait s'estimer heureux de n'avoir affaire qu'à deux seulement, il se réveilla de fort mauvaise humeur.

Cependant, il ne se fit point prier pour repartir dès l'aube naissante, car il s'agissait d'arriver le jour même au lac Salinas. Les chevaux étaient très-fatigués; ils mouraient de soif, et quoique leurs cavaliers se fussent privés pour eux, leur ration d'eau avait été fort restreinte. La sécheresse était encore plus forte, et la chaleur non moins intolérable sous le souffle poussiéreux du vent du nord, ce simoun des Pampas.

Pendant cette journée, la monotonie du voyage fut un instant interrompue. Mulrady, qui marchait en avant, revint sur ses pas en signalant l'approche d'un parti d'Indiens. Cette rencontre fut appréciée diversement. Glenarvan songea aux renseignements que ces indigènes pourraient lui fournir sur les naufragés du *Britannia*. Thalcave, pour son compte, ne se réjouit guère de trouver sur sa route les Indiens nomades de la prairie ; il les tenait pour pillards et voleurs, et ne cherchait qu'à les éviter. Suivant ses ordres, la petite troupe se massa, et les armes furent mises en état. Il fallait être prêt à tout événement.

Bientôt, on aperçut le détachement indien. Il se composait seulement d'une dizaine d'indigènes, ce qui rassura le Patagon. Les Indiens s'approchèrent à une centaine de pas. On pouvait facilement les distinguer. C'étaient des naturels appartenant à cette race pampéenne, balayée en 1833 par le général Rosas. Leur front élevé, bombé et non fuyant, leur haute taille, leur couleur olivâtre, en faisaient de beaux types de la race indienne. Ils étaient vêtus de peaux de guanaques ou de mouffettes, et portaient avec la lance longue de vingt pieds couteaux, frondes, bolas et lazos. Leur dextérité à manier le cheval indiquait d'habiles cavaliers.

Ils s'arrêtèrent à cent pas et parurent conférer, criant et gesticulant. Glenarvan s'avança vers eux. Mais il n'avait pas franchi deux toises, que le détachement, faisant volte-face, disparut avec une incroyable vélocité. Les chevaux harassés des voyageurs n'auraient jamais pu l'atteindre.

« Les lâches! s'écria Paganel.

— Ils s'enfuient trop vite pour d'honnête gens, dit Mac Nabbs.

— Quels sont ces Indiens? demanda Paganel à Thalcave.

— Gauchos, répondit le Patagon.

— Des Gauchos! reprit Paganel, en se tournant vers ses compagnons, des Gauchos! Alors nous n'avions pas besoin de prendre tant de précautions! Il n'y avait rien à craindre!

— Pourquoi cela? dit le major.

— Parce que les Gauchos sont des paysans inoffensifs.

— Vous croyez, Paganel?

— Sans doute. Ceux-ci nous ont pris pour des voleurs et ils se sont enfuis.

— Je crois plutôt qu'ils n'ont pas osé nous attaquer, répondit Glenarvan, très-vexé de n'avoir pu communiquer avec ces indigènes, quels qu'ils fussent.

— C'est mon avis, dit le major, car, si je ne me trompe, loin d'être inoffensifs, les Gauchos sont, au contraire, de francs et redoutables voleurs.

— Par exemple! » s'écria Paganel.

Et il se mit à discuter vivement cette thèse ethnologique, si vivement même, qu'il trouva moyen d'émouvoir le major, et s'attira cette repartie peu habituelle dans les discussions de Mac Nabbs :

« Je crois que vous avez tort, Paganel.

— Tort? répliqua le savant.

— Oui, Thalcave lui-même a pris ces Indiens pour des voleurs, et Thalcave sait à quoi s'en tenir.

— Eh bien, Thalcave s'est trompé cette fois, riposta Paganel avec une certaine aigreur. Les Gauchos sont des agriculteurs, des pasteurs, pas autre chose, et moi-même, je l'ai écrit dans une brochure assez remarquée sur les indigènes des Pampas.

— Eh bien, vous avez commis une erreur, monsieur Paganel.

— Moi, une erreur, monsieur Mac Nabbs?

— Par distraction, si vous voulez, répliqua le major en insistant, et vous en serez quitte pour faire quelques errata à votre prochaine édition. »

Paganel, très-mortifié d'entendre discuter et même plaisanter ses connaissances géographiques, sentit la mauvaise humeur le gagner.

« Sachez, monsieur, dit-il, que mes livres n'ont pas besoin d'errata de cette espèce !

— Si ! à cette occasion, du moins, riposta Mac Nabbs, qui s'entêtait à son tour.

— Monsieur, je vous trouve taquin, aujourd'hui ! repartit Paganel.

— Et moi, je vous trouve aigre ! » riposta le major.

La discussion prenait, on le voit, des proportions inattendues, et sur un sujet qui, certes, n'en valait pas la peine. Glenarvan jugea à propos d'intervenir.

« Il est certain, dit-il, qu'il y a d'un côté taquinerie

et de l'autre aigreur, ce qui m'étonne de votre part à tous deux »

Le Patagon, sans comprendre le sujet de la querelle avait facilement deviné que les deux amis se disputaient. Il se mit à sourire, et dit tranquillement :

« C'est le vent du nord.

— Le vent du nord ! s'écria Paganel; qu'est-ce que le vent du nord a à faire dans tout ceci ?

— Eh ! c'est cela même, répondit Glenarvan, c'est le vent du nord qui est la cause de votre mauvaise humeur ! J'ai entendu dire qu'il irritait particulièrement le système nerveux dans le sud de l'Amérique.

— Par saint Patrick, Edward, vous avez raison ! » dit le major, et il partit d'un éclat de rire.

Mais Paganel, vraiment monté, ne voulut pas démordre de la discussion, et il se rabattit sur Glenarvan, dont l'intervention lui parut un peu trop plaisante.

« Ah ! vraiment, mylord, dit-il, j'ai le système nerveux irrité ?

— Oui, Paganel, c'est le vent du nord, un vent qui fait commettre bien des crimes dans la Pampa, comme la tramontane dans la campagne de Rome !

— Des crimes ! repartit le savant; j'ai l'air d'un homme qui veut commettre des crimes ?

— Je ne dis pas précisément cela.

— Dites tout de suite que je veux vous assassiner !

— Eh ! répondit Glenarvan, qui riait sans pouvoir

se contenir, j'en ai peur. Heureusement que le vent du nord ne dure qu'un jour! »

Tout le monde, à cette réponse, fit chorus avec Glenarvan. Alors Paganel piqua des deux, et s'en alla en avant passer sa mauvaise humeur. Un quart d'heure après, il n'y pensait plus.

Ce fut ainsi que le bon caractère du savant fut un instant troublé; mais, comme l'avait fort bien dit Glenarvan, il fallait attribuer cette faiblesse à une cause tout extérieure.

A huit heures du soir, Thalcave, ayant poussé une pointe en avant, signala les barrancas du lac tant désiré. Un quart d'heure après, la petite troupe descendait les berges du Salinas. Mais là l'attendait une grave déception. Le lac était à sec.

CHAPITRE XVIII.

A LA RECHERCHE D'UNE AIGUADE.

Le lac Salinas termine le chapelet de lagunes qui se rattachent aux sierras Ventana et Guamini. De nombreuses expéditions venaient autrefois de Buenos-Ayres y faire provision de sel, car ses eaux contiennent du chlorure de sodium dans une remarquable proportion. Mais alors, l'eau volatilisée par une chaleur ardente avait déposé tout le sel qu'elle contenait en suspension, et le lac ne formait plus qu'un immense miroir resplendissant.

Lorsque Thalcave annonça la présence d'un liquide potable au lac Salinas, il entendait parler des rios d'eau douce qui s'y précipitent en maint endroit. Mais, en ce moment, ses affluents étaient taris comme lui. L'ardent soleil avait tout bu. De là, consternation générale, quand la troupe altérée arriva sur les rives desséchées du Salinas.

Il fallait prendre un parti. Le peu d'eau conservée dans les outres était à demi corrompue. Elle ne pouvait désaltérer. La soif commençait à se faire cruellement sentir. La faim et la fatigue disparaissaient devant cet impérieux besoin. Un « roukah, » sorte de tente de cuir dressée dans un pli de terrain et abandonnée des indigènes, servit de retraite aux voyageurs épuisés, tandis que leurs chevaux, étendus sur les bords vaseux du lac, broyaient avec répugnance les plantes marines et les roseaux secs.

Lorsque chacun eut pris place dans le roukah, Paganel interrogea Thalcave et lui demanda son avis s ce qu'il convenait de faire. Une conversation rapide, dont Glenarvan saisit quelques mots, cependant, s'établit entre le géographe et l'Indien. Thalcave parlait avec calme. Paganel gesticulait pour deux. Ce dialogue dura quelques minutes, et le Patagon se croisa les bras.

« Qu'a-t-il dit? demanda Glenarvan. J'ai cru comprendre qu'il conseillait de nous séparer.

— Oui. En deux troupes, répondit Paganel. Ceux de nous dont les chevaux, accablés de fatigue et de soif, peuvent à peine mettre un pied devant l'autre, continueront tant bien que mal la route du trente-septième parallèle. Les mieux montés, au contraire, les devançant sur cette route, iront reconnaître la rivière Guamini, qui se jette dans le lac San-Lucas, à trente et un milles[1] d'ici. Si l'eau s'y trouve en quantité suffisante, ils attendront leurs compagnons sur les bords de la Guamini. Si l'eau manque, ils reviendront au-devant d'eux pour leur épargner un voyage inutile.

— Et alors? demanda Tom Austin.

— Alors, il faudra se résoudre à descendre pendant soixante-quinze milles vers le sud, jusqu'aux premières ramifications de la sierra Ventana, où les rivières sont nombreuses.

— L'avis est bon, répondit Glenarvan, et nous le suivrons sans retard. Mon cheval n'a pas encore trop souffert du manque d'eau, et j'offre d'accompagner Thalcave.

— Oh! mylord, emmenez-moi, dit Robert, comme s'il se fût agi d'une partie de plaisir.

1. Cinquante kilomètres.

— Mais pourras-tu nous suivre, mon enfant?

— Oui! j'ai une bonne bête qui ne demande pas mieux que d'aller en avant. Voulez-vous... mylord?... je vous en prie.

— Viens donc, mon garçon, dit Glenarvan, enchanté de ne pas se séparer de Robert. A nous trois, ajouta-t-il, nous serons bien maladroits si nous ne découvrons pas quelque aiguade fraîche et limpide.

— Eh bien, et moi? dit Paganel.

— Oh! vous, mon cher Paganel, répondit le major, vous resterez avec le détachement de réserve. Vous connaissez trop bien le trente-septième parallèle, et la rivière Guamini, et la Pampas tout entière pour nous abandonner. Ni Mulrady, ni Wilson, ni moi, nous ne sommes capables de rejoindre Thalcave à son rendez-vous, tandis que nous marcherons avec confiance sous la bannière du brave Jacques Paganel.

— Je me résigne, répondit le géographe, très-flatté d'obtenir un commandement supérieur.

— Mais pas de distractions! ajouta le major. N'allez pas nous conduire où nous n'avons que faire, et nous ramener, par exemple, sur les bords de l'océan Pacifique!

— Vous le mériteriez, major insupportable, répondit en riant Paganel. Cependant, dites-moi, mon cher Glenarvan, comment comprendrez-vous le langage de Thalcave?

— Je suppose, répondit Glenarvan, que le Patagon

et moi nous n'aurons pas besoin de causer. D'ailleurs, avec quelques mots espagnols que je possède, je parviendrais bien dans une circonstance pressante à lui exprimer ma pensée et à comprendre la sienne.

— Allez donc, mon digne ami, répondit Paganel.

— Soupons d'abord, dit Glenarvan, et dormons, s'il se peut, jusqu'à l'heure du départ. »

On soupa sans boire, ce qui parut peu rafraîchissant, et l'on dormit, faute de mieux. Paganel rêva de torrents, de cascades, de rivières, de fleuves, d'étangs, de ruisseaux, voire même de carafes pleines, en un mot, de tout ce qui contient habituellement une eau potable. Ce fut un vrai cauchemar.

Le lendemain, à six heures, les chevaux de Thalcave, de Glenarvan et de Robert Grant furent sellés; on leur fit boire la dernière ration d'eau, et ils l'avalèrent avec plus d'envie que de satisfaction, car elle était très-nauséabonde. Puis, les trois cavaliers se mirent en selle.

« Au revoir, dirent le major, Austin, Wilson et Mulrady.

— Et surtout, tâchez de ne pas revenir! » ajouta Paganel.

Bientôt, le Patagon, Glenarvan et Robert perdirent de vue, non sans un certain serrement de cœur, le détachement confié à la sagacité du géographe.

Le « desertio de las Salinas, » qu'ils traversaient alors, est une plaine argileuse, couverte d'arbustes rabougris hauts de dix pieds; de petites mimosées que les Indiens appellent « curra-mammel, » et de « jumes, » arbustes buissonneux, riches en soude. Çà et là, de larges plaques de sel réverbéraient les rayons du soleil avec une étonnante intensité. L'œil eût aisément confondu ces « barreros[1] » avec des surfaces glacées par un froid violent; mais l'ardeur du soleil avait vite fait de le détromper. Néanmoins, ce contraste d'un sol aride et brûlé avec ces nappes étincelantes donnait à ce désert une physionomie très-particulière qui intéressait le regard.

A quatre-vingts milles dans le sud, au contraire, cette sierra Ventana, vers laquelle le dessèchement possible de la Guamini forcerait peut-être les voyageurs de descendre, présentait un aspect différent. Ce pays reconnu en 1835 par le capitaine Fitz-Roy, qui commandait alors l'expédition du *Beagle*, est d'une fertilité superbe. Là poussent avec une vigueur sans égale les meilleurs pâturages du territoire indien; le versant nord-ouest des sierras s'y revêt d'une herbe luxuriante, et descend au milieu de forêts riches en essences diverses; là se voient « l'algarrobo, » sorte de caroubier, dont le fruit séché et réduit en poussière sert à confectionner un pain assez estimé des Indiens; le « quebracho blanc, » aux branches longues et flexibles qui pleurent à la manière du saule européen; le « quebracho rouge, »

1. Terres imprégnées de sel.

d'un bois indestructible ; le « naudubay, » qui prend feu avec une extrême facilité, et cause souvent de terribles incendies ; le « viraro, » dont les fleurs violettes s'étagent en forme de pyramide, et enfin le « timbo, » qui élève jusqu'à quatre-vingts pieds dans les airs son immense parasol, sous lequel des troupeaux entiers peuvent s'abriter contre les rayons du soleil. Les Argentins ont tenté souvent de coloniser ce riche pays, sans réussir à vaincre l'hostilité des Indiens.

Certes, on devait croire que des rios abondants descendaient des croupes de la sierra, pour fournir l'eau nécessaire à tant de fertilité, et, en effet, les sécheresses les plus grandes n'ont jamais vaporisé ces rivières; mais, pour les atteindre, il fallait faire une pointe de cent trente milles dans le sud[1]. Thalcave avait donc raison de se diriger d'abord vers la Guamini, qui, sans l'écarter de sa route, se trouvait à une distance beaucoup plus rapprochée.

Les trois chevaux galopaient avec entrain. Ces excellentes bêtes sentaient d'instinct sans doute où les menaient leurs maîtres. Thaouka, surtout, montrait une vaillance que ni les fatigues ni les besoins ne pouvaient diminuer; il franchissait comme un oiseau les cañadas desséchées et les buissons de curra-mammel, en poussant des hennissements de bon augure. Les chevaux de Glenarvan et de Robert, d'un pas plus lourd, mais

1. Plus de 100 lieues.

entraînés par son exemple, le suivaient courageusement. Thalcave, immobile sur sa selle, donnait à ses compagnons l'exemple que Thaouka donnait aux siens. Le Patagon tournait souvent la tête pour considérer Robert Grant.

En voyant le jeune garçon, ferme et bien assis, les reins souples, les épaules effacées, les jambes tombant naturellement, les genoux fixés à la selle, il témoignait sa satisfaction par un cri encourageant. En vérité, Robert Grant devenait un excellent cavalier et méritait les compliments de l'Indien.

« Bravo, Robert, disait Glenarvan, Thalcave a l'air de te féliciter! Il t'applaudit, mon garçon.

— Et à quel propos, mylord?

— A propos de la bonne façon dont tu montes à cheval.

— Oh! je me tiens solidement, et voilà tout, répondit Robert, qui rougit de plaisir à s'entendre complimenter.

— C'est le principal, Robert, répondit Glenarvan, mais tu es trop modeste, et, je te le prédis, tu ne peux manquer de devenir un sportman accompli.

— Bon, fit Robert en riant, et papa qui veut faire de moi un marin, que dira-t-il?

— L'un n'empêche pas l'autre. Si tous les cavaliers ne font pas de bons marins, tous les marins sont capables de faire de bons cavaliers. A chevaucher sur les vergues on apprend à se tenir solidement. Quant à savoir rassembler son cheval, à exécuter les mouvements obliques ou circulaires, cela vient tout seul, car rien n'est plus naturel.

— Pauvre père! répondit Robert, ah! que de grâces il vous rendra, mylord, quand vous l'aurez sauvé!

— Tu l'aimes bien, Robert?

— Oui, mylord. Il était si bon pour ma sœur et pour moi. Il ne pensait qu'à nous! Chaque voyage nous valait un souvenir de tous les pays qu'il visitait, et, mieux encore, de bonnes caresses, de bonnes paroles à son retour. Ah! vous l'aimerez, vous aussi, quand vous le connaîtrez! Mary lui ressemble. Il a la voix douce comme elle! Pour un marin, c'est singulier, n'est-ce pas?

— Oui, très-singulier, Robert, répondit Glenarvan.

— Je le vois encore, reprit l'enfant, qui semblait alors se parler à lui-même. Bon et brave papa! il m'endormait sur ses genoux, quand j'étais petit, et il murmurait toujours un vieux refrain écossais où l'on chante les lacs de notre pays. L'air me revient parfois, mais confusément. A Mary aussi. Ah! mylord, que nous l'aimions! Tenez, je crois qu'il faut être petit pour bien aimer son père!

— Et grand pour le vénérer, mon enfant, » répondit Glenarvan, tout ému des paroles échappées de ce jeune cœur.

Pendant cette conversation, les chevaux avaient ralenti leur allure et cheminaient au pas.

« Nous le retrouverons, n'est-ce pas? dit Robert, après quelques instants de silence.

— Oui, nous le retrouverons, répondit Glenarvan. Thalcave nous a mis sur ses traces, et j'ai confiance en lui.

— Un brave indien, Thalcave, dit l'enfant.

— Certes.

— Savez-vous une chose, mylord ?

— Parle d'abord, et je te répondrai.

— C'est qu'il n'y a que des braves gens avec vous ! Madame Helena que j'aime tant, le major avec son air tranquille, le capitaine Mangles, et monsieur Paganel, et les matelots du *Duncan*, si courageux et si dévoués !

— Oui, je sais cela, mon garçon, répondit Glenarvan.

— Et savez-vous que vous êtes le meilleur de tous?

— Non, par exemple, je ne le sais pas !

— Eh bien, il faut l'apprendre, mylord, » répondit Robert, qui saisit la main du lord et la porta à ses lèvres.

Glenarvan secoua doucement la tête, et si la conversation ne continua pas, c'est qu'un geste de Thalcave rappela les retardataires. Ils s'étaient laissé devancer. Or, il fallait ne pas perdre de temps, et songer à ceux qui restaient en arrière.

On reprit donc une allure rapide ; mais il fut bientôt évident que, Thaouka excepté, les chevaux ne pourraient longtemps la soutenir. A midi, il fallut leur donner une heure de repos. Ils n'en pouvaient plus et refusaient de manger les touffes d'alfafares, sorte de luzerne maigre et torréfiée par les rayons du soleil.

Glenarvan devint inquiet. Les symptômes de stérilité ne diminuaient pas, et le manque d'eau pouvait amener des conséquences désastreuses. Thalcave ne disait rien, et pensait probablement que si la Guamini était desséchée, il serait alors temps de se désespérer, si toutefois un cœur indien a jamais entendu sonner l'heure du désespoir.

Il se remit donc en marche, et, bon gré, malgré, le fouet et l'éperon aidant, les chevaux durent reprendre la route, mais au pas. Ils ne pouvaient faire mieux.

Thalcave aurait bien été en avant, car, en quelques heures, Thaouka pouvait le transporter aux bords du rio. Il y songea sans doute; mais sans doute aussi il ne voulut pas laisser ses deux compagnons seuls au milieu de ce désert, et, pour ne pas les devancer, il força Thaouka de prendre une allure plus modérée.

Ce ne fut pas sans résister, sans se cabrer, sans hennir violemment, que le cheval de Thalcave se résigna à garder le pas; il fallut non pas tant la vigueur de son maître pour l'y contraindre que ses paroles. Thalcave causait véritablemen avec son cheval, et Thaouka, s'il ne lui répondait pas, le comprenait du moins. Il faut croire que le Patagon lui donna d'excellentes raisons, car, après avoir pendant quelque temps « discuté, » Thaouka se rendit à ses arguments et obéit, non sans ronger son frein.

Mais si Thaouka comprit Thalcave, Thalcave n'avait pas moins compris Thaouka. L'intelligent animal, servi par des organes supérieurs, sentait quelque humidité dans l'air; il l'aspirait avec frénésie, agitant et faisant claquer sa langue, comme si elle eût trempé dans un bienfaisant liquide. Le Patagon ne pouvait s'y méprendre : l'eau n'était pas loin.

Il encouragea donc ses compagnons en interprétant les impatiences de Thaouka, que les deux autres chevaux ne tardèrent pas à comprendre. Ils firent un dernier effort, et galopèrent à la suite de l'Indien.

Vers trois heures, une ligne blanche apparut dans un pli de terrain. Elle tremblotait sous les rayons du soleil.

« L'eau! dit Glenarvan.

— L'eau! oui, l'eau! » s'écria Robert.

Ils n'avaient plus besoin d'exciter leurs montures; les pauvres bêtes, sentant leurs forces ranimées, s'emportèrent avec une irrésistible violence. En quelques minutes, elles eurent atteint le rio de Guamini, et, toutes harnachées, se précipitèrent jusqu'au poitrail dans ses eaux bienfaisantes.

Leurs maîtres les imitèrent, un peu malgré eux, et prirent un bain involontaire, dont ils ne songèrent pas à se plaindre.

« Ah! que c'est bon! disait Robert, se désaltérant en plein rio.

— Modère-toi, mon garçon, » répondait Glenarvan, qui ne prêchait pas d'exemple.

On n'entendait plus que le bruit de rapides lampées.

Pour son compte, Thalcave but tranquillement, sans

se presser, à petites gorgées, mais « long comme un lazo », suivant l'expression patagone. Il n'en finissait pas, et l'on pouvait craindre que le rio n'y passât tout entier.

« Enfin, dit Glenarvan, nos amis ne seront pas déçus dans leur espérance; ils sont assurés, en arrivant à Guamini, de trouver une eau limpide et abondante, si Thalcave en laisse, toutefois!

— Mais ne pourrait-on pas aller au-devant d'eux? demanda Robert. On leur épargnerait quelques heures d'inquiétudes et de souffrances.

— Sans doute, mon garçon, mais comment transporter cette eau? Les outres sont restées entre les mains de Wilson. Non, il vaut mieux attendre, comme c'est convenu. En calculant le temps nécessaire, et en comptant sûr des chevaux qui ne marchent qu'au pas, nos amis seront ici dans la nuit. Préparons-leur donc bon gîte et bon repas. »

Thalcave n'avait pas attendu la proposition de Glenarvan pour chercher un lieu de campement. Il avait fort heureusement trouvé sur les bords du rio une « ramada, » sorte d'enceinte destinée à parquer les troupeaux et fermée sur trois côtés. L'emplacement était excellent pour s'y établir, du moment qu'on ne craignait pas de dormir à la belle étoile, et c'était le moindre souci des compagnons de Thalcave. Aussi ne cherchèrent-ils pas mieux, et ils s'étendirent en plein soleil pour sécher leurs vêtements imprégnés d'eau.

« Eh bien, puisque voilà le gîte, dit Glenarvan, pensons au souper. Il faut que nos amis soient satisfaits des courriers qu'ils ont envoyés en avant, et je me trompe fort, ou ils n'auront pas à se plaindre. Je crois qu'une heure de chasse ne sera pas du temps perdu. Es-tu prêt, Robert?

— Oui, mylord, » répondit le jeune garçon en se levant, le fusil à la main.

Si Glenarvan avait eu cette idée, c'est que les bords de la Guamini semblaient être le rendez-vous de tout le gibier des plaines environnantes; on voyait s'enlever par compagnies les « tinamous, » sorte de bartavelles particulières aux Pampas, des gelinottes noires, une espèce de pluvier, nommé « teru-teru, » des râles aux couleurs jaunes, et des poules d'eau d'un vert magnifique.

Quant aux quadrupèdes, ils ne se laissaient pas apercevoir; mais Thalcave, indiquant les grandes herbes et les taillis épais, fit comprendre qu'ils s'y tenaient cachés. Les chasseurs n'avaient que quelques pas à faire pour se trouver dans le pays le plus giboyeux du monde.

Ils se mirent donc en chasse, et dédaignant d'abord la plume pour le poil, leurs premiers coups s'adressèrent au gros gibier de la Pampa. Bientôt, se levèrent devant eux, et par centaines, des chevreuils et des guanaques, semblables à ceux qui les assaillirent si violemment sur les cimes de la Cordillère; mais ces animaux, très-craintifs, s'enfuirent avec une telle vitesse, qu'il fut impossible de les approcher à portée de fusil. Les chasseurs se rabattirent alors sur un gibier moins rapide, qui, d'ailleurs, ne laissait rien à désirer au point de vue alimentaire. Une douzaine de bartavelles et de râles furent démontés, et Glenarvan tua fort adroitement un pécari « tay-tetre, » pachyderme à poil fauve très-bon à manger, qui valait son coup de fusil.

En moins d'une demi-heure, les chasseurs, sans se fatiguer, abattirent tout le gibier dont ils avaient besoin; Robert, pour sa part, s'empara d'un curieux animal appartenant à l'ordre des édentés, un « armadillo, » sorte de tatou couvert d'une carapace à pièces osseuses et mobiles, qui mesurait un pied et demi de long. Il était fort gras, et devait fournir un plat excellent, au dire du Patagon. Robert fut très-fier de son succès.

Quant à Thalcave, il donna à ses compagnons le spectacle d'une chasse au « nandou, » espèce d'autruche particulière à la Pampa, et dont la rapidité est merveilleuse.

L'Indien ne chercha pas à ruser avec un animal si prompt à la course; il poussa Thaouka au galop, droit à lui, de manière à l'atteindre aussitôt, car, la première attaque manquée, le nandou eût bientôt fatigué cheval et chasseur dans l'inextricable lacet de ses détours. Thalcave, arrivé à bonne distance, lança ses bolas d'une main vigoureuse, et si adroitement, qu'elles s'enroulèrent autour des jambes de l'autruche et paralysèrent ses efforts. En quelques secondes, elle gisait à terre.

L'Indien s'en empara, non par un vain plaisir de chasseur; la chair du nandou est très-estimée, et Thalcave tenait à fournir son plat au repas commun.

On rapporta donc à la ramada le chapelet de bartavelles, l'autruche de Thalcave, le pécari de Glenarvan et le tatou de Robert. L'autruche et le pécari furent préparés aussitôt, c'est-à-dire dépouillés de leur peau coriace et coupés en tranches minces. Quant au tatou, c'est un animal précieux, qui porte sa rôtissoire avec lui, et on le plaça dans sa propre carapace sur des charbons ardents.

Les trois chasseurs se contentèrent, pour le souper, de dévorer les bartavelles, et ils gardèrent à leurs amis les pièces de résistance. Ce repas fut arrosé d'une eau limpide qui fut jugée supérieure à tous les portos du monde, et même à la fameuse usquebaugh[1] si honorée dans les hautes terres d'Écosse.

Les chevaux n'avaient pas été oubliés. Une grande quantité de fourrage sec, amassé dans la ramada, leur servit à la fois de nourriture et de litière.

Quand tout fut préparé, Glenarvan, Robert et l'Indien s'enveloppèrent de leur poncho, et s'étendirent sur un édredon d'alfafares, le lit habituel des chasseurs pampéens.

1. Eau-de-vie d'orge fermentée.

CHAPITRE XIX.

LES LOUPS-ROUGES.

La nuit vint. Une nuit de nouvelle lune, pendant laquelle l'astre des nuits devait rester invisible à tous les habitants de la terre. L'indécise clarté des étoiles éclairait seule la plaine. A l'horizon, les constellations zodiacales s'éteignaient dans une brume plus foncée. Les eaux de la Guamini coulaient sans murmurer comme une longue nappe d'huile qui glisse sur un plan de marbre. Oiseaux, quadrupèdes et reptiles se reposaient des fatigues du jour, et un silence de désert s'étendait sur l'immense territoire des Pampas.

Glenarvan, Robert et Thalcave avaient subi la loi commune. Allongés sur l'épaisse couche de luzerne, ils dormaient d'un profond sommeil. Les chevaux accablés de lassitude s'étaient couchés à terre ; seul, Thaouka, en vrai cheval de sang, dormait debout, les quatre jambes posées d'aplomb, fier au repos comme à l'action, et prêt à s'élancer au moindre signe de son maître. Un calme complet régnait à l'intérieur de l'enceinte, et les charbons du foyer nocturne, s'éteignant peu à peu, jetaient leurs dernières lueurs dans la silencieuse obscurité.

Cependant, vers dix heures environ, après un assez court sommeil, l'Indien se réveilla. Ses yeux devinrent fixes sous ses sourcils abaissés, et son oreille se tendit vers la plaine. Il cherchait évidemment à surprendre quelque son imperceptible. Bientôt une vague inquiétude apparut sur sa figure, si impassible qu'elle fût d'habitude. Avait-il senti l'approche d'Indiens rôdeurs, ou la venue des jaguars, des tigres d'eau et autres bêtes redoutables qui ne sont pas rares dans le voisinage des rivières? Cette dernière hypothèse, sans doute, lui parut plausible, car il jeta un rapide regard sur les matières combustibles entassées dans l'enceinte, et son inquiétude s'accrut encore. En effet, toute cette litière sèche d'alfafares devait se consumer vite, et ne pouvait arrêter longtemps des animaux audacieux.

Dans cette conjoncture, Thalcave n'avait qu'à attendre les événements; et il attendit, à demi couché, la tête reposant sur les mains, les coudes appuyés aux genoux, l'œil immobile, dans la posture d'un homme qu'une anxiété subite vient d'arracher au sommeil.

Une heure se passa. Tout autre que Thalcave, rassuré par le silence extérieur, se fût rejeté sur sa couche. Mais où un étranger n'eût rien soupçonné, les sens surexcités et l'instinct naturel de l'Indien pressentaient quelque danger prochain.

Pendant qu'il écoutait et épiait, Thaouka fit entendre

un hennissement sourd; ses naseaux s'allongèrent vers l'entrée de la ramada. Le Patagon se redressa soudain.

« Thaouka a senti quelque ennemi, » dit-il.

Il se leva, et vint examiner attentivement la plaine.

Le silence y régnait encore, mais non la tranquillité. Thalcave entrevit des ombres se mouvant sans bruit à travers les touffes de curra-mammel. Çà et là étincelaient des points lumineux, qui se croisaient dans tous les sens, s'éteignaient et se rallumaient tour à tour. On eût dit une danse de falots fantastiques sur le miroir d'une immense lagune. Quelque étranger eût pris sans doute ces étincelles volantes pour les lampyres[1] qui brillent, la nuit venue, en maint endroit des régions pampéennes. Mais Thalcave ne s'y trompa pas. Il comprit à quels ennemis il avait affaire; il arma sa carabine, et vint se placer en observation près des premiers poteaux de l'enceinte.

Il n'attendit pas longtemps. Un cri étrange, un mélange d'aboiements et de hurlements retentit dans la Pampa. La détonation de la carabine lui répondit, et fut suivie de cent clameurs épouvantables.

Glenarvan et Robert, subitement réveillés, se relevèrent.

« Qu'y a-t-il? demanda le jeune Grant.

— Des Indiens? dit Glenarvan.

— Non, répondit Thalcave, des « aguaras. »

1. Insectes phosphorescents.

Robert regarda Glenarvan.

« Des aguaras? dit-il.

— Oui, répondit Glenarvan, les loups-rouges de la Pampa. »

Tous deux saisirent leurs armes et rejoignirent l'Indien. Celui-ci leur montra la plaine, d'où s'élevait un formidable concert de hurlements.

Robert fit involontairement un pas en arrière.

« Tu n'as pas peur des loups, mon garçon? lui dit Glenarvan.

— Non, mylord, répondit Robert d'une voix ferme. Auprès de vous, d'ailleurs, je n'ai peur de rien.

— Tant mieux. Ces aguaras sont des bêtes assez peu redoutables, et, n'était leur nombre, je ne m'en préoccuperais même pas.

— Qu'importe! répondit Robert. Nous sommes bien armés, qu'ils y viennent!

— Et ils seront bien reçus! »

En parlant ainsi, Glenarvan voulait rassurer l'enfant; mais il ne songeait pas sans une secrète terreur à cette légion de carnassiers déchaînés dans la nuit. Peut-être étaient-ils là par centaines, et trois hommes, si bien armés qu'ils fussent, ne pouvaient lutter avec avantage contre un tel nombre d'animaux.

Lorsque le Patagon prononça le mot « aguara, » Glenarvan reconnut aussitôt le nom donné au loup-rouge par les Indiens de la Pampa. Ce carnassier, le « canis jubatus » des naturalistes, a la taille d'un grand chien et la tête d'un renard; son pelage est rouge-cannelle; et sur son dos flotte une crinière noire qui lui court tout le long de l'échine. Cet animal est très-leste et très-vigoureux; il habite généralement les endroits marécageux et poursuit à la nage les bêtes aquatiques; la nuit le chasse de sa tanière, où il dort pendant le jour; on le redoute particulièrement dans les estancias où s'élèvent les troupeaux, car pour peu que la faim l'aiguillonne, il s'en prend au gros bétail et commet des ravages considérables. Isolé, l'aguara n'est pas à craindre; mais il en est autrement d'un grand nombre de ces animaux affamés, et mieux vaudrait avoir affaire à quelque couguar ou jaguar que l'on peut attaquer face à face.

Or, aux hurlements dont retentissait la Pampa, à la multitude des ombres qui bondissaient dans la plaine, Glenarvan ne pouvait se méprendre sur la quantité de loups-rouges rassemblés au bord de la Guamini; ils avaient senti là une proie sûre, chair de cheval ou chair humaine, et nul d'entre eux ne regagnerait son gîte sans en avoir eu sa part. La situation était donc très-alarmante.

Cependant le cercle des animaux se restreignit peu à peu. Les chevaux réveillés donnèrent des signes de la plus vive terreur. Seul, Thaouka frappait du pied, cherchant à rompre son licol et prêt à s'élancer au dehors. Son maître ne parvenait à le calmer qu'en faisant entendre un sifflement continu.

Glenarvan et Robert s'étaient postés de manière à défendre l'entrée de la ramada. Leurs carabines armées, ils allaient faire feu sur le premier rang des aguaras, quand Thalcave releva de la main leur arme déjà mise en joue.

« Que veut Thalcave? dit Robert.

— Il nous défend de tirer! répondit Glenarvan.

— Pourquoi?

— Peut-être ne juge-t-il pas le moment opportun! »

Ce n'était pas le motif qui faisait agir l'Indien, mais une raison plus grave, et Glenarvan la comprit, quand Thalcave, soulevant sa poudrière et la retournant, montra qu'elle était à peu près vide.

« Eh bien? dit Robert.

— Eh bien, il faut ménager nos munitions. Notre chasse aujourd'hui nous a coûté cher, et nous sommes à court de plomb et de poudre. Il ne nous reste pas vingt coups à tirer! »

L'enfant ne répondit rien.

« Tu n'as pas peur, Robert?

— Non, mylord.

— Bien, mon garçon. »

En ce moment, une nouvelle détonation retentit. Thalcave avait jeté à terre un ennemi trop audacieux; les loups, qui s'avançaient en rangs pressés, reculèrent et se massèrent à cent pas de l'enceinte.

Aussitôt, Glenarvan, sur un signe de l'Indien, prit sa place; celui-ci, ramassant la litière, les herbes, en un mot toutes les matières combustibles, les entassa à l'entrée de la ramada, et y jeta un charbon encore incandescent. Bientôt un rideau de flammes se tendit sur le fond noir du ciel, et à travers ses déchirures la plaine se montra vivement éclairée par de grands reflets mobiles. Glenarvan put juger alors de l'innombrable quantité d'animaux auxquels il fallait résister. Jamais tant de loups ne s'étaient vus ensemble, ni si excités par la convoitise. La barrière de feu que venait de leur opposer Thalcave avait redoublé leur colère en les arrêtant net. Quelques-uns, cependant, s'avancèrent jusqu'au brasier même, poussés par les rangs plus éloignés, et s'y brûlèrent les pattes.

De temps à autre, il fallait un nouveau coup de fusil pour arrêter cette horde hurlante, et au bout d'une heure une quinzaine de cadavres jonchaient déjà la prairie.

Les assiégés se trouvaient alors dans une situation relativement moins dangereuse; tant que dureraient les munitions, tant que la barrière de feu se dresserait à l'entrée de la ramada, l'envahissement n'était pas à craindre. Mais après, que faire, quand tous ces moyens de repousser la bande de loups manqueraient à la fois?

Glenarvan regarda Robert et sentit son cœur se gonfler. Il s'oublia, lui, pour ne songer qu'à ce pauvre enfant qui montrait un courage au-dessus de son âge. Robert était pâle, mais sa main n'abandonnait pas son arme, et il attendait de pied ferme l'assaut des loups irrités.

Cependant Glenarvan, après avoir froidement envisagé la situation, résolut d'en finir.

« Dans une heure, dit-il, nous n'aurons plus ni poudre, ni plomb, ni feu. Eh bien, il ne faut pas attendre à ce moment pour prendre un parti. »

Il retourna donc vers Thalcave, et, rassemblant les quelques mots d'espagnol que lui fournit sa mémoire, il commença avec l'Indien une conversation souvent interrompue par les coups de feu.

Ce ne fut pas sans peine que ces deux hommes parvinrent à se comprendre. Glenarvan, fort heureusement, connaissait les mœurs du loup-rouge. Sans cette circonstance, il n'aurait su interpréter les mots et les gestes du Patagon.

Néanmoins, un quart d'heure se passa avant qu'il pût transmettre à Robert la réponse de Thalcave. Glenarvan avait interrogé l'Indien sur leur situation presque désespérée.

« Et qu'a-t-il répondu? demanda Robert Grant.

— Il a dit que, coûte que coûte, il fallait tenir jusqu'au lever du jour. L'aguara ne sort que la nuit, et, le matin venu, il rentre dans son repaire. C'est le loup des ténèbres, une bête lâche qui a peur du grand jour, un hibou à quatre pattes!

— Eh bien, défendons-nous jusqu'au jour!

— Oui, mon garçon, et à coups de couteau, quand nous ne pourrons plus le faire à coups de fusil. »

Déjà Thalcave avait donné l'exemple, et lorsqu'un

loup s'approchait du brasier, le long bras armé du Patagon traversait la flamme et en ressortait rouge de sang.

Cependant les moyens de défense allaient manquer. Vers deux heures du matin, Thalcave jetait dans le brasier la dernière brassée de combustible, et il ne restait plus aux assiégés que cinq coups à tirer.

Glenarvan porta autour de lui un regard douloureux. Il songea à cet enfant qui était là, à ses compagnons, à tous ceux qu'il aimait. Robert ne disait rien. Peut-être le danger n'apparaissait-il pas imminent à sa confiante imagination. Mais Glenarvan y pensait pour lui, et se représentait cette perspective horrible, maintenant inévitable, d'être dévoré vivant! Il ne fut pas maître de son émotion; il attira l'enfant sur sa poitrine, il le serra contre son cœur, il colla ses lèvres à son front, tandis que des larmes involontaires coulaient de ses yeux.

Robert le regarda en souriant.

« Je n'ai pas peur! dit-il.

— Non! mon enfant, non, répondit Glenarvan, et tu as raison. Dans deux heures, le jour viendra, et nous serons sauvés! — Bien, Thalcave, bien, mon brave Patagon! » s'écria-t-il, au moment où l'Indien tuait à coups de crosse deux énormes bêtes qui tentaient de franchir la barrière ardente.

Mais en ce moment, la lueur mourante du foyer lui montra la bande des aguaras qui marchait en rangs pressés à l'assaut de la ramada.

Le dénoûment de ce drame sanglant approchait ; le feu tombait peu à peu, faute de combustible ; la flamme baissait ; la plaine, éclairée jusqu'alors, rentrait dans l'ombre, et dans l'ombre aussi reparaissaient les yeux phosphorescents des loups-rouges. Encore quelques minutes, et toute la horde se précipiterait dans l'enceinte.

Thalcave déchargea pour la dernière fois sa carabine, jeta un ennemi de plus à terre, et, ses munitions épuisées, il se croisa les bras. Sa tête s'inclina sur sa poitrine. Il parut méditer silencieusement. Cherchait-il donc quelque moyen hardi, impossible, insensé, de repousser cette troupe furieuse? Glenarvan n'osait l'interroger.

En ce moment, un changement se produisit dans l'attaque des loups. Ils semblèrent s'éloigner, et leurs hurlements, si assourdissants jusqu'alors, cessèrent subitement. Un morne silence s'étendit sur la plaine.

« Ils s'en vont ! dit Robert.

— Peut-être, » répondit Glenarvan, qui prêta l'oreille aux bruits du dehors.

Mais Thalcave, devinant sa pensée, secoua la tête. Il savait bien que les animaux n'abandonneraient pas une proie assurée, tant que le jour ne les aurait pas ramenés à leurs sombres tanières.

Cependant, la tactique de l'ennemi s'était évidemment modifiée.

Il n'essayait plus de forcer l'entrée de la ramada,

mais ses nouvelles manœuvres allaient créer un danger plus pressant encore.

Les aguaras, renonçant à pénétrer par cette entrée que défendaient obstinément le fer et le feu, tournèrent la ramada, et d'un commun accord ils cherchèrent à l'assaillir par le côté opposé.

Bientôt on entendit leurs griffes s'incruster dans le bois à demi pourri. Entre les poteaux ébranlés passaient déjà des pattes vigoureuses, des gueules sanglantes. Les chevaux effarés, rompant leur licol, couraient dans l'enceinte, pris d'une terreur folle.

Glenarvan saisit entre ses bras le jeune enfant, afin de le défendre jusqu'à la dernière extrémité. Peut-être même, tentant une fuite impossible, allait-il s'élancer au dehors, quand ses regards se portèrent sur l'Indien.

Thalcave, après avoir tourné comme une bête fauve dans la ramada, s'était brusquement rapproché de son cheval qui frémissait d'impatience, et il commença à le seller avec soin, n'oubliant ni une courroie, ni un ardillon. Il ne semblait plus s'inquiéter des hurlements qui redoublaient alors. Glenarvan le regardait faire avec une sinistre épouvante.

« Il nous abandonne ! s'écria-t-il, en voyant Thalcave rassembler ses guides, comme un cavalier qui va se mettre en selle.

— Lui ! jamais ! » dit Robert.

Et en effet, l'Indien allait tenter, non d'abandonner ses amis, mais de les sauver en se sacrifiant pour eux.

Thaouka était prêt; il rongeait son mors; il bondissait; ses yeux, pleins d'un feu superbe, jetaient des éclairs; il avait compris son maître.

Glenarvan, au moment où l'Indien saisissait la crinière de son cheval, lui prit le bras d'une main convulsive.

« Tu pars? dit-il, en montrant la plaine libre alors.

— Oui, » fit l'Indien qui comprit le geste de son compagnon.

Puis, il ajouta quelques mots espagnols qui signifiaient :

« Thaouka! Bon cheval. Rapide. Entraînera les loups à sa suite!

— Ah! Thalcave! s'écria Glenarvan.

— Vite! vite, » répondit l'Indien, pendant que Glenarvan disait à Robert d'une voix brisée par l'émotion :

« Robert! mon enfant! tu l'entends! il veut se dévouer pour nous! il veut s'élancer dans la Pampa, et détourner la rage des loups en l'attirant sur lui!

— Ami Thalcave! répondit Robert, en se jetant aux pieds du Patagon, ami Thalcave, ne nous quitte pas!

— Non! dit Glenarvan! il ne nous quittera pas! »

Et se tournant vers l'Indien :

« Partons ensemble, dit-il, en montrant les chevaux épouvantés, et serrés contre les poteaux.

— Non, fit l'Indien, qui ne se méprit pas sur le sens de ces paroles. Mauvaises bêtes. Effrayées. Thaouka. Bon cheval.

— Eh bien, soit! dit Glenarvan, Thalcave ne te quittera pas, Robert! Il m'apprend ce que j'ai à faire! A moi de partir! A lui de rester près de toi! »

Puis, saisissant la bride de Thaouka :

« Ce sera moi, dit-il, moi qui partirai!

— Non! répondit tranquillement le Patagon.

— Moi, te dis-je, s'écria Glenarvan, en lui arrachant la bride des mains, ce sera moi! Sauve cet enfant! Je te le confie, Thalcave! »

Glenarvan, dans son exaltation, entremêlait les mots anglais aux mots espagnols. Mais qu'importe le langage! En de si terribles situations, le geste dit tout, et les hommes se comprennent vite.

Cependant Thalcave résistait. Cette discussion se prolongeait, et le danger croissait de seconde en seconde. Déjà les pieux rongés cédaient aux dents et aux griffes des loups.

Ni Glenarvan, ni Thalcave, ne paraissaient vouloir céder. L'Indien avait entraîné Glenarvan vers l'entrée de l'enceinte; il lui montrait la plaine délivrée des loups; dans son langage animé, il lui faisait comprendre qu'il ne fallait pas perdre un instant, que le danger, si la manœuvre ne réussissait pas, serait plus grand pour ceux qui restaient, enfin que seul il connaissait assez Thaouka pour employer au salut commun ses merveilleuses qualités de légèreté et de vitesse. Glenarvan, aveuglé, s'entêtait et voulait se dévouer, quand soudain il fut repoussé violemment. Thaouka bondis sait; il se dressait sur ses pieds de derrière, et tout d'un coup, emporté, il franchit la barrière de feu et la lisière de cadavres, tandis qu'une voix d'enfant s'écriait :

« Dieu vous sauve, mylord! »

Et c'est à peine si Glenarvan et Thalcave eurent le temps d'apercevoir Robert qui, cramponné à la crinière de Thaouka, disparaissait dans les ténèbres.

« Robert! malheureux! » s'écria Glenarvan.

Mais ces paroles, l'Indien lui-même ne put les entendre. Un hurlement épouvantable éclata. Les loups-rouges, lancés sur les traces du cheval, s'enfuyaient dans l'ouest avec une fantastique rapidité.

Thalcave et Glenarvan s'élancèrent hors de la ramada. Déjà la plaine avait repris sa tranquillité, et c'est à peine s'ils purent entrevoir une ligne mouvante qui ondulait au loin dans les ombres de la nuit.

Glenarvan tomba sur le sol, accablé, désespéré, joignant les mains. Il regarda Thalcave. L'Indien souriait avec son calme accoutumé.

« Thaouka. Bon cheval! Enfant brave! Il se sauvera! répétait-il en approuvant d'un signe de la tête.

— Et s'il tombe! dit Glenarvan.

— Il ne tombera pas! »

Malgré la confiance de Thalcave, la nuit s'acheva pour le pauvre lord dans d'affreuses angoisses. Il n'avait même plus conscience du danger disparu avec la horde des loups. Il voulait courir à la recherche de Robert; mais l'Indien l'arrêta; il lui fit comprendre que les chevaux ne pouvaient le rejoindre, que Thaouka avait dû distancer ses ennemis, qu'on ne pourrait le retrouver dans les ténèbres, et qu'il fallait attendre le jour pour s'élancer sur les traces de Robert.

A quatre heures du matin, l'aube commença à poindre. Les brumes condensées à l'horizon se colorèrent bientôt de pâles lueurs. Une limpide rosée s'étendait sur la plaine, et les grandes herbes commencèrent à s'agiter aux premiers souffles du jour.

Le moment de partir était arrivé.

« En route, » dit l'Indien.

Glenarvan ne répondit pas, mais il sauta sur le cheval de Robert. Bientôt les deux cavaliers galopaient vers l'ouest, remontant la ligne droite dont leurs compagnons ne devaient pas s'écarter.

Pendant une heure, ils allèrent ainsi avec une vitesse prodigieuse, cherchant Robert des yeux, craignant à chaque pas de rencontrer son cadavre ensanglanté. Glenarvan déchirait les flancs de son cheval sous l'éperon. Enfin des coups de fusil se firent entendre, des détonations régulièrement espacées, comme un signal de reconnaissance.

« Ce sont eux ! » s'écria Glenarvan.

Thalcave et lui communiquèrent à leurs chevaux une allure plus rapide encore, et quelques instants après ils rejoignirent le détachement conduit par Paganel. Un cri s'échappa de la poitrine de Glenarvan. Robert était là, vivant, bien vivant, porté par le superbe Thauka, qui hennit de plaisir en revoyant son maître.

« Ah ! mon enfant ! mon enfant ! » s'écria Glenarvan avec une indicible expression de tendresse.

Et Robert et lui, mettant pied à terre, se précipitèrent dans les bras l'un de l'autre. Puis, ce fut au tour de l'Indien de serrer sur sa poitrine le courageux fils du capitaine Grant.

« Il vit ! il vit ! s'écriait Glenarvan.

— Oui ! répondit Robert, et grâce à Thaouka ! »

L'Indien n'avait pas attendu cette parole de reconnaissance pour remercier son cheval, et, en ce moment, il lui parlait, il l'embrassait, comme si un sang humain eût coulé dans les veines du fier animal.

Puis, se retournant vers Paganel, il lui montra le jeune Robert :

« Un brave ! » dit-il.

Et employant la métaphore indienne qui sert à exprimer le courage :

« Ses éperons n'ont pas tremblé ! » ajouta-t-il.

Cependant, Glenarvan disait à Robert en l'entourant de ses bras :

« Pourquoi, mon fils, pourquoi n'as-tu pas laissé Thalcave ou moi tenter cette dernière chance de te sauver ?

— Mylord, répondit l'enfant avec l'accent de la plus vive reconnaissance, n'était-ce pas à moi de me dévouer ? Thalcave m'a déjà sauvé la vie ! Et vous, vous allez sauver mon père. »

CHAPITRE XX.

LES PLAINES ARGENTINES.

Après les premiers épanchements du retour, Paganel, Austin, Wilson, Mulrady, tous ceux qui étaient restés en arrière, sauf peut-être le major Mac Nabbs, s'aperçurent d'une chose, c'est qu'ils mouraient de soif. Fort heureusement, la Guamini coulait à peu de distance. On se remit donc en route, et à sept heures du matin la petite troupe arriva près de l'enceinte. A voir ses abords jonchés des cadavres des loups, il fut facile de comprendre la violence de l'attaque et la vigueur de la défense. Bientôt, les voyageurs, abondamment rafraîchis, se livrèrent à un déjeuner phénoménal dans l'enceinte de la ramada. Les filets de nandou furent déclarés excellents, et le tatou, rôti dans sa carapace un mets délicieux.

« En manger raisonnablement, dit Paganel, ce serait de l'ingratitude envers la Providence, il faut en manger trop. »

Et il en mangea trop, et ne s'en porta pas plus mal grâce à l'eau limpide de la Guamini, qui lui parut posséder des qualités digestives d'une grande supériorité.

A dix heures du matin, Glenarvan, ne voulant pas renouveler les fautes d'Annibal à Capoue, donna le signal du départ. Les outres de cuir furent remplies d'eau, et l'on partit. Les chevaux bien restaurés montrèrent beaucoup d'ardeur, et presque tout le temps, ils se maintinrent à l'allure du petit galop de chasse. Le pays plus humide devenait aussi plus fertile, mais toujours désert. Nul incident ne se produisit pendant les journées du 2 et du 3 novembre; et le soir, les voyageurs, rompus déjà aux fatigues des longues marches, campèrent à la limite des Pampas, sur les frontières de la province de Buénos-Ayres. Ils avaient quitté la baie de Talcahuano le 14 octobre; ainsi donc, en vingt-deux jours, quatre cent cinquante milles[1], c'est-à-dire près des deux tiers du chemin, se trouvaient heureusement franchis.

Le lendemain matin, on dépassa la ligne conventionnelle qui sépare les plaines argentines de la région des Pampas. C'est là que Thalcave espérait rencontrer les caciques aux mains desquels il ne doutait pas de trouver Harry Grant et ses deux compagnons d'esclavage.

Des quatorze provinces qui composent la République Argentine, celle de Buénos-Ayres est à la fois la plus vaste et la plus peuplée. Sa frontière confine aux territoires indiens du sud, entre le soixante-quatrième et

1. Environ 180 lieues.

le soixante-cinquième degré. Son territoire est étonnamment fertile. Un climat particulièrement salubre règne sur cette plaine couverte de graminées et de plantes arborescentes légumineuses, qui présente une horizontalité presque parfaite jusqu'au pied des sierras Tandil et Tapalquem.

Depuis qu'ils avaient quitté la Guamini, les voyageurs constataient, non sans grande satisfaction, une amélioration notable dans la température. Sa moyenne ne dépassait pas dix-sept degrés centigrades, grâce aux vents violents et froids de la Patagonie qui agitent incessamment les ondes atmosphériques. Bêtes et gens n'avaient donc aucun motif de se plaindre, après avoir tant souffert de la sécheresse et de la chaleur. On s'avançait avec ardeur et confiance. Mais, quoi qu'en eût dit Thalcave, le pays semblait être entièrement inhabité, ou, pour employer un mot plus juste, « déshabité. »

Souvent la ligne de l'est côtoya ou coupa des petites lagunes, faites tantôt d'eaux douces, tantôt d'eaux saumâtres. Sur leurs bords et à l'abri des buissons, sautillaient de légers roitelets et chantaient de joyeuses alouettes, en compagnie des « tangaras, » ces rivaux en couleurs des colibris étincelants. Ces jolis oiseaux battaient gaiement de l'aile sans prendre garde aux étourneaux militaires qui paradaient sur les berges avec leurs épaulettes et leur poitrine rouges. Aux buissons épineux se balançaient, comme un hamac de créole, le nid mobile des « annubis, » et sur le rivage des lagunes, de magnifiques flamants, marchant en troupe régulière, déployaient au vent leurs ailes couleur de feu. On apercevait leurs nids groupés par milliers, en forme de cônes tronqués d'un pied de haut, qui formaient comme une petite ville. Les flamants ne se dérangeaient pas trop à l'approche des voyageurs. Ce qui ne fit pas le compte du savant Paganel.

« Depuis longtemps, dit-il au major, je suis curieux de voir voler un flamant.

— Bon! dit le major.

— Or, puisque j'en trouve l'occasion, j'en profite.

— Profitez-en, Paganel.

— Venez avec moi, major. Viens aussi, Robert. J'ai besoin de témoins. »

Et Paganel, laissant ses compagnons marcher en avant, se dirigea, suivi de Robert Grant et du major, vers la troupe des phénicoptères.

Arrivé à bonne portée, il tira un coup de fusil à poudre, car il n'aurait pas versé inutilement le sang d'un oiseau, et tous les flamants de s'envoler d'un commun accord, pendant que Paganel les observait attentivement à travers ses lunettes.

« Eh bien, dit-il au major quand la troupe eut disparu, les avez-vous vus voler?

— Oui, certes, répondit Mac Nabbs, et, à moins d'être aveugle, on ne pouvait faire moins.

— Avez-vous trouvé qu'en volant ils ressemblaient à des flèches empennées?

— Pas le moins du monde.

— Pas du tout, ajouta Robert.

— J'en étais sûr! reprit le savant d'un air de satisfaction. Cela n'a pas empêché le plus orgueilleux des gens modestes, mon illustre compatriote Chateaubriand, d'avoir fait cette comparaison inexacte entre les flamants et les flèches! Ah! Robert, la comparaison, vois-tu bien, c'est la plus dangereuse figure de rhétorique que je connaisse. Défie-t'en toute la vie, et ne l'emploie qu'à la dernière extrémité.

— Ainsi vous êtes satisfait de votre expérience? dit le major.

— Enchanté.

— Et moi aussi, mais pressons nos chevaux, car votre illustre Chateaubriand nous a mis d'un mille en arrière. »

Lorsqu'il eut rejoint ses compagnons, Paganel trouva Glenarvan en grande conversation avec l'Indien qu'il ne semblait pas comprendre. Thalcave s'était souvent arrêté pour observer l'horizon, et chaque fois son visage avait exprimé un assez vif étonnement.

Glenarvan, ne voyant pas auprès de lui son interprète ordinaire, essaya, mais en vain, d'interroger l'Indien. Aussi, du plus loin qu'il aperçut le savant, il lui cria :

« Arrivez donc, ami Paganel, Thalcave et moi, nous ne parvenons guère à nous entendre! »

Paganel s'entretint pendant quelques minutes avec le Patagon, et se retournant vers Glenarvan :

« Thalcave, lui dit-il, s'étonne d'un fait qui est véritablement bizarre.

— Lequel?

— C'est de ne rencontrer ni Indiens ni traces d'Indiens dans ces plaines, qui sont ordinairement sillonnées de leurs bandes, soit qu'ils chassent devant eux le bétail volé aux estancias, soit qu'ils aillent jusqu'aux Andes vendre leurs tapis de zorillo et leurs fouets en cuir tressé.

— Et à quoi Thalcave attribue-t-il cet abandon?

— Il ne saurait le dire, il s'en étonne, voilà tout.

— Mais quels Indiens comptait-il trouver dans cette partie des Pampas?

— Précisément ceux qui ont eu des prisonniers étrangers entre leurs mains, ces indigènes que commandent les caciques Calfoucoura, Catriel ou Yanchetruz.

— Quels sont ces gens-là?

— Des chefs de bandes qui étaient tout-puissants il y a une trentaine d'années, avant qu'ils eussent été rejetés au delà des sierras. Depuis cette époque, ils se sont soumis autant qu'un Indien peut se soumettre, et ils battent la plaine de la Pampasie aussi bien que la province de Buénos-Ayres. Je m'étonne donc avec Thalcave de ne pas rencontrer leurs traces dans un pays où ils font généralement le métier de salteadores [1].

1. Pillards.

— Mais alors, demanda Glenarvan, quel parti devons-nous prendre?

— Je vais le savoir, » répondit Paganel.

Et après quelques instants de conversation avec Thalcave, il dit :

« Voici son avis qui me paraît fort sage. Il faut continuer notre route à l'est jusqu'au fort Indépendance, — c'est notre chemin, — et là, si nous n'avons pas de nouvelles du capitaine Grant, nous saurons du moins ce que sont devenus les Indiens de la plaine Argentine.

— Ce fort Indépendance est-il éloigné? répondit Glenarvan.

— Non, il est situé dans la sierra Tandil, à une soixantaine de milles.

— Et nous y arriverons?...

— Après-demain soir. »

Glenarvan fut assez déconcerté de cet incident. Ne pas trouver un Indien dans les Pampas, c'était à quoi on se fût le moins attendu. Il y en a trop, ordinairement. Il fallait donc qu'une circonstance toute spéciale les eût écartés. Mais, chose grave surtout, si Harry Grant était prisonnier de l'une de ces tribus, avait-il été entraîné dans le nord ou dans le sud? Ce doute ne laissa pas d'inquiéter Glenarvan. Il s'agissait de conserver à tout prix la piste du capitaine. Enfin, le mieux était de suivre l'avis de Thalcave et d'atteindre le village de Tandil. Là, du moins, on trouverait à qui parler.

Vers quatre heures du soir, une colline, qui pouvait

passer pour montagne dans un pays si plat, fut signalée à l'horizon. C'était la sierra Tapalquem, au pied de laquelle les voyageurs campèrent la nuit suivante.

Le passage de cette sierra se fit le lendemain le plus facilement du monde. On suivait des ondulations sablonneuses d'un terrain à pentes douces. Une pareille sierra ne pouvait être prise au sérieux par des gens qui avaient franchi la Cordillière des Andes, et les chevaux ralentirent à peine leur rapide allure. A midi, on dépassait le fort abandonné de Tapalquem, premier anneau de cette chaîne de fortins tendue sur la lisière du sud contre les indigènes pillards. Mais d'Indiens, on n'en rencontra pas l'ombre, à la surprise croissante de Thalcave. Cependant, vers le milieu du jour, trois coureurs des plaines bien montés et bien armés observèrent un instant la petite troupe; mais ils ne se laissèrent pas approcher, et s'enfuirent avec une incroyable rapidité. Glenarvan était furieux.

Les gauchos, » dit le Patagon, en donnant à ces indigènes la dénomination qui avait amené une discussion entre le major et Paganel.

« Ah! des gauchos, répondit Mac Nabbs. Eh bien, Paganel, le vent du nord ne souffle pas aujourd'hui. Qu'est-ce que vous pensez de ces animaux-là?

— Je pense qu'ils ont l'air de fameux bandits, répondit Paganel.

— Et de là à en être, mon cher savant?

— Il n'y a qu'un pas, mon cher major! »

L'aveu de Paganel fut suivi d'un rire général qui ne le déconcerta point, et il fit même, à l'occasion de ces Indiens, une très-curieuse observation.

« J'ai lu quelque part, dit-il, que chez l'Arabe la bouche a une rare expression de férocité, tandis que l'expression humaine se trouve dans le regard. Eh bien, chez le sauvage américain, c'est tout le contraire. Ces gens-là ont l'œil particulièrement méchant. »

Un physionomiste de profession n'eût pas mieux dit pour caractériser la race indienne.

Cependant, d'après les ordres de Thalcave, on marchait en peloton serré; quelque désert que fût le pays, il fallait se défier des surprises; mais la précaution fut inutile, et le soir même on campait dans une vaste tolderia abandonnée, où le cacique Catriel réunissait ordinairement ses bandes d'indigènes. A l'inspection du terrain, au défaut de traces récentes, le Patagon reconnut que la tolderia n'avait pas été occupée depuis longtemps.

Le lendemain, Glenarvan et ses compagnons se retrouvaient dans la plaine; les premières estancias[1] qui avoisinent la sierra Tandil furent aperçues; mais Thalcave résolut de ne pas s'y arrêter et de marcher droit au fort Indépendance, où il voulait se renseigner, particulièrement sur la situation singulière de ce pays abandonné.

1. On désigne par le mot *estancias* les grands établissem de la plaine Argentine destinés à l'élève du bétail.

Les arbres, si rares depuis la Cordillère, reparurent alors, la plupart plantés après l'arrivée des Européens sur le territoire américain. Il y avait là des azedarachs, des pêchers, des peupliers, des saules, des acacias, qui poussaient tout seuls, vite et bien. Ils entouraient généralement les « corrales, » vastes enceintes à bétail garnies de pieux. Là paissaient et s'engraissaient par milliers bœufs, moutons, vaches et chevaux, marqués au fer chaud de l'estampille du maître, tandis que de grands chiens vigilants et nombreux veillaient aux alentours. Le sol un peu salin qui s'étend au pied des montagnes convient admirablement aux troupeaux et produit un fourrage excellent. On le choisit donc de préférence pour l'établissement des estancias, qui sont dirigées par un majordome et un contre-maître, ayant sous leurs ordres quatre péons pour mille têtes de bétail.

Ces gens-là mènent la vie des grands pasteurs de la Bible; leurs troupeaux sont aussi nombreux, plus nombreux peut-être que ceux dont s'emplissaient les plaines de la Mésopotamie; mais ici la famille manque au berger, et les grands « estanceros » de la Pampa ont tout du grossier marchand de bœufs, rien du patriarche des temps bibliques.

C'est ce que Paganel expliqua fort bien à ses compagnons, et, à ce sujet, il se livra à une discussion anthropologique pleine d'intérêt sur la comparaison des races. Il parvint même à intéresser le major, qui ne s'en cacha point.

Paganel eut aussi l'occasion de faire observer un curieux effet de mirage très-commun dans ces plaines horizontales ; les estancias, de loin, ressemblaient à de grandes îles ; les peupliers et les saules de leur lisière semblaient réfléchis dans une eau limpide qui fuyait devant les pas des voyageurs ; mais l'illusion était si parfaite que l'œil ne pouvait s'y habituer.

Pendant cette journée du 6 novembre, on rencontra plusieurs estancias, et aussi un ou deux saladeros. C'est là que le bétail, après avoir été engraissé au milieu de succulents pâturages, vient tendre la gorge au couteau du boucher. Le saladero, ainsi que son nom l'indique, est l'endroit où se salent les viandes. C'est à la fin du printemps que commencent ces travaux répugnants. Les « saladores » vont alors chercher les animaux au corral ; ils les saisissent avec le lazo, qu'ils manient habilement et les conduisent au saladero ; là, bœufs, taureaux, vaches, moutons sont abattus par centaines, écorchés et décharnés. Mais souvent les taureaux ne se laissent point prendre sans résistance. L'écorcheur se transforme alors en toréador, et ce métier périlleux, il le fait avec une adresse et, il faut le dire, une férocité peu communes. En somme, cette boucherie présente un affreux spectacle. Rien de repoussant comme les environs d'un saladero ; de ces enceintes horribles s'échappent, avec une atmosphère chargée d'émanations fétides, des cris féroces d'écorcheurs, des aboiements sinistres de chiens, des hurlements prolongés de bêtes expirantes, tandis que les urubus et les auras, grands vautours de la plaine Argentine venus par milliers de vingt lieues à la ronde, disputent aux bouchers les débris encore palpitants de leurs victimes.

Mais en ce moment, les saladeros étaient muets, paisibles et inhabités. L'heure de ces immenses tueries n'avait pas encore sonné.

Thalcave pressait la marche; il voulait arriver le soir même au fort Indépendance; les chevaux, excités par leurs maîtres et suivant l'exemple de Thaouka, volaient à travers les hautes graminées du sol. On rencontra plusieurs fermes crénelées et défendues par des fossés profonds; la maison principale était pourvue d'une terrasse du haut de laquelle les habitants, organisés militairement, peuvent faire le coup de fusil avec les pillards de la plaine. Glenarvan eût peut-être trouvé là les renseignements qu'il cherchait, mais le plus sûr était d'arriver au village de Tandil. On ne s'arrêta pas. On passa à gué le rio de los Huesos, et, quelques milles plus loin, le Chapaléofu. Bientôt la sierra Tandil offrit au pied des chevaux le talus gazonné de ses premières pentes, et, une heure après, le village apparut au fond d'une gorge étroite, dominée par les murs crénelés du fort Indépendance.

CHAPITRE XXI.

LE FORT INDÉPENDANCE.

La sierra Tandil est élevée de mille pieds au-dessus du niveau de la mer; c'est une chaîne primordiale, c'est-à-dire antérieure à toute création organique et métamorphique, en ce sens que sa texture et sa composition se sont peu à peu modifiées sous l'influence de la chaleur interne. Elle est formée d'une succession semi-circulaire de collines de gneiss couvertes de gazons. Le district de Tandil, auquel elle a donné son nom, comprend tout le sud de la province de Buénos-Ayres, et se délimite par un versant qui envoie vers le nord les rios nés sur ses pentes.

Ce district renferme environ quatre mille habitants, et son chef-lieu est le village de Tandil, situé au pied des croupes septentrionales de la sierra, sous la protection du fort Indépendance; sa position est assez heureuse sur l'important ruisseau du Chapaléofu. Particularité singulière et que ne pouvait ignorer Paganel, ce village est spécialement peuplé de Basques français et de colons italiens. Ce fut en effet la France qui fonda les premiers établissements étrangers dans cette portion inférieure de la Plata. En 1828, le fort Indépendance, destiné à protéger le pays contre les invasions réitérées des Indiens, fut élevé par les soins du Français Parchappe. Un savant de premier ordre le seconda dans cette entreprise, Alcide d'Orbigny, qui a le mieux connu, étudié et décrit tous les pays méridionaux de l'Amérique du Sud.

C'est un point assez important que ce village de Tandil. Au moyen de ses « galeras, » grandes charrettes à bœufs très-propres à suivre les routes de la plaine, il communique en douze jours avec Buénos-Ayres; de là un commerce assez actif: le village envoie à la ville le bétail de ses estancias, les salaisons de ses saladeros, et les produits très-curieux de l'industrie indienne, tels que les étoffes de coton, les tissus de laine, les ouvrages si recherchés des tresseurs de cuir, etc. Aussi Tandil, sans compter un certain nombre de maisons assez confortables, renferme-t-il des écoles et des églises pour s'instruire dans ce monde et dans l'autre.

Paganel, après avoir donné ces détails, ajouta que les renseignements ne pourraient manquer au village de Tandil; le fort, d'ailleurs, est toujours occupé par un détachement de troupes nationales. Glenarvan fit donc mettre les chevaux à l'écurie d'une « fonda » d'assez bonne apparence; puis Paganel, le major, Robert et lui, sous la conduite de Thalcave, se dirigèrent vers le fort Indépendance.

Après quelques minutes d'ascension sur une des

croupes de la sierra, ils arrivèrent à la poterne, assez négligemment gardée par une sentinelle argentine. Ils passèrent sans difficulté, ce qui indiquait une grande incurie ou une extrême sécurité.

Quelques soldats faisaient alors l'exercice sur l'esplanade du fort; mais le plus âgé de ces soldats avait vingt ans, et le plus jeune sept à peine. A vrai dire, c'était une douzaine d'enfants et de jeunes garçons, qui s'escrimaient assez proprement. Leur uniforme consistait en une chemise rayée, nouée à la taille par une ceinture de cuir; de pantalon, de culotte ou de kilt écossais, il n'était point question. La douceur de la température autorisait, d'ailleurs, la légèreté de ce costume. Et d'abord, Paganel eut bonne idée d'un gouvernement qui ne se ruinait pas en galons. Chacun de ces jeunes bambins portait un fusil à percussion et un sabre, le sabre trop long et le fusil trop lourd pour les petits. Tous avaient la figure basanée, et un certain air de famille. Le caporal instructeur qui les commandait leur ressemblait aussi. Ce devaient être et c'étaient, en effet, douze frères qui paradaient sous les ordres du treizième.

Paganel ne s'en étonna pas; il connaissait sa statistique argentine, et savait que dans le pays la moyenne des enfants dépasse neuf par ménage; mais ce qui le surprit fort, ce fut de voir ces petits soldats manœuvrer à la française et exécuter avec une précision parfaite les principaux mouvements de la charge en douze temps.

Souvent même, les commandements du caporal se faisaient dans la langue maternelle du savant géographe.

« Voilà qui est particulier, » dit-il.

Mais Glenarvan n'était pas venu au fort Indépendance pour voir des bambins faire l'exercice, encore moins pour s'occuper de leur nationalité ou de leur origine. Il ne laissa donc pas à Paganel le temps de s'étonner davantage, et il le pria de demander le chef de la garnison. Paganel s'exécuta, et l'un des soldats argentins se dirigea vers une petite maison qui servait de caserne.

Quelques instants après, le commandant parut en personne. C'était un homme de cinquante ans, vigoureux, l'air militaire, les moustaches rudes, la pommette des joues saillantes, les cheveux grisonnants, l'œil impérieux, autant du moins qu'on en pouvait juger à travers les tourbillons de fumée qui s'échappaient de sa pipe à court tuyau. Sa démarche rappela fort à Paganel la tournure *sui generis* des vieux sous-officiers de son pays.

Thalcave, s'adressant au commandant, lui présenta lord Glenarvan et ses compagnons. Pendant qu'il parlait, le commandant ne cessait de dévisager Paganel avec une persistance assez embarrassante. Le savant ne savait où le troupier voulait en venir, et il allait l'interroger, quand l'autre lui prit la main sans façon, et dit d'une voix joyeuse dans la langue du géographe :

« Un Français?

— Oui! un Français! répondit Paganel.

— Ah! enchanté! bienvenu! bienvenu! Suis Français aussi, répéta le commandant en secouant le bras du savant avec une vigueur inquiétante.

— Un de vos amis? demanda le major à Paganel.

— Parbleu! répondit celui-ci avec une certaine fierté, on a des amis dans les cinq parties du monde. »

Et après avoir dégagé sa main, non sans peine, de l'étau vivant qui la broyait, il entra en conversation reglée avec le vigoureux commandant. Glenarvan aurait bien voulu placer un mot qui eût rapport à ses affaires, mais le militaire racontait son histoire, et il n'était pas d'humeur à s'arrêter en route. On voyait que ce brave homme avait quitté la France depuis longtemps; sa langue maternelle ne lui était plus familière, et il avait oublié, sinon les mots, du moins la manière de les assembler. Il parlait à peu près comme un nègre des colonies françaises.

En effet, et ainsi que ses visiteurs ne tardèrent pas à l'apprendre, le commandant du fort Indépendance était un sergent français, ancien compagnon de Parchappe.

Depuis la fondation du fort, en 1828, il ne l'avait plus quitté, et actuellement il le commandait avec l'agrément du gouvernement argentin. C'était un homme de cinquante ans, un Basque; il se nommait Manuel Ipharaguerre. On voit que, s'il n'était pas Espagnol, il l'avait échappé belle. Un an après son arrivée dans le pays, le sergent Manuel se fit naturaliser, prit du service dans l'armée argentine et épousa une brave Indienne, qui nourrissait alors deux jumeaux de six mois. Deux garçons, bien entendu, car la digne compagne du sergent ne se serait pas permis de lui donner des filles. Manuel ne concevait pas d'autre état que l'état militaire, et il espérait bien, avec le temps et l'aide de Dieu, offrir à la république une compagnie de jeunes soldats tout entière.

« Vous avez vu! dit-il. Charmants! Bons soldats. José! Juan! Miquele! Pepe! Pepe, sept ans! Mâche déjà sa cartouche! »

Pepe, s'entendant complimenter, rassembla ses deux petits pieds et présenta les armes avec une grâce parfaite.

« Il ira bien! ajouta le sergent. Un jour, colonel-major ou brigadier général! »

Le sergent Manuel se montrait si enchanté qu'il n'y avait à le contredire ni sur la supériorité du métier des armes, ni sur l'avenir réservé à sa belliqueuse progéniture. Il était heureux, et, comme l'a dit Gœthe : « Rien de ce qui nous rend heureux n'est illusion. »

Toute cette histoire dura un bon quart d'heure, au grand étonnement de Thalcave. L'Indien ne pouvait comprendre que tant de paroles sortissent d'un seul gosier. Personne n'interrompit le commandant. Mais comme il faut bien qu'un sergent, même un sergent français, finisse par se taire, Manuel se tut enfin, non sans avoir obligé ses hôtes à le suivre dans sa demeure.

Ceux-ci se résignèrent à être présentés à madame Iphraguerre, qui leur parut être « une bonne personne, » si cette expression du vieux monde peut s'employer, toutefois, à propos d'une Indienne.

Puis, quand on eut fait toutes ses volontés, le sergent demanda à ses hôtes ce qui lui procurait l'honneur de leur visite. C'était l'instant ou jamais de s'expliquer.

Paganel, prenant la parole en français, lui raconta tout ce voyage à travers les Pampas, et termina en demandant la raison pour laquelle les Indiens avaient abandonné le pays.

« Ah!... personne!... répondit le sergent en haussant les épaules! Effectivement!... personne!... nous autres, bras croisés.... rien à faire!

— Mais pourquoi?

— Guerre.

— Guerre?

— Oui! guerre civile...

— Guerre civile?... reprit Paganel qui, sans y prendre garde, se mettait à « parler nègre. »

— Oui, guerre entre Paraguayens et Buénos-Ayriens, répondit le sergent.

— Eh bien?

— Eh bien, Indiens tous dans le nord, sur les derrières du général Flores. Indiens pillards, pillent.

— Mais les caciques?

— Caciques avec eux.

— Quoi! Catriel?

— Pas de Catriel.

— Et Calfoucoura?

— Point de Calfoucoura.

— Et Yanchetruz?

— Plus de Yanchetruz! »

Cette réponse fut rapportée à Thalcave, qui secoua la tête d'un air approbatif. En effet, Thalcave l'ignorait ou l'avait oublié, une guerre civile, qui devait entraîner plus tard l'intervention du Brésil, décimait les deux partis de la république. Les Indiens ont tout à gagner à ces luttes intestines, et ils ne pouvaient manquer de si belles occasions de pillage. Aussi le sergent ne se trompait-il pas en donnant à l'abandon des Pampas cette raison d'une guerre civile qui se faisait dans le nord des provinces argentines.

Mais cet événement renversait les projets de Glenarvan, dont les plans se trouvaient ainsi déjoués. En effet, si Harry Grant était prisonnier des caciques, il avait dû être entraîné avec eux jusqu'aux frontières du nord. Dès lors, où et comment le retrouver? Fallait-il tenter une recherche périlleuse, et presque inutile, jusqu'aux limites septentrionales de la Pampa? C'était une résolution grave, qui voulait être sérieusement débattue.

Cependant, une question importante pouvait encore être posée au sergent, et ce fut le major qui songea à la faire pendant que ses amis se regardaient en silence.

« Le sergent avait-il entendu dire que des Européens fussent retenus prisonniers par les caciques de la Pampa ? »

Manuel réfléchit pendant quelques instants, en homme qui fait appel à ses souvenirs.

« Oui, dit-il enfin.

— Ah ! » fit Glenarvan, se rattachant à un nouvel espoir.

Paganel, Mac Nabbs, Robert et lui entouraient le sergent.

« Parlez ! parlez ! disaient-ils en le considérant d'un œil avide.

— Il y a quelques années, répondit Manuel, oui... c'est cela... prisonniers européens... mais jamais vus...

— Quelques années, reprit Glenarvan, vous vous trompez... La date du naufrage est précise... Le *Britannia* s'est perdu en juin 1862... Il y a donc moins de deux ans.

— Oh ! plus que cela, mylord.

— Impossible, s'écria Paganel.

— Si vraiment ! C'était à la naissance de Pepe... Il s'agissait de deux hommes...

— Non, trois ! dit Glenarvan.

— Deux, répliqua le sergent d'un ton affirmatif.

— Deux ! dit Glenarvan très-surpris. Deux Anglais ?

— Non pas, répondit le sergent. Qui parle d'Anglais ? Non... un Français et un Italien.

— Un Italien qui fut massacré par les Poyuches ! s'écria Paganel.

— Oui ! et j'ai appris depuis... Français... sauvé.

— Sauvé ! s'écria le jeune Robert, dont la vie était suspendue aux lèvres du sergent.

— Oui, sauvé des mains des Indiens, » répondit Manuel.

Chacun regardait le savant, qui se frappait le front d'un air désespéré.

« Ah ! je comprends, dit-il enfin, tout est clair, tout s'explique !

— Mais de quoi s'agit-il ? demanda Glenarvan, aussi inquiet qu'impatienté.

— Mes amis, répondit Paganel, en prenant les mains de Robert, il faut nous résigner à une grave déconvenue ! Nous avons suivi une fausse piste ! Il ne s'agit point ici du capitaine, mais d'un de mes compatriotes, dont le compagnon, Marco Vazello, fut effectivement assassiné par les Poyuches, d'un Français, qui plusieurs fois accompagna ces cruels Indiens jusqu'aux rives du Colorado, et qui, après s'être heureusement échappé de leurs mains, a revu la France. En croyant suivre les traces d'Harry Grant, nous sommes tombés sur celles du jeune Guinnard[1] ! »

1. M. A. Guinnard fut, en effet, prisonnier des Indiens-Poyuches pendant trois années, de 1856 à 1859. Il supporta avec un courage extrême les terribles épreuves auxquelles il fut soumis, et parvint enfin à s'échapper en traversant les Andes au défilé d'Upsallata. Il revit la France en 1861, et est maintenant l'un des collègues de l'honorable Paganel à la Société de Géographie.

Un profond silence accueillit cette déclaration. L'erreur était palpable. Les détails donnés par le sergent, la nationalité du prisonnier, le meurtre de son compagnon, son évasion des mains des Indiens, tout s'accordait pour la rendre évidente. Glenarvan regardait Thalcave d'un air décontenancé. L'Indien prit alors la parole :

« N'avez-vous jamais entendu parler de trois Anglais captifs? demanda-t-il au sergent français.

— Jamais, répondit Manuel... on l'aurait appris à Tandil... je le saurais... Non, cela n'est pas... »

Glenarvan, après cette réponse formelle, n'avait plus rien à faire au fort Indépendance. Ses amis et lui se retirèrent donc, non sans avoir remercié le sergent et échangé quelques poignées de main avec lui.

Glenarvan était désespéré de ce renversement complet de ses espérances. Robert marchait près de lui sans rien dire, les yeux humides de larmes. Glenarvan ne trouvait pas une seule parole pour le consoler. Paganel gesticulait en se parlant à lui-même. Le major ne desserrait pas les lèvres. Quant à Thalcave, il paraissait froissé dans son amour-propre d'Indien de s'être égaré sur une fausse piste. Personne, cependant, ne songeait à lui reprocher une erreur si excusable.

On rentra à la fonda.

Le souper fut triste. Certes, aucun de ces hommes courageux et dévoués ne regrettait tant de fatigues inutilement supportées, tant de dangers vainement encourus. Mais chacun voyait s'anéantir en un instant tout espoir de succès. En effet, pouvait-on rencontrer le capitaine Grant entre la Sierra Tandil et la mer? Non. Le sergent Manuel, si quelque prisonnier fût tombé aux mains des Indiens sur les côtes de l'Atlantique, en aurait été certainement informé. Un événement de cette nature ne pouvait échapper à l'attention des indigènes qui font un commerce suivi de Tandil à Carmen, à l'embouchure de Rio-Negro. Or, entre trafiquants de la plaine argentine, tout se sait, et tout se dit. Il n'y avait donc plus qu'un parti à prendre : rejoindre, et sans tarder, le *Duncan* au rendez-vous assigné de la pointe Medano.

Cependant, Paganel avait demandé à Glenarvan le document sur la foi duquel leurs recherches s'étaient si malheureusement égarées. Il le relisait avec une colère peu dissimulée. Il cherchait à lui arracher une interprétation nouvelle.

« Ce document est pourtant bien clair ! répétait Glenarvan. Il s'explique de la manière la plus catégorique sur le naufrage du capitaine et sur le lieu de sa captivité !

— Eh bien, non ! répondit le géographe en frappant la table du poing, cent fois non ! Puisque Harry Grant n'est pas dans les Pampas, il n'est pas en Amérique. Or, où il est, ce document doit le dire, et il le dira, mes amis, ou je ne suis plus Jacques Paganel ! »

CHAPITRE XXII.

LA CRUE.

Une distance de cent cinquante milles sépare le fort Indépendance des rivages de l'Atlantique [1]. A moins de retards imprévus, et certainement improbables, Glenarvan en quatre jours devait avoir rejoint le *Duncan*. Mais revenir à bord sans le capitaine Grant, après avoir si complétement échoué dans ses recherches, il ne pouvait se faire à cette idée. Aussi, le lendemain, ne songea-t-il pas à donner ses ordres pour le départ. Ce fut le major qui prit sur lui de faire seller les chevaux, de renouveler les provisions, et d'établir ses relèvements de route. Grâce à son activité, la petite troupe, à huit heures du matin, descendait les croupes gazonnées de la sierra Tandil.

Glenarvan, Robert à ses côtés, galopait sans mot dire; son caractère audacieux et résolu ne lui permettait pas d'accepter cet insuccès d'une âme tranquille; son cœur battait à se rompre, et sa tête était en feu. Paganel, agacé par la difficulté, retournait de toutes les

1. Environ soixante lieues.

façons les mots du document pour en tirer un enseignement nouveau. Thalcave, muet, laissait à Thaouka le soin de le conduire. Le major, toujours confiant, demeurait solide au poste, comme un homme sur lequel le découragement ne saurait avoir de prise. Tom Austin et ses deux matelots partageaient l'ennui de leur maître. A un moment où un timide lapin traversa devant eux les sentiers de la Sierra, les superstitieux Écossais se regardèrent.

« Un mauvais présage, dit Wilson.

— Oui, dans les Highlands, répondit Mulrady.

— Ce qui est mauvais dans les Highlands n'est pas meilleur ici, » répliqua sentencieusement Wilson.

Vers midi, les voyageurs avaient franchi la sierra Tandil et retrouvaient les plaines largement ondulées qui s'étendent jusqu'à la mer. A chaque pas, des rios limpides arrosaient cette fertile contrée, et allaient se perdre au milieu de hauts pâturages. Le sol reprenait son horizontalité normale, comme l'Océan après une tempête. Les dernières montagnes de la Pampasie argentine étaient passées, et la prairie monotone offrait au pas des chevaux son long tapis de verdure.

Le temps jusqu'alors avait été beau. Mais le ciel, ce jour-là, prit un aspect peu rassurant. Les masses de vapeurs, engendrées par la haute température des journées précédentes et disposées par nuages épais, promettaient de se résoudre en pluies torrentielles. D'ailleurs, le voisinage de l'Atlantique et le vent d'ouest qui y règne en maître rendaient le climat de cette contrée particulièrement humide. On le voyait bien à sa fertilité, à la grasse abondance de ses pâturages et à leur sombre verdeur. Cependant, ce jour-là du moins, les larges nues ne crevèrent pas, et, le soir, les chevaux, après avoir allégrement fourni une traite de quarante milles, s'arrêtèrent au bord de profondes « canadas, » immenses fossés naturels remplis d'eau. Tout abri manquait. Les ponchos servirent à la fois de tentes et de couvertures, et chacun s'endormit sous un ciel menaçant, qui s'en tint aux menaces, fort heureusement.

Le lendemain, à mesure que la plaine s'abaissait, la présence des eaux souterraines se trahit plus sensiblement encore; l'humidité suintait par tous les pores du sol. Bientôt de larges étangs, les uns déjà profonds, les autres commençant à se former, coupèrent la route de l'est. Tant qu'il ne s'agit que de « lagunas, » amas d'eau bien circonscrits et libres de plantes aquatiques, les chevaux purent aisément s'en tirer; mais avec ces bourbiers mouvants nommés « pentanos, » ce fut plus difficile; de hautes gerbes les obstruaient, et pour reconnaître le péril, il fallait y être engagé.

Ces fondrières avaient été déjà fatales à plus d'un être vivant. En effet, Robert, qui s'était porté en avant d'un demi-mille, revint au galop, et s'écria:

« Monsieur Paganel! monsieur Paganel! une forêt de cornes!

— Quoi! répondit le savant, tu as trouvé une forêt de cornes?

— Oui, oui, tout au moins un taillis.

— Un taillis! tu rêves, mon garçon, répliqua Paganel en haussant les épaules.

— Je ne rêve pas, reprit Robert, et vous verrez vous-même! voilà un singulier pays! On y sème des cornes, et elles poussent comme du blé! Je voudrais bien en avoir de la graine!

— Mais il parle sérieusement, dit le major.

— Oui, monsieur le major, vous allez bien voir. »

Robert ne s'était pas trompé, et bientôt on se trouva devant un immense champ de cornes, régulièrement plantées, qui s'étendait à perte de vue. C'était un véritable taillis, bas et serré, mais étrange.

« Eh bien? dit Robert.

— Voilà qui est particulier, répondit Paganel en se tournant vers l'Indien et l'interrogeant.

— Les cornes sortent de terre, dit Thalcave, mais les bœufs sont dessous.

— Quoi! s'écria Paganel, il y a là tout un troupeau enlisé dans cette boue?

— Oui, » fit le Patagon.

En effet, un immense troupeau avait trouvé la mort sous ce sol ébranlé par sa course; des centaines de bœufs venaient de périr ainsi, côte à côte, étouffés dans la vaste fondrière. Ce fait, qui se produit quelquefois dans la plaine argentine, ne pouvait être ignoré de l'Indien, et c'était un avertissement dont il convenait de tenir compte.

On tourna l'immense hécatombe qui eût satisfait les dieux les plus exigeants de l'antiquité, et, une heure après, le champ de cornes restait à deux milles en arrière.

Thalcave observait avec une certaine anxiété cet état de choses qui ne lui semblait pas ordinaire. Il s'arrêtait souvent et se dressait sur ses étriers. Sa grande taille lui permettait d'embrasser du regard un vaste horizon; mais n'apercevant rien qui pût l'éclairer, il reprenait bientôt sa marche interrompue. Un mille plus loin, il s'arrêtait encore, puis, s'écartant de la ligne suivie, il faisait une pointe de quelques milles, tantôt au nord, tantôt au sud, et revenait prendre la tête de la troupe, sans dire ni ce qu'il espérait, ni ce qu'il craignait. Ce manége, maintes fois répété, intrigua Paganel et inquiéta Glenarvan. Le savant fut donc invité à interroger l'Indien. Ce qu'il fit aussitôt.

Thalcave lui répondit qu'il s'étonnait de voir la plaine imprégnée d'eau. Jamais, à sa connaissance, et depuis qu'il exerçait le métier de guide, ses pieds n'avaient foulé un sol si détrempé. Même à la saison des grandes pluies, la campagne argentine offrait toujours des passes praticables.

« Mais à quoi attribuer cette humidité croissante? demanda Paganel.

— Je ne sais, répondit l'Indien, et quand je le saurais!...

— Est-ce que les rios des sierras grossis par les pluies ne débordent jamais?

— Quelquefois.

— Et maintenant, peut-être?

— Peut-être! » dit Thalcave.

Paganel dut se contenter de cette demi-réponse, et il fit connaître à Glenarvan le résultat de sa conversation.

« Et que conseille Thalcave? dit Glenarvan.

— Qu'y a-t-il à faire? demanda Paganel au Patagon.

— Marcher vite, » répondit l'Indien.

Conseil plus facile à donner qu'à suivre. Les chevaux se fatiguaient promptement à fouler un sol qui fuyait sous eux; la dépression s'accusait de plus en plus, et cette partie de la plaine pouvait être assimilée à un immense bas-fond, où les eaux envahissantes devaient rapidement s'accumuler. Il importait donc de franchir sans retard ces terrains en contre-bas qu'une inondation eût immédiatement transformés en lac.

On hâta le pas. Mais ce ne fut pas assez de cette eau qui se déroulait en nappes sous le pied des chevaux. Vers deux heures, les cataractes du ciel s'ouvrirent, et des torrents d'une pluie tropicale se précipitèrent sur la plaine. Jamais plus belle occasion ne se présenta de se montrer philosophe. Nul moyen de se soustraire à ce déluge, et mieux valait le recevoir stoïquement. Les ponchos étaient ruisselants; les chapeaux les arrosaient comme un toit dont les gouttières sont engorgées;

la frange des recados semblait faite de filets liquides, et les cavaliers, éclaboussés par leurs montures dont le sabot frappait à chaque pas les torrents du sol, chevauchaient dans une double averse qui venait à la fois de la terre et du ciel.

Ce fut ainsi que trempés, transis et brisés de fatigue, ils arrivèrent le soir à un rancho fort misérable. Des gens peu difficiles pouvaient seuls lui donner le nom d'abri, et des voyageurs aux abois consentir à s'y abriter. Mais Glenarvan et ses compagnons n'avaient pas le choix. Ils se blottirent donc dans cette cahute abandonnée, dont n'aurait pas voulu un pauvre Indien des Pampas. Un mauvais feu d'herbes qui donnait plus de fumée que de chaleur fut allumé, non sans peine. Les rafales de pluie faisaient rage au dehors, et à travers le chaume pourri suintaient de larges gouttes. Si le foyer ne s'éteignit pas vingt fois, c'est que vingt fois Mulrady et Wilson luttèrent contre l'envahissement de l'eau.

Le souper, très-médiocre et peu réconfortant, fut assez triste. L'appétit manquait. Seul, le major fit honneur au charqui humide et ne perdit pas un coup de dent. L'impassible Mac Nabbs était supérieur aux événements. Quant à Paganel, en sa qualité de Français, il essaya de plaisanter. Mais cela ne prit pas.

« Mes plaisanteries sont mouillées, dit-il, elles ratent! »

Cependant, comme ce qu'il y avait de plus plaisant

dans cette circonstance était de dormir, chacun chercha dans le sommeil un oubli momentané de ses fatigues. La nuit fut mauvaise; les ais du rancho craquaient à se rompre; il s'inclinait sous les poussées du vent et menaçait de s'en aller à chaque rafale; les malheureux chevaux gémissaient au dehors, exposés à toute l'inclémence du ciel, et leurs maîtres ne souffraient pas moins dans leur méchante cahute. Cependant le sommeil finit par l'emporter. Robert le premier, fermant les yeux, laissa reposer sa tête sur l'épaule de lord Glenarvan, et bientôt tous les hôtes du rancho dormaient sous la garde de Dieu.

Il paraît que Dieu fit bonne garde, car la nuit s'acheva sans accident. On se réveilla à l'appel de Thaouka, qui, toujours vaillant, hennissait au dehors et frappait d'un sabot vigoureux le mur de la cahute. A défaut de Thalcave, il savait au besoin donner le signal du départ. On lui devait trop pour ne pas lui obéir, et l'on partit.

La pluie avait diminué, mais le terrain étanche conservait l'eau versée; sur son impénétrable argile les flaques, les marais, les étangs débordaient et formaient d'immenses « banados » d'une perfide profondeur. Paganel, consultant sa carte, pensa, non sans raison, que les rios Grande et Vivarota où se drainent habituellement les eaux de cette plaine, devaient s'être confondus dans un lit large de plusieurs milles.

Une extrême vitesse de marche devint alors nécessaire. Il s'agissait du salut commun. Si l'inondation croissait, où trouver asile? L'immense cercle tracé par l'horizon n'offrait pas un seul point culminant, et sur cette plaine horizontale l'envahissement des eaux devait être rapide.

Les chevaux furent donc poussés à fond de train. Thaouka tenait la tête, et mieux que certains amphibies aux impuissantes nageoires, il méritait le nom de cheval marin, car il bondissait comme s'il eût été dans son élément naturel.

Tout d'un coup, vers dix heures du matin, Thaouka donna les signes d'une extrême agitation. Il se retournait fréquemment vers les planes immensités du sud; ses hennissements se prolongeaient; ses naseaux aspiraient fortement l'air vif. Il se cabrait avec violence. Thalcave, que ses bonds ne pouvaient désarçonner, ne le maintenait pas sans peine. L'écume de sa bouche se mélangeait de sang sous l'action du mors vigoureusement serré, et cependant, l'ardent animal ne se calmait pas; libre, son maître sentait bien qu'il se fût enfui vers le nord de toute la rapidité de ses jambes.

« Qu'a donc Thaouka? demanda Paganel, est-il mordu par les sangsues si voraces des eaux argentines?

— Non, répondit l'Indien.

— Il s'effraye donc de quelque danger?

— Oui, il a senti le danger...

— Lequel?

— Je ne sais. »

Si l'œil ne révélait pas encore ce péril que devinait

Thaonka, l'oreille, du moins, pouvait déjà s'en rendre compte. En effet, un murmure sourd, pareil au bruit d'une marée montante, se faisait entendre au delà des limites de l'horizon. Le vent soufflait par rafales humides et chargées d'une poussière aqueuse; les oiseaux, fuyant quelque phénomène inconnu, traversaient l'air à tire-d'aile; les chevaux, immergés jusqu'à mi-jambe, ressentaient les premières poussées du courant. Bientôt, un bruit formidable, des beuglements, des hennissements, des bêlements, retentirent à un demi-mille dans le sud, et d'immenses troupeaux apparurent, qui, se renversant, se relevant, se précipitant, mélange incohérent de bêtes effarées, fuyaient avec une effroyable rapidité. C'est à peine s'il fut possible de les distinguer au milieu des tourbillons liquides soulevés dans leur course. Cent baleines de la plus forte taille n'auraient pas refoulé avec plus de violence les flots de l'Océan.

« *Anda, anda* [1] ! cria Thalcave d'une voix éclatante.

— Qu'est-ce donc ? dit Paganel.

— La crue ! la crue ! répondit Thalcave en éperonnant son cheval qu'il lança dans la direction du nord.

— L'inondation ! » s'écria Paganel, et ses compagnons, lui en tête, volèrent sur les traces de Thaouka.

Il était temps. En effet, à cinq milles vers le sud, un haut et large mascaret dévalait sur la campagne qui se changeait en océan. Les grandes herbes dispa-

1. Vite ! vite !

raissaient comme fauchées. Les touffes de mimosées, arrachées par le courant, dérivaient et formaient des îlots flottants. La masse liquide se débitait par nappes épaisses d'une irrésistible puissance. Il y avait évidemment eu rupture des barrancas des grands fleuves de la Pampasie, et peut-être les eaux du Colorado au nord et du rio Negro au sud se réunissaient-elles alors dans un lit commun.

La barre signalée par Thalcave arrivait avec la vitesse d'un cheval de course. Les voyageurs fuyaient devant elle comme une nuée chassée par un vent d'orage. Leurs yeux cherchaient en vain un lieu de refuge. Le ciel et l'eau se confondaient à l'horizon. Les chevaux, surexcités par le péril, s'emportaient dans un galop échevelé, et leurs cavaliers pouvaient à peine se tenir en selle. Glenarvan regardait souvent en arrière.

« L'eau nous gagne, pensait-il.

— *Anda, anda!* » criait Thalcave.

Et l'on pressait encore les malheureuses bêtes. De leur flanc labouré par l'éperon s'échappait un sang vif qui traçait sur l'eau de longs filets rouges. Ils trébuchaient dans les crevasses du sol. Ils s'embarrassaient dans les herbes cachées. Ils s'abattaient. On les relevait. Ils s'abattaient encore. On les relevait toujours. Le niveau des eaux montait sensiblement. De longues ondulations annonçaient l'assaut de cette barre qui agitait à moins de deux milles sa tête écumante.

Pendant un quart d'heure se prolongea cette lutte

suprême contre le plus terrible des éléments. Les fugitifs n'avaient pu se rendre compte de la distance qu'ils venaient de parcourir, mais, à en juger par la rapidité de leur course, elle devait être considérable. Cependant les chevaux, noyés jusqu'au poitrail, n'avançaient plus sans une extrême difficulté. Glenarvan, Paganel, Austin, tous se crurent perdus et voués à cette mort horrible des malheureux abandonnés en mer. Leurs montures commençaient à perdre le sol de la plaine, et six pieds d'eau suffisaient à les noyer.

Il faut renoncer à peindre les poignantes angoisses de ces huit hommes envahis par une marée montante. Ils sentaient leur impuissance à lutter contre ces cataclysmes de la nature, supérieurs aux forces humaines. Leur salut n'était plus dans leurs mains.

Cinq minutes après, les chevaux étaient à la nage; le courant seul les entraînait avec une incomparable violence et une vitesse égale à celle de leur galop le plus rapide, qui devait dépasser vingt milles à l'heure.

Tout salut semblait impossible, quand la voix du major se fit entendre.

« Un arbre, dit-il.

— Un arbre? s'écria Glenarvan.

— Là, là! » répondit Thalcave.

Et, du doigt, il montra à huit cents brasses dans le nord une espèce de noyer gigantesque qui s'élevait solitairement du milieu des eaux.

Ses compagnons n'avaient pas besoin d'être excités. Cet arbre qui s'offrait si inopinément à eux, il fallait le gagner à tout prix. Les chevaux ne l'atteindraient pas sans doute, mais les hommes, du moins, pouvaient être sauvés. Le courant les portait.

En ce moment, le cheval de Tom Austin fit entendre un hennissement étouffé et disparut. Son maître, dégagé des étriers, se mit à nager vigoureusement.

« Accroche-toi à ma selle, lui cria Glenarvan.

— Merci, Votre Honneur, répondit Tom Austin, les bras sont solides.

— Ton cheval, Robert?... reprit Glenarvan, se tournant vers le jeune Grant.

— Il va, mylord! il va! Il nage comme un poisson!

— Attention! » dit le major d'une voix forte.

Ce mot était à peine prononcé, que l'énorme mascaret arriva. Une vague monstrueuse, haute de quarante pieds, déferla sur les fugitifs avec un bruit épouvantable. Hommes et bêtes, tout disparut dans un tourbillon d'écume. Une masse liquide pesant plusieurs millions de tonnes les roula dans ses eaux furieuses.

Lorsque la barre fut passée, les hommes revinrent à la surface des eaux et se comptèrent rapidement; mais les chevaux, sauf Thaouka portant son maître, avaient pour jamais disparu.

« Hardi! hardi! répétait Glenarvan, qui soutenai Paganel d'un bras et nageait de l'autre.

— Cela va! cela va!.. répondit le digne savant, je ne suis même pas fâché... »

De quoi n'était-il pas fâché? On ne le sut jamais, car le pauvre homme fut forcé d'avaler la fin de sa phrase avec une demi-pinte d'eau limoneuse. Le major s'avançait tranquillement, en tirant une coupe régulière qu'un maître nageur n'eût pas désavouée. Les matelots se faufilaient comme deux marsouins dans leur liquide élément. Quant à Robert, accroché à la crinière de Thaouka, il se laissait emporter avec lui. Thaouka fendait les eaux avec une énergie superbe, et se maintenait instinctivement dans la ligne de l'arbre où portait le courant.

L'arbre n'était plus qu'à vingt brasses; en quelques instants, il fut atteint par la troupe entière. Heureusement, car, ce refuge manqué, toute chance de salut s'évanouissait, et il fallait périr dans les flots.

L'eau s'élevait jusqu'au sommet du tronc, à l'endroit où les branches mères prenaient naissance. Il fut donc facile de s'y accrocher. Thalcave, abandonnant son cheval et hissant Robert, grimpa le premier, et bientôt ses bras puissants eurent mis en lieu sûr les nageurs épuisés.

Mais Thaouka, entraîné par le courant, s'éloignait rapidement. Il tournait vers son maître sa tête intelligente, et secouant sa longue crinière, il l'appelait en hennissant.

« Tu l'abandonnes! dit Paganel à Thalcave.

— Moi ! » s'écria l'Indien.

Et, plongeant dans les eaux torrentueuses, il reparut à dix brasses de l'arbre. Quelques instants après, son bras s'appuyait au cou de Thaouka, et cheval et cavalier dérivaient ensemble vers le brumeux horizon du nord.

CHAPITRE XXIII.

OU L'ON MÈNE LA VIE DES OISEAUX.

L'arbre sur lequel Glenarvan et ses compagnons venaient de trouver refuge ressemblait à un noyer. Il en avait le feuillage luisant et la forme arrondie. En réalité, c'était « l'ombu, » qui se rencontre isolément dans les plaines argentines. Cet arbre au tronc tortueux et énorme est fixé au sol non-seulement par ses grosses racines, mais encore par des rejetons vigoureux qui l'y attachent de la plus tenace façon. Aussi avait-il résisté à l'assaut du mascaret.

Cet ombu mesurait en hauteur une centaine de pieds, et pouvait couvrir de son ombre une circonférence de soixante toises. Tout cet échafaudage reposait sur trois grosses branches qui se trifurquaient au sommet du tronc large de six pieds. Deux de ces branches s'élevaient presque perpendiculairement, et supportaient l'immense parasol de feuillage, dont les rameaux croisés, mêlés, enchevêtrés comme par la main d'un vannier, formaient un impénétrable abri. La troisième branche, au contraire, s'étendait à peu près horizontalement au-dessus des eaux mugissantes; ses basses feuilles s'y baignaient déjà; elle figurait un cap avancé de cette île de verdure entourée d'un océan. L'espace ne manquait pas à l'intérieur de cet arbre gigantesque; le feuillage, repoussé à la circonférence, laissait de grands intervalles largement dégagés, de véritables clairières, de l'air en abondance, de la fraîcheur partout. A voir ces branches élever jusqu'aux nues leurs rameaux innombrables, tandis que des lianes parasites les rattachaient l'une à l'autre, et que des rayons de soleil se glissaient à travers les trouées du feuillage, on eût vraiment dit que le tronc de cet ombu portait à lui seul une forêt tout entière.

A l'arrivée des fugitifs, un monde ailé s'enfuit sur les hautes ramures, protestant par ses cris contre une si flagrante usurpation de domicile. Ces oiseaux qui, eux aussi, avaient cherché refuge sur cet ombu solitaire, étaient là par centaines, des merles, des étourneaux, des isacas, des hilgueros et surtout les pica-flor, oiseaux-mouches aux couleurs resplendissantes, et, quand ils s'envolèrent, il sembla qu'un coup de vent dépouillait l'arbre de toutes ses fleurs.

Tel était l'asile offert à la petite troupe de Glenarvan. Le jeune Grant et l'agile Wilson, à peine juchés dans l'arbre, se hâtèrent de grimper jusqu'à ses branches supérieures. Leur tête trouait alors le dôme de verdure. De ce point culminant, la vue embrassait un vaste horizon. L'océan créé par l'inondation les entourait de toutes parts, et les regards, si loin qu'ils s'étendissent, ne purent en apercevoir la limite. Aucun arbre ne sortait de la plaine liquide; l'ombu, seul au milieu des eaux débordées, frémissait à leur choc. Au loin, dérivant du sud au nord, passaient, emportés par l'impétueux courant, des troncs déracinés, des branches tordues, des chaumes arrachés à quelque rancho démoli, des poutres de hangars volées par les eaux aux toits des estancias, des cadavres d'animaux noyés, des peaux sanglantes, et sur un arbre vacillant toute une famille de jaguars rugissants qui se cramponnaient des griffes à son radeau fragile. Plus loin encore, un point noir, presque invisible déjà, attira l'attention de Wilson. C'était Thalcave et son fidèle Thaouka, qui disparaissaient dans l'éloignement.

« Thalcave, ami Thalcave! s'écria Robert en tendant la main vers le courageux Patagon.

— Il se sauvera, monsieur Robert, répondit Wilson, mais allons rejoindre Son Honneur. »

Un instant après, Robert Grant et le matelot descendaient les trois étages de branches et se trouvaient au sommet du tronc. Là Glenarvan, Paganel, le major, Austin et Mulrady, étaient assis, à cheval ou accrochés suivant leurs aptitudes naturelles. Wilson rendit compte de sa visite à la cime de l'ombu. Tous partagèrent son opinion à l'égard de Thalcave. Il n'y eut doute que sur la question de savoir si ce serait Thalcave qui sauverait Thaouka, ou Thaouka qui sauverait Thalcave.

La situation des hôtes de l'ombu était, sans contredit, beaucoup plus alarmante. L'arbre ne céderait pas sans doute à la force du courant, mais l'inondation croissante pouvait gagner ses hautes branches, car la dépression du sol faisait de cette partie de la plaine un profond réservoir. Le premier soin de Glenarvan fut donc d'établir au moyen d'entailles des points de repère qui permissent d'observer les divers niveaux d'eau. La crue, stationnaire alors, paraissait avoir atteint sa plus grande élévation. C'était déjà rassurant.

« Et maintenant qu'allons-nous faire ? dit Glenarvan.

— Faire notre nid, parbleu ! répondit gaiement Paganel.

— Faire notre nid ! s'écria Robert.

— Sans doute, mon garçon, et vivre de la vie des oiseaux, puisque nous ne pouvons vivre de la vie des poissons.

— Bien, dit Glenarvan, mais qui nous donnera la becquée ?

— Moi, » répondit le major.

Tous les regards se portèrent sur Mac Nabbs; le major était confortablement assis dans un fauteuil naturel formé de deux branches élastiques, et d'un main il tendait ses alforjas mouillées, mais rebon dies.

« Ah ! Mac Nabbs, s'écria Glenarvan, je vous reconnais bien là ! Vous songez à tout, même dans des circonstances où il est permis de tout oublier.

— Du moment qu'on était décidé à ne pas se noyer, répondit le major, ce n'était pas dans l'intention de mourir de faim !

— J'y aurais bien songé, dit naïvement Paganel, mais je suis si distrait !

— Et que contiennent les alforjas ? demanda Tom Austin.

— La nourriture de sept hommes pendant deux jours, répondit Mac Nabbs.

— Bon, dit Glenarvan, j'espère que l'inondation aura suffisamment diminué d'ici vingt-quatre heures.

— Ou que nous aurons trouvé un moyen de regagner la terre ferme, répliqua Paganel.

— Notre premier devoir est donc de déjeuner, dit Glenarvan.

— Après nous être séchés toutefois, fit observer le major.

— Et du feu ? dit Wilson.

— Eh bien ! il faut en faire, répondit Paganel.

— Où ?

— Au sommet du tronc, parbleu !

— Avec quoi?

— Avec du bois mort que nous irons couper dans l'arbre.

— Mais comment l'allumer ? dit Glenarvan. Notre amadou ressemble à une éponge mouillée !

— On s'en passera ! répondit Paganel ; un peu de mousse sèche, un rayon de soleil, la lentille de ma longue vue, et vous allez voir de quel feu je me chauffe. Qui va chercher du bois dans la forêt ?

— Moi, » s'écria Robert.

Et, suivi de son ami Wilson, il disparut comme un jeune chat dans les profondeurs de l'arbre. Pendant leur absence, Paganel trouva de la mousse sèche en quantité suffisante ; il se procura un rayon de soleil, ce qui fut facile, car l'astre du jour brillait alors d'un vif éclat ; puis, sa lentille aidant, il enflamma sans peine ces matières combustibles, qui furent déposées sur une couche de feuilles humides à la trifurcation des grosses branches de l'ombu. C'était un foyer naturel qui n'offrait aucun danger d'incendie. Bientôt Wilson et Robert revinrent avec une brassée de bois mort qui fut jeté sur la mousse. Paganel, afin de déterminer le tirage, se plaça au-dessus du foyer, ses deux longues jambes écartées, à la manière arabe ; puis, se baissant et se relevant par un mouvement rapide, il fit au moyen de son poncho un violent appel d'air. Le bois s'enflamma, et bientôt une belle flamme ronflante s'éleva du brasero improvisé. Chacun se sécha à sa fantaisie, tandis que les ponchos accrochés dans l'arbre se balançaient au souffle du vent; puis on déjeuna, tout en se rationnant, car il fallait songer au lendemain; l'immense bassin se viderait moins vite peut-être que l'espérait Glenarvan, et, en somme, les provisions étaient fort restreintes. L'ombu ne produisait aucun fruit; heureusement, il pouvait offrir un remarquable contingent d'œufs frais, grâce aux nids nombreux qui poussaient sur ses branches, sans compter leurs hôtes emplumés. Ces ressources n'étaient nullement à dédaigner.

Maintenant donc, dans la prévision d'un séjour prolongé, il s'agissait de procéder à une installation confortable.

« Puisque la cuisine et la salle à manger sont au rez-de-chaussée, dit Paganel, nous irons nous coucher au premier étage; la maison est vaste; le loyer n'est pas cher; il ne faut pas se gêner. J'aperçois là-haut des berceaux naturels, dans lesquels, une fois bien attachés, nous dormirons comme dans les meilleurs lits du monde. Nous n'avons rien à craindre; d'ailleurs, on veillera, et nous sommes en nombre pour repousser des flottes d'Indiens et autres animaux sauvages.

— Il ne nous manque que des armes, dit Tom Austin.

— J'ai mes revolvers, dit Glenarvan.

— Et moi, les miens, répondit Robert.

— A quoi bon, reprit Tom Austin, si monsieur Paganel ne trouve pas le moyen de fabriquer de la poudre?

— C'est inutile, répondit Mac Nabbs, en montrant une poudrière en parfait état.

— Et d'où vous vient-elle, major? demanda Paganel.

— De Thalcave. Il a pensé qu'elle pouvait nous être ile, et il me l'a remise avant de se précipiter au secours de Thaouka.

— Généreux et brave Indien! s'écria Glenarvan.

— Oui, répondit Tom Austin, si tous les Patagons sont taillés sur ce modèle, j'en fais mon compliment à la Patagonie.

— Je demande qu'on n'oublie pas le cheval! dit Paganel. Il fait partie du Patagon, et je me trompe fort ou nous les reverrons, l'un portant l'autre.

— A quelle distance sommes-nous de l'Atlantique? demanda le major.

— A une quarantaine de milles tout au plus, répondit Paganel. Et maintenant, mes amis, puisque chacun est libre de ses actions, je vous demande la permission de vous quitter; je vais me choisir là-haut un observatoire, et, ma longue-vue aidant, je vous tiendrai au courant des choses de ce monde. »

On laissa faire le savant, qui, fort adroitement, se hissa de branche en branche et disparut derrière l'épais rideau de feuillage. Ses compagnons s'occupèrent alors d organiser la couchée et de préparer leur lit. Ce ne fut ni difficile ni long. Pas de couvertures à faire, ni de meubles à ranger, et bientôt chacun vint reprendre sa place autour du brasero.

On causa alors, mais non plus de la situation présente qu'il fallait supporter avec patience. On en revint à ce thème inépuisable du capitaine Grant. Si les eaux se retiraient, le *Duncan*, avant trois jours, reverrait les voyageurs à son bord. Mais Harry Grant, ses deux matelots, ces malheureux naufragés, ne seraient pas avec eux. Il semblait même après cet insuccès, après cette inutile traversée de l'Amérique, que tout espoir de les retrouver était irrévocablement perdu. Où diriger de nouvelles recherches? Quelle serait donc la douleur de lady Héléna et de Mary Grant en apprenant que l'avenir ne leur gardait plus aucune espérance!

« Pauvre sœur! dit Robert, tout est fini pour nous! »

Glenarvan, pour la première fois, ne trouva pas un mot consolant à répondre. Quel espoir pouvait-il donner au jeune enfant? N'avait-il pas suivi avec une rigoureuse exactitude les indications du document?

« Et pourtant, dit-il, ce trente-septième degré de latitude n'est pas un vain chiffre! Qu'il s'applique au naufrage ou à la captivité d'Harry Grant, il n'est pas supposé, interprété, deviné! Nous l'avons lu de nos propres yeux!

— Tout cela est vrai, Votre Honneur, répondit Tom Austin, et cependant nos recherches n'ont pas réussi.

— C'est irritant et désespérant à la fois, s'écria Glenarvan.

— Irritant, si vous voulez, répondit Mac Nabbs d'un ton tranquille, mais non pas désespérant. C'est précisément parce que nous avons un chiffre indiscutable, qu'il faut épuiser jusqu'au bout tous ses enseignements.

— Que voulez-vous dire, demanda Glenarvan, et, à votre avis, que peut-il rester à faire?

— Une chose très-simple et très-logique, mon cher Edward. Mettons le cap à l'est, quand nous serons à bord du *Duncan*, et suivons jusqu'à notre point de départ, s'il le faut, ce trente-septième parallèle.

— Croyez-vous donc, Mac Nabbs, que je n'y aie pas songé? répondit Glenarvan. Si! cent fois! Mais quelle chance avons-nous de réussir? Quitter le continent américain, n'est-ce pas s'éloigner de l'endroit indiqué par Harry Grant lui-même, de cette Patagonie si clairement nommée dans le document?

— Voulez-vous donc recommencer vos recherches dans les Pampas, répondit le major, quand vous avez la certitude que le naufrage du *Britannia* n'a eu lieu ni sur les côtes du Pacifique ni sur les côtes de l'Atlantique? »

Glenarvan ne répondit pas.

« Et si faible que soit la chance de retrouver Harry Grant en remontant le parallèle indiqué par lui, ne devons-nous pas la tenter?

— Je ne dis pas non, répondit Glenarvan...

— Et vous, mes amis, ajouta le major en s'adressant aux marins, ne partagez-vous pas mon opinion?

— Entièrement, répondit Tom Austin, que Mulrady et Wilson approuvèrent d'un signe de tête.

— Écoutez-moi, mes amis, reprit Glenarvan après quelques instants de réflexion, et entends bien, Robert, car ceci est une grave discussion. Je ferai tout au monde pour retrouver le capitaine Grant, je m'y suis engagé, et j'y consacrerai ma vie entière, s'il le faut. Toute l'Écosse se joindrait à moi pour sauver cet homme de cœur qui s'est dévoué pour elle. Moi aussi, je pense que, si faible que soit cette chance, nous devons faire le tour du monde sur ce trente-septième parallèle, et je le ferai. Mais la question à résoudre n'est pas celle-là. Elle est beaucoup plus importante, et la voici : devons-nous abandonner définitivement et dès à présent nos recherches sur le continent américain? »

La question, catégoriquement posée, resta sans réponse. Personne n'osait se prononcer.

« Eh bien? reprit Glenarvan en s'adressant plus spécialement au major.

— Mon cher Edward, répondit Mac Nabbs, c'est encourir une assez grande responsabilité que de vous répondre *hic et nunc*. Cela demande réflexion. Avant tout, je désire savoir quelles sont les contrées que traverse le trente-septième degré de latitude australe.

— Cela, c'est l'affaire de Paganel, répondit Glenarvan.

— Interrogeons-le donc, » répliqua le major.

On ne voyait plus le savant caché par le feuillage épais de l'ombu. Il fallut le héler.

« Paganel! Paganel! s'écria Glenarvan.

— Présent, répondit une voix qui venait du ciel.

— Où êtes-vous ?

— Dans ma tour.

— Que faites-vous là ?

— J'examine l'immense horizon.

— Pouvez-vous descendre un instant ?

— Vous avez besoin de moi?

— Oui.

— A quel propos ?

— Pour savoir quels pays traverse le trente-septième parallèle.

— Rien de plus aisé, répondit Paganel ; inutile même de me déranger pour vous le dire.

— Eh bien, allez.

— Voilà. En quittant l'Amérique, le trente-septième parallèle sud traverse l'océan Atlantique.

— Bon.

— Il rencontre les îles Tristan d'Acunha.

— Bien.

— Il passe à deux degrés au-dessous du cap de Bonne-Espérance.

— Après ?

— Il court à travers la mer des Indes.

— Ensuite ?

— Il effleure l'île Saint-Pierre du groupe des îles Amsterdam.

— Allez toujours.

— Il coupe l'Australie par la province de Victoria.

— Continuez.

— En sortant de l'Australie... »

Cette dernière phrase ne fut pas achevée. Le géographe hésitait-il? Le savant ne savait-il plus? Non; mais un cri formidable, une exclamation violente se fit entendre dans les hauteurs de l'ombu. Glenarvan et ses amis pâlirent en se regardant. Une nouvelle catastrophe venait-elle d'arriver? Le malheureux Paganel s'était-il laissé choir? Déjà Wilson et Mulrady volaient à son secours, quand un long corps apparut. Paganel dégringolait de branche en branche. Ses mains ne pouvaient se raccrocher à rien. Était-il vivant? Était-il mort? On ne savait, mais il allait tomber dans les eaux mugissantes, quand le major, d'un bras vigoureux, l'arrêta au passage.

« Bien obligé, Mac Nabbs, s'écria Paganel.

— Quoi? qu'avez-vous? dit le major. Qu'est-ce qui vous a pris? Encore une de vos éternelles distractions?

— Oui! oui! répondit Paganel d'une voix étranglée par l'émotion. Oui! une distraction... phénoménale cette fois!

— Laquelle?

— Nous nous sommes trompés! Nous nous trompons encore! Nous nous trompons toujours!

— Expliquez-vous!

— Glenarvan, major, Robert, mes amis, s'écria Paganel, vous tous qui m'entendez, nous cherchons le capitaine Grant où il n'est pas!

— Que dites-vous ? s'écria Glenarvan.

— Non-seulement où il n'est pas, ajouta Paganel, mais encore où il n'a jamais été ! »

CHAPITRE XXIV.

OU L'ON CONTINUE DE MENER LA VIE DES OISEAUX.

Un profond étonnement accueillit ces paroles si inattendues. Que voulait dire le géographe? Avait-il perdu l'esprit? Il parlait cependant avec une telle conviction, que tous les regards se portèrent sur Glenarvan. Cette affirmation de Paganel était une réponse directe à la question qu'il venait de poser. Mais Glenarvan se borna à faire un geste de dénégation qui ne prouvait pas en faveur du savant.

Cependant, celui-ci, maître de son émotion, reprit la parole.

« Oui ! dit-il d'une voix convaincue, oui ! nous nous sommes égarés dans nos recherches, et nous avons lu sur le document ce qui n'y est pas !

— Expliquez-vous, Paganel, dit le major, et avec plus de calme.

— C'est très-simple, major. Comme vous j'étais dans l'erreur, comme vous j'étais lancé dans une interprétation fausse, quand, il n'y a qu'un instant, au haut de cet arbre, répondant à vos questions, et m'arrêtant sur le mot « Australie, » un éclair a traversé mon cerveau, et la lumière s'est faite.

— Quoi! s'écria Glenarvan, vous prétendez que Harry Grant?...

— Je prétends, répondit Paganel, que le mot *austral* qui se trouve dans le document n'est pas un mot complet, comme nous l'avons cru jusqu'ici, mais bien le radical du mot *Australie.*

— Voilà qui serait particulier! répondit le major.

— Particulier! répliqua Glenarvan, en haussant les épaules, c'est tout simplement impossible.

— Impossible! reprit Paganel. C'est un mot que nous n'admettons pas en France.

— Comment! ajouta Glenarvan du ton de la plus profonde incrédulité, vous osez prétendre, le document en main, que le naufrage du *Britannia* a eu lieu sur les côtes de l'Australie?

— J'en suis sûr! répondit Paganel.

— Ma foi, Paganel, dit Glenarvan, voilà une prétention qui m'étonne beaucoup, venant du secrétaire d'une Société géographique.

— Pour quelle raison? demanda Paganel, touché à son endroit sensible.

— Parce que, si vous admettez le mot *Australie*,

vous admettez en même temps qu'il s'y trouve des *Indiens*, ce qui ne s'est jamais vu jusqu'ici. »

Paganel ne fut nullement surpris de l'argument. Il s'y attendait sans doute, et se mit à sourire.

« Mon cher Glenarvan, dit-il, ne vous hâtez pas de triompher; je vais vous « battre à plates coutures, » comme nous disons, nous autres français, et jamais anglais n'aura été si bien battu! Ce sera la revanche de Crécy et d'Azincourt!

— Je ne demande pas mieux. Battez-moi, Paganel.

— Écoutez donc. Il n'y a pas plus d'Indiens dans le texte du document que de Patagonie! Le mot incomplet *indi*... ne signifie pas *Indiens* mais bien *indigènes!* Or, admettez-vous qu'il y ait des « indigènes » en Australie? »

Il faut avouer qu'en ce moment Glenarvan regarda fixement Paganel.

« Bravo! Paganel, dit le major.

— Admettez-vous mon interprétation, mon cher lord?

— Oui! répondit Glenarvan, si vous me prouvez que ce reste de mot *gonie* ne s'applique pas au pays des Patagons!

— Non! certes, s'écria Paganel, il ne s'agit pas de *Patagonie!* lisez tout ce que vous voudrez, excepté cela.

— Mais quoi?

— *Cosmogonie! théogonie! agonie!*...

— *Agonie!* dit le major.

— Cela m'est indifférent, répondit Paganel; le mot n'a aucune importance. Je ne chercherai même pas ce qu'il peut signifier. Le point principal, c'est que *austral* indique l'*Australie,* et il fallait être aveuglément engagé dans une voie fausse, pour n'avoir pas découvert, dès l'abord, une explication si évidente. Si j'avais trouvé le document, moi, si mon jugement n'eût pas été faussé par votre interprétation, je ne l'aurais jamais compris autrement! »

Cette fois, les hurrahs, les félicitations, les compliments accueillirent ces paroles de Paganel. Austin, les matelots, le major, Robert surtout, si heureux de renaître à l'espoir, applaudirent le digne savant. Glenarvan, dont les yeux se dessillaient peu à peu, était, dit-il, tout près de se rendre.

« Une dernière observation, mon cher Paganel, et je n'aurai plus qu'à m'incliner devant votre perspicacité.

— Parlez, Glenarvan.

— Comment assemblez-vous entre eux ces mots nouvellement interprétés, et de quelle manière lisez-vous le document?

— Rien n'est plus facile. Voici le document, » dit Paganel, en présentant le précieux papier qu'il étudiait si consciencieusement depuis quelques jours.

Un profond silence se fit, pendant que le géographe, rassemblant ses idées, prenait son temps pour répondre. Son doigt suivait sur le document les lignes interrompues, tandis que d'une voix sûre, et soulignant certains mots, il s'exprima en ces termes :

« *Le 7 juin 1862, le trois-mâts Britannia de Glascow a sombré après...* » mettons, si vous voulez, « *deux jours, trois jours* » ou « *une longue agonie,* » peu importe, c'est tout à fait indifférent, « *sur les côtes de l'Australie. Se dirigeant à terre, deux matelots et le capitaine Grant vont essayer d'aborder* » ou « *ont abordé le continent où ils seront* » ou « *sont prisonniers de cruels indigènes. Ils ont jeté ce document,* » etc., etc. Est-ce clair?

— C'est clair, répondit Glenarvan, si le nom de « continent » peut s'appliquer à l'Australie qui n'est qu'une île!

— Rassurez-vous, mon cher Glenarvan, les meilleurs géographes sont d'accord pour nommer cette île « le continent australien. »

— Alors, je n'ai plus qu'une chose à dire, mes amis, s'écria Glenarvan. En Australie! et que le ciel nous assiste!

— En Australie! répétèrent ses compagnons d'une voix unanime.

— Savez-vous bien, Paganel, ajouta Glenarvan, que votre présence à bord du *Duncan* est un fait providentiel?

— Bon, répondit Paganel. Mettons que je suis un envoyé de la Providence, et n'en parlons plus! »

Ainsi se termina cette conversation qui, dans l'avenir, eut de si grandes conséquences. Elle modifia complétement la situation morale des voyageurs. Ils venaient de ressaisir le fil de ce labyrinthe dans lequel ils se croyaient à jamais égarés. Une nouvelle espérance s'élevait sur les ruines de leurs projets écroulés. Ils pouvaient sans crainte laisser derrière eux ce continent américain, et toutes leurs pensées s'envolaient déjà vers la terre australienne. En remontant à bord du *Duncan*, ses passagers n'y apporteraient pas le désespoir à son bord, et lady Heléna, Mary Grant, n'auraient pas à pleurer l'irrévocable perte du capitaine Grant! Ainsi ils oublièrent les dangers de leur situation pour se livrer à la joie, et ils n'eurent qu'un seul regret, celui de ne pouvoir partir sans retard.

Il était alors quatre heures du soir. On résolut de souper à six. Paganel voulut célébrer par un festin splendide cette heureuse journée. Or, le menu étant très-restreint, il proposa à Robert d'aller chasser « dans la forêt prochaine. » Robert battit des mains à cette bonne idée. On prit la poudrière de Thalcave; on nettoya les revolvers; on les chargea de petit plomb, et l'on partit.

« Ne vous éloignez pas, » dit gravement le major aux deux chasseurs.

Après leur départ, Glenarvan et Mac Nabbs allèrent consulter les marques entaillées dans l'arbre, tandis que Wilson et Mulrady rallumaient les charbons du brasero.

Glenarvan, descendu à la surface de l'immense lac,

Pagination incorrecte — date incorrecte

NF Z 43-120-12

LIRE PAGE (S) 287

AU LIEU DE PAGE (S) 25

ne vit aucun symptôme de décroissance. Cependant les eaux semblaient avoir atteint leur maximum d'élévation; mais la violence avec laquelle elles s'écoulaient du sud au nord prouvait que l'équilibre ne s'était pas encore établi entre les fleuves argentins. Avant de baisser, il fallait d'abord que cette masse liquide demeurât étale, comme la mer au moment où le flot finit et le jusant commence. On ne pouvait donc pas compter sur un abaissement des eaux tant qu'elles courraient vers le nord avec cette torrentueuse rapidité.

Pendant que Glenarvan et le major faisaient leurs observations, des coups de feu retentirent dans l'arbre, accompagnés de cris de joie presque aussi bruyants. Le soprano de Robert jetait de fines roulades sur la basse de Paganel. C'était à qui serait le plus enfant. La chasse s'annonçait bien, et laissait pressentir des merveilles culinaires. Lorsque le major et Glenarvan furent revenus auprès du brasero, ils eurent d'abord à féliciter Wilson d'une excellente idée. Ce brave marin, au moyen d'une épingle et d'un bout de ficelle, s'était livré à une pêche miraculeuse. Plusieurs douzaines de petits poissons, délicats comme des éperlans, et nommés « mojarras, » frétillaient dans un pli de son poncho, et promettaient de faire un plat exquis.

En ce moment, les chasseurs redescendirent des cimes de l'ombu. Paganel portait prudemment des œufs d'hirondelle noire, et un chapelet de moineaux qu'il devait présenter plus tard sous le nom de mauviettes. Robert avait adroitement abattu plusieurs paires d'hilgueros, petits oiseaux verts et jaunes, excellents à manger, et fort demandés sur le marché de Montevideo. Paganel, qui connaissait cinquante et une manières de préparer les œufs, dut se borner cette fois à les faire durcir sous les cendres chaudes. Néanmoins, le repas fut aussi varié que délicat. La viande sèche, les œufs durs, les mojarras grillés, les moineaux et les hilgueros rôtis composèrent un de ces festins dont le souvenir est impérissable.

La conversation fut très-gaie. On complimenta fort Paganel en sa double qualité de chasseur et de cuisinier. Le savant accepta ces congratulations avec la modestie qui sied au vrai mérite. Puis, il se livra à des considérations curieuses sur ce magnifique ombu qui les abritait de son feuillage, et dont, selon lui, les profondeurs étaient immenses.

« Robert et moi, ajouta-t-il plaisamment, nous nous croyions en pleine forêt pendant la chasse. J'ai cru un moment que nous allions nous perdre. Je ne pouvais plus retrouver mon chemin! Le soleil déclinait à l'horizon! Je cherchais en vain la trace de mes pas. La faim se faisait cruellement sentir! Déjà les sombres taillis retentissaient du rugissement des bêtes féroces.... C'est-à-dire, non! il n'y a pas de bêtes féroces, et je le regrette!

— Comment, dit Glenarvan, vous regrettez les bêtes féroces?

— Oui! certes.

— Cependant, quand on a tout à craindre de leur férocité...

— La férocité n'existe pas... scientifiquement parlant, répondit le savant.

— Ah! pour le coup, Paganel, dit le major, vous ne me ferez jamais admettre l'utilité des bêtes féroces! A quoi servent-elles?

— Major, s'écria Paganel, mais elles servent à faire des classifications, des ordres, des familles, des genres, des sous-genres, des espèces...

— Bel avantage! dit Mac Nabbs. Je m'en passerais bien! Si j'avais été l'un des compagnons de Noé au moment du déluge, j'aurais certainement empêché cet imprudent patriarche de mettre dans l'arche des couples de lions, de tigres, de panthères, d'ours et autres animaux aussi malfaisants qu'inutiles!

— Vous auriez fait cela? demanda Paganel.

— Je l'aurais fait.

— Eh bien! vous auriez eu tort au point de vue zoologique!

— Non pas au point de vue humain, répondit le major.

— C'est révoltant! reprit Paganel, et pour mon compte, au contraire, j'aurais précisément conservé le mégatherium, les ptérodactyles, et tous les êtres antédiluviens dont nous sommes si malheureusement privés...

— Je vous dis, moi, répliqua Mac Nabbs, que Noé a

bien fait de les abandonner à leur sort, en admettant qu'ils vécussent de son temps.

— Je vous dis, moi, que Noé a mal agi, repartit Paganel, et qu'il a mérité jusqu'à la fin des siècles la malédiction des savants! »

Les auditeurs de Paganel et du major ne pouvaient s'empêcher de rire en voyant les deux amis se disputer sur le dos du vieux Noé. Le major, contrairement à tous ses principes, lui qui de sa vie n'avait discuté avec personne, était chaque jour aux prises avec Paganel. Il faut croire que le savant l'excitait particulièrement.

Glenarvan, suivant son habitude, intervint dans le débat et dit :

« Qu'il soit regrettable ou non, au point de vue scientifique comme au point de vue humain, d'être privé d'animaux féroces, il faut nous résigner aujourd'hui à leur absence. Paganel ne pouvait espérer en rencontrer dans cette forêt aérienne.

— Pourquoi pas? répondit le savant.

— Des bêtes fauves sur un arbre? dit Tom Austin.

— Eh! sans doute! Le tigre d'Amérique, le jaguar, lorsqu'il est trop vivement pressé par les chasseurs, se réfugie sur les arbres! Un de ces animaux, surpris par l'inondation, aurait parfaitement pu chercher asile entre les branches de l'ombu.

— Enfin, vous n'en avez pas rencontré, je suppose? dit le major.

— Non, répondit Paganel, bien que nous ayons battu tout le bois. C'est fâcheux, car c'eût été là une chasse superbe. Un féroce carnassier que ce jaguar! D'un seul coup de patte, il tord le cou à un cheval! Quand il a goûté de la chair humaine, il y revient avec sensualité. Ce qu'il aime le mieux, c'est l'Indien, puis le nègre, puis le mulâtre, puis le blanc.

— Enchanté de ne venir qu'au quatrième rang! répondit Mac Nabbs.

— Bon! cela prouve tout simplement que vous êtes fade! riposta Paganel d'un air de dédain!

— Enchanté d'être fade! répliqua le major.

— Eh bien, c'est humiliant! répondit l'intraitable Paganel. Le blanc se proclame le premier des hommes! Il paraît que ce n'est pas l'avis de messieurs les jaguars!

— Quoi qu'il en soit, mon brave Paganel, dit Glenarvan, attendu qu'il n'y a parmi nous ni Indiens, ni nègres, ni mulâtres, je me réjouis de l'absence de vos chers jaguars. Notre situation n'est pas tellement agréable...

— Comment! agréable, s'écria Paganel, en sautant sur ce mot qui pouvait donner un nouveau cours à la conversation, vous vous plaignez de votre sort, Glenarvan?

— Sans doute, répondit Glenarvan, est-ce que vous êtes à votre aise dans ces branches incommodes et peu capitonnées?

— Je n'ai jamais été mieux, même dans mon cabinet. Nous menons la vie des oiseaux, nous chantons, nous voltigeons! Je commence à croire que les hommes sont destinés à vivre sur les arbres.

— Il ne leur manque que des ailes! dit le major.

— Ils s'en feront quelque jour!

— En attendant, répondit Glenarvan, permettez-moi, mon cher ami, de préférer à cette demeure aérienne le sable d'un parc, le parquet d'une maison, ou le pont d'un navire!

— Glenarvan, répondit Paganel, il faut accepter les choses comme elles viennent! Bonnes, tant mieux. Mauvaises, on n'y prend garde. Je vois que vous regrettez le confortable de Malcom-Castle?

— Non, mais...

— Je suis certain que Robert est parfaitement heureux, se hâta de dire Paganel, pour assurer au moins un partisan à ses théories.

— Oui, monsieur Paganel! s'écria Robert d'un ton joyeux.

— C'est de son âge, répondit Glenarvan.

— Et du mien! riposta le savant. Moins on a d'aises, moins on a de besoins. Moins on a de besoins, plus on est heureux.

— Allons, dit le major, voilà Paganel qui va faire une sortie contre les richesses et les lambris dorés.

— Non, Mac Nabbs, répondit le savant, mais si vous le voulez bien, je vais vous raconter, à ce propos une petite histoire arabe qui me revient à l'esprit.

— Oui! oui! monsieur Paganel, dit Robert.

— Et que prouvera votre histoire? demanda le major.

— Ce que prouvent toutes les histoires, mon brave compagnon.

— Pas grand'chose alors, répondit Mac Nabbs. Enfin, allez toujours, Sheherazade, et contez-nous un de ces contes que vous racontez si bien.

— Il y avait une fois, dit Paganel, un fils du grand Haroun-al-Raschid qui n'était pas heureux. Il alla consulter un vieux derviche. Le sage vieillard lui répondit que le bonheur était chose difficile à trouver en ce monde. « Cependant, ajouta-t-il, je connais un « moyen infaillible de vous procurer le bonheur. — Quel « est-il? demanda le jeune prince? — C'est, répondit le « derviche, de mettre sur vos épaules la chemise d'un « homme heureux! » — Là-dessus, le prince embrassa le vieillard, et s'en fut à la recherche de son talisman. Le voilà parti. Il visite toutes les capitales de la terre! Il essaye des chemises de rois, des chemises d'empereurs, des chemises de princes, des chemises de seigneurs. Peine inutile. Il n'en est pas plus heureux! Il endosse alors des chemises d'artistes, des chemises de guerriers, des chemises de marchands. Pas davantage. Il fit ainsi bien du chemin sans trouver le bonheur. Enfin, désespéré d'avoir essayé tant de chemises, il revenait fort triste, un beau jour, au palais de son père, quand il avisa dans la campagne un brave laboureur, tout joyeux et tout chantant, qui poussait sa charrue. « Voilà pourtant un homme qui « possède le bonheur, se dit-il, ou le bonheur n'existe « pas sur terre. » Il va à lui. « Bonhomme, dit-il, « es-tu heureux? — Oui! fait l'autre. — Tu ne désires « rien? — Non. — Tu ne changerais pas ton sort pour » celui d'un roi? — Jamais! — Eh bien, vends-moi « ta chemise! — Ma chemise! je n'en ai point! »

CHAPITRE XXV.

ENTRE LE FEU ET L'EAU.

L'histoire de Jacques Paganel eut un très-grand succès. On l'applaudit fort, mais chacun garda son opinion, et le savant obtint ce résultat ordinaire à toute discussion, celui de ne convaincre personne. Cependant on demeura d'accord sur ce point, qu'il faut faire contre fortune bon cœur, et se contenter d'un arbre, quand on n'a ni palais ni chaumière.

Pendant ces discours et autres, le soir était venu. Un bon sommeil pouvait seul terminer dignement cette émouvante journée. Les hôtes de l'ombu se sentaient non-seulement fatigués des péripéties de l'inondation, mais surtout accablés par la chaleur du jour qui avait été excessive. Leurs compagnons ailés donnaient déjà l'exemple du repos; les hilgueros, ces rossignols de la Pampa, cessaient leurs mélodieuses roulades, et tous les oiseaux de l'arbre avaient disparu dans l'épaisseur du feuillage assombri. Le mieux était de les imiter.

Cependant, avant de se « mettre au nid, » comme dit Paganel, Glenarvan, Robert et lui grimpèrent à l'observatoire pour examiner une dernière fois la plaine liquide. Il était neuf heures environ. Le soleil venait de se coucher dans les brumes étincelantes de l'horizon occidental. Toute cette moitié de la sphère céleste jusqu'au zénith se noyait dans une vapeur chaude. Les constellations si brillantes de l'hémisphère austral semblaient voilées d'une gaze légère, et apparaissaient confusément. Néanmoins, on les distinguait assez pour les reconnaître, et Paganel fit observer à son ami Robert, au profit de son ami Glenarvan, cette zone circumpolaire où les étoiles sont splendides. Entre autres, il lui montra la Croix du sud, groupe de quatre étoiles de première et de seconde grandeur, disposées en losange à peu près à la hauteur du pôle; le Centaure, où brille l'étoile la plus rapprochée de la terre, à huit mille milliards de lieues seulement; les nuées de Magellan, deux vastes nébuleuses, dont la plus étendue couvre un espace deux cents fois grand comme la surface apparente de la lune, puis, enfin, ce « trou noir » où semble manquer absolument la matière stellaire.

A son grand regret, Orion, qui se laisse voir des deux hémisphères, n'apparaissait pas encore; mais Paganel apprit à ses deux élèves une particularité curieuse de la cosmographie patagone. Aux yeux de ces poétiques Indiens, Orion représente un immense lazo et trois bolas lancées par la main du chasseur qui parcourt les célestes prairies. Toutes ces constellations, reflétées dans le miroir des eaux, provoquaient les admirations du regard en créant autour de lui comme un double ciel.

Pendant que le savant Paganel discourait ainsi, tout l'horizon de l'est prenait un aspect orageux. Une barre épaisse et sombre, nettement tranchée, y montait peu à peu en éteignant les étoiles. Ce nuage, d'apparence sinistre, envahit bientôt une moitié de la voûte qu'il semblait combler. Sa force motrice devait résider en lui, car il n'y avait pas un souffle de vent. Les couches atmosphériques conservaient un calme absolu. Pas une feuille ne remuait à l'arbre, pas une ride ne plissait la surface des eaux. L'air même paraissait manquer, comme si quelque vaste machine pneumatique l'eût raréfié. Une électricité à haute tension saturait l'atmosphère, et tout être vivant la sentait courir le long de ses nerfs.

Glenarvan, Paganel et Robert furent sensiblement impressionnés par ces ondes électriques.

« Nous allons avoir de l'orage, dit Paganel.

— Tu n'as pas peur du tonnerre? demanda Glenarvan au jeune garçon.

— Oh! mylord, répondit Robert.

— Eh bien, tant mieux, car l'orage n'est pas loin.

— Et il sera fort, reprit Paganel, si j'en juge par l'état du ciel.

— Ce n'est pas l'orage qui m'inquiète, reprit Glenarvan, mais bien les torrents de pluie dont il sera accompagné. Nous serons trempés jusqu'à la moelle des os. Quoi que vous en disiez, Paganel, un nid ne peut suffire à un homme, et vous l'apprendrez bientôt à vos dépens.

— Oh! avec de la philosophie! répondit le savant.

— La philosophie, ça n'empêche pas d'être mouillé!

— Non, mais ça réchauffe.

— Enfin, dit Glenarvan, rejoignons nos amis et engageons-les à s'envelopper de leur philosophie et de leurs ponchos le plus étroitement possible, et surtout à faire provision de patience, car nous en aurons besoin! »

Glenarvan jeta un dernier regard sur le ciel menaçant. La masse des nuages le couvrait alors tout entier. A peine une bande indécise vers le couchant s'éclairait-elle des lueurs crépusculaires. L'eau revêtait une teinte sombre et ressemblait à un grand nuage inférieur prêt à se confondre avec les lourdes vapeurs. L'ombre même n'était plus visible. Les sensations de lumière ou de bruit n'arrivaient ni aux yeux ni aux oreilles. Le silence devenait aussi profond que l'obscurité.

« Descendons, dit Glenarvan, la foudre ne tardera pas à éclater! »

Ses deux amis et lui se laissèrent glisser sur les branches lisses, et furent assez surpris de rentrer dans une sorte de demi-clarté très-surprenante; elle était produite par une myriade de points lumineux qui se croisaient en bourdonnant à la surface des eaux.

« Des phosphorescences? dit Glenarvan.

— Non, répondit Paganel, mais des insectes phosphorescents, de véritables lampyres, des diamants vivants et pas chers, dont les dames de Buénos-Ayres se font de magnifiques parures!

— Quoi! s'écria Robert, ce sont des insectes qui volent ainsi comme des étincelles?

— Oui, mon garçon. »

Robert s'empara d'un de ces brillants insectes. Paganel ne s'était pas trompé. C'était une sorte de gros bourdon, long d'un pouce, auquel les Indiens ont donné le nom de « tuco-tuco. » Ce curieux coléoptère jetait des lueurs par deux taches situées en avant de son corselet, et sa lumière assez vive eût permis de lire dans l'obscurité. Paganel, approchant l'insecte de sa montre, put voir qu'elle marquait dix heures du soir.

Glenarvan, ayant rejoint le major et les trois marins, leur fit des recommandations pour la nuit. Il fallait s'attendre à un violent orage. Après les premiers roulements du tonnerre, le vent se déchaînerait sans doute, et l'ombu serait fort secoué. Chacun fut donc invité à s'attacher fortement dans le lit de branches qui lui avait été dévolu. Si l'on ne pouvait éviter les eaux du ciel, au moins fallait-il se garer des eaux de la terre, et ne point tomber dans ce rapide courant qui se brisait au pied de l'arbre.

On se souhaita une bonne nuit sans trop l'espérer. Puis, chacun se glissant dans sa couche aérienne, s'enveloppa de son poncho et attendit le sommeil.

Mais l'approche des grands phénomènes de la nature jette au cœur de tout être sensible une vague inquiétude, dont les plus forts ne sauraient se défendre. Les hôtes de l'ombu, agités, oppressés, ne purent clore leur paupière, et le premier coup de tonnerre les trouva tous éveillés. Il se produisit un peu avant onze heures sous la forme d'un roulement éloigné. Glenarvan gagna l'extrémité de la branche horizontale et hasarda sa tête hors du feuillage.

Le fond noir du soir était déjà scarifié d'incisions vives et brillantes que les eaux du lac réverbéraient avec netteté. La nue se déchirait en maint endroit, mais comme un tissu mou et cotonneux, sans bruit strident. Glenarvan, après avoir observé le zénith et l'horizon qui se confondaient dans une égale obscurité, revint au sommet du tronc.

« Qu'en dites-vous, Glenarvan? demanda Paganel.

— Je dis que cela commence bien, mes amis. et si cela continue, l'orage sera terrible.

— Tant mieux, répondit l'enthousiaste Paganel, j'aime autant un beau spectacle, puisque je ne puis le fuir.

— Voilà encore une de vos théories qui va éclater, dit le major.

— Et l'une de mes meilleures, Mac Nabbs. Je suis de l'avis de Glenarvan, l'orage sera superbe. Tout à l'heure, pendant que j'essayais de dormir, plusieurs faits me sont revenus à la mémoire, qui me le font espérer, car nous sommes ici dans la région des grandes tempêtes électriques. J'ai lu quelque part, en effet, qu'en 1793, précisément dans la province de Buénos-Ayres, le tonnerre est tombé trente-sept fois pendant un seul orage. Mon collègue, M. Martin de Moussy, a compté jusqu'à cinquante-cinq minutes de roulement non interrompu.

— Montre en main? dit le major.

— Montre en main. Une seule chose m'inquiéterait, ajouta Paganel, si l'inquiétude servait à éviter le danger, c'est que l'unique point culminant de cette plaine est précisément l'ombu où nous sommes. Un paratonnerre serait ici fort utile, car précisément cet arbre est, entre tous ceux de la Pampa, celui que la foudre affectionne particulièrement. Et puis, vous ne l'ignorez pas, mes amis, les savants recommandent de ne point chercher refuge sous les arbres pendant l'orage.

— Bon, dit le major, voilà une recommandation qui vient à propos!

— Il faut avouer, Paganel, répondit Glenarvan, que vous choisissez bien le moment pour nous conter ces choses rassurantes !

— Bah ! répliqua Paganel, tous les moments sont bons pour s'instruire. Ah ! cela commence ! »

Des éclats de tonnerre plus violents interrompirent cette inopportune conversation ; leur intensité croissait en gagnant des tons plus élevés ; ils se rapprochaient et passaient du grave au médium, pour emprunter à la musique une très-juste comparaison. Bientôt ils devinrent stridents et firent vibrer avec de rapides oscillations les cordes atmosphériques. L'espace était en feu, et dans cet embrasement, on ne pouvait reconnaître à quelle étincelle électrique appartenaient ces roulements indéfiniment prolongés, qui se répercutaient d'écho en écho jusque dans les profondeurs du ciel.

Les éclairs incessants affectaient des formes variées. Quelques-uns, lancés perpendiculairement au sol, se répétaient cinq ou six fois à la même place. D'autres auraient excité au plus haut point la curiosité d'un savant, car, si Arago, dans ses curieuses statistiques, n'a relevé que deux exemples d'éclairs fourchus, ils se reproduisaient ici par centaines. Quelques-uns, divisés en mille branches diverses, se débitaient sous l'aspect de zigzags coralliformes, et produisaient sur la voûte obscure des jeux étonnants de lumière arborescente.

Bientôt tout le ciel, de l'est au nord, fut sous-tendu

par une bande phosphorique d'un éclat intense. Cet incendie gagna peu à peu l'horizon entier, enflammant les nuages comme un amas de matières combustibles, et, bientôt reflété par les eaux miroitantes, il forma une immense sphère de feu dont l'ombu occupait le point central.

Glenarvan et ses compagnons regardaient silencieusement ce terrifiant spectacle. Ils n'auraient pu se faire entendre. Des nappes de lumière blanche glissaient jusqu'à eux, et dans ces rapides éclats apparaissaient et disparaissaient vivement tantôt la figure calme du major, tantôt la face curieuse de Paganel ou les traits énergiques de Glenarvan, tantôt la tête effarée de Robert ou la physionomie insouciante des matelots, animés subitement d'une vie spectrale.

Cependant, la pluie ne tombait pas encore, et le vent se taisait toujours. Mais bientôt les cataractes du ciel s'entr'ouvrirent, et des raies verticales se tendirent comme les fils d'un tisseur sur le fond noir du ciel. Ces larges gouttes d'eau, frappant la surface du lac, rejaillissaient en milliers d'étincelles illuminées par le feu des éclairs.

Cette pluie annonçait-elle la fin de l'orage? Glenarvan et ses compagnons devaient-ils en être quittes pour quelques douches vigoureusement administrées? Non. Au plus fort de cette lutte des feux aériens, à l'extrémité de cette branche mère qui s'étendait horizontalement, apparut subitement un globe enflammé de la grosseu du poing et entouré d'une fumée noire. Cette boule, après avoir tourné sur elle-même pendant quelques secondes, éclata comme une bombe et avec un bruit tel qu'il fut perceptible au milieu du fracas général. Une vapeur sulfureuse remplit l'atmosphère. Il se fit un instant de silence, et la voix de Tom Austin put être entendue, qui criait :

« L'arbre est en feu. »

Tom Austin ne se trompait pas. En un moment, la flamme, comme si elle eût été communiquée à une immense pièce d'artifices, se propagea sur le côté ouest de l'ombu ; le bois mort, les nids d'herbe desséchée, et enfin tout l'aubier de nature spongieuse fournirent un aliment favorable à sa dévorante activité.

Le vent se levait alors et souffla sur cet incendie. Il fallait fuir. Glenarvan et les siens se réfugièrent en toute hâte dans la partie orientale de l'ombu respectée par la flamme, muets, troublés, effarés, se hissant, se glissant, s'aventurant sur des rameaux qui pliaient sous leur poids. Cependant, les branchages grésillaient, craquaient et se tordaient dans le feu comme des serpents brûlés vifs; leurs débris incandescents tombaient dans les eaux débordées et s'en allaient au courant en jetant des éclats fauves. Les flammes, tantôt s'élevaient à une prodigieuse hauteur et se perdaient dans l'embrasement de l'atmosphère; tantôt, rabattues par l'ouragan déchaîné, elles enveloppaient l'ombu comme une robe de Nessus. Glenarvan, Robert, le major, Paganel, les matelots, étaient terrifiés; une épaisse fumée les suffoquait: une intolérable ardeur les brûlait; l'incendie gagnait de leur côté la charpente inférieure de l'arbre; rien ne pouvait l'arrêter ni l'éteindre, et ils se voyaient irrévocablement condamnés au supplice de ces victimes enfermées dans les flancs embrasés d'une divinité hindoue.

Enfin, la situation ne fut plus tenable, et de deux morts, il fallut choisir la moins cruelle.

« A l'eau! » cria Glenarvan.

Wilson, que les flammes atteignaient, venait déjà de se précipiter dans le lac, quand on l'entendit s'écrier avec l'accent de la plus violente terreur :

« A moi! à moi! »

Austin se précipita vers lui, et l'aida à regagner le sommet du tronc.

« Qu'y a-t-il?

— Les caïmans! les caïmans! » répondit Wilson.

Et le pied de l'arbre apparut entouré des plus redoutables animaux de l'ordre des sauriens. Leurs écailles miroitaient dans les larges plaques de lumière dessinées par l'incendie; leur queue aplatie dans le sens vertical, leur tête semblable à un fer de lance, leur yeux saillants, leurs mâchoires fendues jusqu'en arrière de l'oreille, tous ces signes caractéristiques ne purent tromper Paganel. Il reconnut ces féroces alligators particuliers à l'Amérique, et nommés caïmans dans les pays espagnols. Ils étaient là une dizaine qui battaient l'eau de leur queue formidable, et attaquaient l'ombu avec les longues dents de leur mâchoire inférieure.

A cette vue, les malheureux se sentirent perdus Une mort épouvantable leur était réservée, qu'ils dussent périr dévorés par les flammes ou par la dent des caïmans. Et l'on entendit le major, lui-même, d'une voix calme, dire :

« Il se pourrait bien que ce fût la fin de la fin. »

Il est des circonstances où l'homme est impuissant à lutter, et dans lesquelles les éléments déchaînés ne peuvent être combattus que par d'autres éléments. Glenarvan, d'un œil hagard, regardait le feu et l'eau ligués contre lui, ne sachant quel secours demander au ciel.

L'orage était alors dans sa période décroissante, mais il avait développé dans l'atmosphère une considérable quantité de vapeurs auxquelles les phénomènes électriques allaient communiquer une violence extrême. Dans le sud se formait peu à peu une énorme trombe, un cône de brouillards, la pointe en bas, la base en haut, qui reliait les eaux bouillonnantes aux nuages orageux. Ce météore s'avança bientôt en tournant sur lui-même avec une rapidité vertigineuse; il refoulait vers son centre une colonne liquide enlevée au lac, et un appel énergique, produit par son mouvement giratoire, précipitait vers lui tous les courants d'air environnants.

En peu d'instants, la gigantesque trombe se jeta sur l'ombu et l'enlaça de ses replis. L'arbre fut secoué jusque dans ses racines. Glenarvan put croire que les caïmans l'attaquaient de leurs puissantes mâchoires et l'arrachaient au sol. Ses compagnons et lui, se tenant les uns les autres, sentirent que le robuste arbre cédait et se culbutait; ses branches enflammées plongèrent dans les eaux tumultueuses avec un sifflement terrible. Ce fut l'œuvre d'une seconde. La trombe, déjà passée, portait ailleurs sa violence désastreuse, et pompant les eaux du lac, semblait le vider sur son passage.

Alors, l'ombu, couché sur les eaux, dériva sous les efforts combinés du vent et du courant. Les caïmans avaient fui, sauf un seul, qui rampait sur les racines retournées et s'avançait les mâchoires ouvertes; mais Mulrady, saisissant une branche à demi entamée par le feu, en assomma l'animal d'un si rude coup qu'il lui cassa les reins. Le caïman culbuté s'abîma dans les remous du torrent que sa redoutable queue battit encore avec une formidable violence.

Glenarvan et ses compagnons, délivrés de ces voraces sauriens, gagnèrent les branches situées au vent de l'incendie, tandis que l'ombu, dont les flammes, au souffle de l'ouragan, s'arrondissaient en voiles incandescentes, dériva comme un brûlot en feu dans les ombres de la nuit.

CHAPITRE XXIV.

L'ATLANTIQUE.

Pendant deux heures, l'ombu navigua sur l'immense lac sans atteindre la terre ferme. Les flammes qui le rongeaient s'étaient peu à peu éteintes. Le principal danger de cette épouvantable traversée avait disparu. Le major se borna à dire qu'il n'y aurait pas lieu de s'étonner si l'on se sauvait.

Le courant, conservant sa direction première, allait toujours du sud-ouest au nord-est. L'obscurité, à peine illuminée çà et là de quelque tardif éclair, était redevenue profonde, et Paganel cherchait en vain des points de repère à l'horizon. L'orage touchait à sa fin. Les larges gouttes de pluie faisaient place à de légers embruns qui s'éparpillaient au souffle du vent, et les gros nuages dégonflés se coupaient par bandes dans les hauteurs du ciel.

La marche de l'ombu était rapide sur l'impétueux torrent; il glissait avec une surprenante vitesse, et comme si quelque puissant engin de locomotion eût été renfermé sous son écorce. Rien ne prouvait qu'il ne dût pas dériver ainsi pendant des jours entiers. Vers trois heures du matin, cependant, le major fit observer que ses racines frôlaient parfois le sol. Tom Austin, au moyen d'une longue branche détachée, sonda avec soin et constata que le terrain allait en pente remontante. En effet, vingt minutes plus tard, un choc eut lieu, et l'ombu s'arrêta net.

« Terre! terre! » s'écria Paganel d'une voix retentissante.

L'extrémité des branches calcinées avait donné contre une extumescence du sol. Jamais navigateurs ne furent plus satisfaits de toucher. L'écueil, ici, c'était le port.

Déjà Robert et Wilson, lancés sur un plateau solide, poussaient un hurrah de joie, quand un sifflement bien connu se fit entendre. Le galop d'un cheval retentit sur la plaine, et la haute taille de l'Indien se dressa dans l'ombre.

« Thalcave! s'écria Robert.

— Thalcave! répondirent ses compagnons d'une voix unanime.

— *Amigos!* » dit le Patagon, qui avait attendu les voyageurs là où le courant devait les amener, puisqu'il l'y avait conduit lui-même.

En ce moment, il enleva Robert Grant dans ses bras sans se douter que Paganel pendait après lui, et il le serra sur sa poitrine. Bientôt, Glenarvan, le major et les marins, heureux de revoir leur fidèle guide, lui pressaient les mains avec une vigoureuse cordialité. Puis, le Patagon les conduisit dans le hangard d'une estancia abandonnée. Là flambait un bon feu qui les réchauffa; là rôtissaient de succulentes tranches de venaison dont ils ne laissèrent pas miette. Et quand leur esprit reposé se prit à réfléchir, aucun d'eux ne put croire qu'il eût échappé à cette aventure faite de tant de dangers divers, l'eau, le feu et les redoutables caïmans des rivières argentines.

Thalcave, en quelques mots, raconta son histoire à Paganel, et reporta au compte de son intrépide cheval tout l'honneur de l'avoir sauvé. Paganel essaya alors de lui expliquer la nouvelle interprétation du document, et quelles espérances elle permettait de concevoir. L'Indien comprit-il bien les ingénieuses hypothèses du savant? On peut en douter, mais il vit ses amis heureux et confiants, et il ne lui en fallait pas davantage.

On croira sans peine que ces intrépides voyageurs, après leur journée de repos passée sur l'ombu, ne se firent pas prier pour se remettre en route. A huit heures du matin, ils étaient prêts à partir. On se trouvait trop au sud des estancias et des saladeros pour se procurer des moyens de transport. Donc, nécessité absolue d'aller à pied. Il ne s'agissait, en somme, que d'une quarantaine de milles [1], et Thaouka ne se refuserait pas à porter de temps en temps un piéton fatigué, et même deux au besoin. En trente-six heures, on pouvait atteindre les rivages de l'Atlantique.

1. Une quinzaine de lieues.

Le moment venu, le guide et ses compagnons laissèrent derrière eux l'immense bas-fond encore noyé sous les eaux, et se dirigèrent à travers des plaines plus élevées. Le territoire argentin reprenait sa monotone physionomie; quelques bouquets de bois, plantés par des mains européennes, se hasardaient çà et là au-dessus des pâturages, aussi rares, d'ailleurs, qu'aux environs des sierras Tandil et Tapalquem; les arbres indigènes ne se permettent de pousser qu'à la lisière de ces longues prairies et aux approches du cap Corrientes.

Ainsi se passa cette journée. Le lendemain, quinze milles avant d'être atteint, le voisinage de l'Océan se fit sentir. La virazon, un vent singulier qui souffle régulièrement pendant les deuxièmes moitiés du jour et de la nuit, courbait les grandes herbes. Du sol amaigri s'élevaient des bois clair-semés, de petites mimosées arborescentes, des buissons d'acacias et des bouquets de curra-mabol. Quelques lagunes salines miroitaient comme des morceaux de verre cassé, et rendirent la marche pénible, car il fallut les tourner. On pressait le pas, afin d'arriver le jour même au lac Salado sur les rivages de l'Océan, et, pour tout dire, les voyageurs étaient passablement fatigués, quand, à huit heures du soir, ils aperçurent les dunes de sable, hautes de vingt toises, qui en délimitent la lisière écumeuse. Bientôt, le long murmure de la mer montante frappa leurs oreilles.

« L'Océan! s'écria Paganel.

— Oui, l'Océan! » répondit Thalcave.

Et ces marcheurs, auxquels la force semblait près de manquer, escaladaient bientôt les dunes avec une remarquable agilité.

Mais l'obscurité était grande déjà. Les regards se promenèrent en vain sur l'immensité sombre. Ils cherchèrent le *Duncan*, sans l'apercevoir.

« Il est pourtant là, s'écria Glenarvan, nous attendant et courant bord sur bord!

— Nous le verrons demain, » répondit Mac Nabbs.

Tom Austin héla au juger le yacht invisible, mais sans obtenir de réponse. Le vent était, d'ailleurs, très-fort, et la mer assez mauvaise. Les nuages chassaient de l'ouest, et la crête écumante des vagues s'envolait en fine poussière jusqu'au-dessus des dunes. Si donc le *Duncan* était au rendez-vous assigné, l'homme du bossoir ne pouvait ni être entendu ni entendre. La côte n'offrait aucun abri. Nulle baie, nulle anse, nul port. Pas même une crique. Elle se composait de longs bancs de sable qui allaient se perdre en mer, et dont l'approche est plus dangereuse que celle des rochers à fleur d'eau. Les bancs, en effet, irritent la lame; la mer y est particulièrement mauvaise, et les navires sont à coup sûr perdus, qui par les gros temps viennent s'échouer sur ces tapis de sable.

Il était donc fort naturel que le *Duncan*, jugeant cette côte détestable et sans port de refuge, se tînt éloigné. John Mangles, avec sa prudence habituelle, devait s'en élever le plus possible. Ce fut l'opinion de Tom Austin, et il affirma que le *Duncan* ne pouvait tenir la mer à moins de cinq bons milles.

Le major engagea donc son impatient ami à se résigner. Il n'existait aucun moyen de dissiper ces épaisses ténèbres. A quoi bon, dès lors, fatiguer ses regards à les promener sur le sombre horizon?

Ceci dit, il organisa une sorte de campement à l'abri des dunes; les dernières provisions servirent au dernier repas du voyage; puis chacun, suivant l'exemple du major, se creusa un lit improvisé dans un trou assez confortable, et ramenant jusqu'à son menton l'immense couverture de sable, s'endormit d'un lourd sommeil.

Seul, Glenarvan veilla. Le vent se maintenait en grande brise, et l'Océan se ressentait encore de l'orage passé. Ses vagues, toujours tumultueuses, se brisaient au pied des bancs avec un bruit de tonnerre. Glenarvan ne pouvait se faire à l'idée de savoir le *Duncan* si près de lui. Quant à supposer qu'il ne fût pas arrivé au rendez-vous convenu, c'était inadmissible. Glenarvan avait quitté la baie de Talcahuano le 14 octobre, et il arrivait le 12 novembre aux rivages de l'Atlantique. Or, pendant cet espace de trente jours employés à traverser le Chili, la Cordillère, les Pampas, la plaine argentine, le *Duncan* avait eu le temps de doubler le cap Horn et d'arriver à la côte opposée. Pour un tel marcheur, les retards n'existaient pas; la tempête avait été certainement violente et ses fureurs terribles sur le vaste champ de bataille de l'Atlantique, mais le yacht était un bon navire et son capitaine un bon marin. Donc, puisqu'il devait être là, il y était.

Ces réflexions, quoi qu'il en soit, ne parvinrent pas à calmer Glenarvan. Quand le cœur et la raison se débattent, celle-ci n'est pas la plus forte. Le « laird » de Malcom-Castle sentait dans cette obscurité tous ceux qu'il aimait, sa chère Helena, Mary Grant, l'équipage de son *Duncan*. Il errait sur le rivage désert que les flots couvraient de leurs paillettes phosphorescentes. Il regardait, il écoutait. Il crut même, à de certains moments, surprendre en mer une lueur indécise.

« Je ne me trompe pas, se dit-il, j'ai vu un feu de navire, le feu du *Duncan*. Ah! pourquoi mes regards ne peuvent-ils percer ces ténèbres! »

Une idée lui vint alors. Paganel se disait nyctalope, Paganel y voyait la nuit. Il alla réveiller Paganel.

Le savant dormait dans son trou du sommeil des taupes, quand un bras vigoureux l'arracha de sa couche de sable.

« Qui va là? s'écria-t-il.

— C'est moi, Paganel.

— Qui, vous?

— Glenarvan. Venez, j'ai besoin de vos yeux.

— Mes yeux? répondit Paganel, qui les frottait vigoureusement.

— Oui, vos yeux pour distinguer notre *Duncan* dans cette obscurité. Allons, venez!

— Au diable la nyctalopie! » se dit Paganel, enchanté, d'ailleurs, d'être utile à Glenarvan.

Et se relevant, secouant ses membres engourdis, « broumbroumant » comme les gens qui s'éveillent, il suivit son ami sur le rivage.

Glenarvan le pria d'examiner le sombre horizon de la mer. Pendant quelques minutes, Paganel se livra consciencieusement à cette contemplation.

« Eh bien! n'apercevez-vous rien? demanda Glenarvan.

— Rien! un chat lui-même n'y verrait à deux pas de lui.

— Cherchez un feu rouge ou un feu vert, c'est-à-dire un feu de bâbord ou de tribord.

— Je ne vois ni feu vert ni feu rouge! Tout est noir! » répondit Paganel, dont les yeux se fermaient involontairement.

Pendant une demi-heure, il suivit son impatient ami, machinalement, laissant tomber sa tête sur sa poitrine, puis la relevant brusquement. Il ne répondait pas, il ne parlait plus. Ses pas mal assurés le laissaient rouler comme un homme ivre. Glenarvan regarda Paganel. Paganel dormait en marchant.

Glenarvan le prit alors par le bras, et, sans le réveiller, le reconduisit à son trou, où il l'enterra confortablement.

A l'aube naissante, tout le monde fut mis sur pied à ce cri :

« Le *Duncan* ! le *Duncan !*

— Hurrah ! hurrah ! » répondirent à Glenarvan ses compagnons, se précipitant sur le rivage.

En effet, à cinq milles au large, le yacht, ses basses voiles soigneusement serrées, se maintenait sous petite vapeur. Sa fumée se perdait confusément dans les brumes du matin. La mer était forte, et un navire de ce tonnage ne pouvait sans danger approcher le pied des bancs.

Glenarvan, armé de la longue-vue de Paganel, observait les allures du *Duncan*. John Mangles ne devait pas avoir aperçu ses passagers, car il n'évoluait pas et continuait de courir bâbord amures sous son hunier au bas ris.

Mais en ce moment, Thalcave, après avoir fortement bourré sa carabine, la déchargea dans la direction du yacht.

On écouta. On regarda surtout. Trois fois, la carabine de l'Indien retentit, réveillant les échos des dunes.

Enfin, une fumée blanche apparut aux flancs du yacht.

« Ils nous ont vus ! s'écria Glenarvan. C'est le canon du *Duncan !* »

Et quelques secondes après, une sourde détonation venait mourir à la limite du rivage. Aussitôt, le *Duncan*, changeant son hunier et forçant le feu de ses fourneaux, évolua de manière à ranger de plus près la côte.

Bientôt, la lunette aidant, on vit une embarcation se détacher du bord.

« Lady Helena ne pourra venir, dit Tom Austin, la mer est trop dure!

— John Mangles non plus, répondit Mac Nabbs, il ne peut quitter son navire.

— Ma sœur! ma sœur! disait Robert, tendant ses bras vers le yacht qui roulait violemment.

— Ah! qu'il me tarde d'être à bord! s'écria Glenarvan.

— Patience, Edward. Vous y serez dans deux heures, » répondit le major.

Deux heures! En effet, l'embarcation, armée de six avirons, ne pouvait en moins de temps accomplir son trajet d'aller et de retour.

Alors, Glenarvan rejoignit Thalcave, qui, les bras croisés, Thaouka près de lui, regardait tranquillement la mouvante surface des flots.

Glenarvan prit sa main, et lui montrant le yacht :

« Viens! » dit-il.

L'Indien secoua doucement la tête.

« Viens, ami, reprit Glenarvan.

— Non, répondit doucement Thalcave. Ici est Thaouka. et là, les Pampas! » ajouta-t-il, en embrassant d'un geste passionné l'immense étendue des plaines.

Glenarvan comprit bien que l'Indien ne voudrait jamais abandonner la prairie où blanchissaient les os de ses pères. Il connaissait le religieux attachement de ces enfants du désert pour le pays natal. Il serra donc la main de Thalcave, et n'insista pas. Il n'insista pas, non plus, quand l'Indien, souriant à sa manière, refusa le prix de ses services, en disant :

« Par amitié. »

Glenarvan ému ne put lui répondre. Il aurait voulu laisser au moins un souvenir au brave Indien qui lui rappelât ses amis de l'Europe. Mais que lui restait-il? Ses armes, ses chevaux, il avait tout perdu dans les désastres de l'inondation. Ses amis n'étaient pas plus riches que lui.

Il ne savait donc comment reconnaître le désintéressement du brave guide, quand une idée lui vint à l'esprit. Il tira de son portefeuille un médaillon précieux qui entourait un admirable portrait, un chef-d'œuvre de Lawrence, et il l'offrit à l'Indien.

« Ma femme, » dit-il.

Thalcave considéra le portrait d'un œil attendri, et prononça ces simples mots :

« Bonne et belle! »

Puis, Robert, Paganel, le major, Tom Austin, les deux matelots, vinrent avec de touchantes paroles faire leurs adieux au Patagon. Ces braves gens étaient sincèrement émus de quitter cet ami intrépide et dévoué. Thalcave les pressa tous sur sa large poitrine. Paganel lui fit accepter une carte de l'Amérique méridionale et des deux Océans que l'Indien avait souvent regardée avec intérêt. C'était ce que le savant possédait de plus précieux. Quant à Robert, il n'avait que ses caresses à donner; il les offrit à son sauveur, et Thaouka ne fut pas oublié dans sa distribution.

En ce moment, l'embarcation du *Duncan* approchait; elle se glissa dans un étroit chenal creusé entre les bancs, et vint bientôt échouer au rivage.

« Ma femme? demanda Glenarvan.

— Ma sœur? s'écria Robert.

— Lady Helena et miss Grant vous attendent à bord, répondit le patron du canot. Mais partons, Votre Honneur, nous n'avons pas une minute à perdre, car le jusant commence à se faire sentir. »

Les derniers embrassements furent prodigués à l'Indien. Thalcave accompagna ses amis jusqu'à l'embarcation, qui fut remise à flot. Au moment où Robert montait à bord, l'Indien le prit dans ses bras et le regarda avec tendresse.

« Et maintenant va, dit-il, tu es un homme!

— Adieu, ami! adieu! dit encore une fois Glenarvan.

— Ne nous reverrons-nous jamais? s'écria Paganel.

— « *Quien sabe*[1]? » répondit Thalcave, en levant son bras vers le ciel.

Ce furent les dernières paroles de l'Indien, qui se perdirent dans le souffle du vent.

On poussa au large. Le canot s'éloigna, emporté par la mer descendante. Longtemps, la silhouette immobile

1. Qui sait?

de Thalcave apparut à travers l'écume des vagues. Puis, sa grande taille s'amoindrit, et il disparut aux yeux de ses amis d'un jour.

Une heure après, Robert s'élançait le premier à bord du *Duncan* et se jetait au cou de Mary Grant, pendant que l'équipage du yacht remplissait l'air de ses joyeux hurrahs.

Ainsi s'était accomplie cette traversée de l'Amérique du Sud suivant une ligne rigoureusement droite. Ni montagnes, ni fleuves ne firent dévier les voyageurs de leur imperturbable route, et, s'ils n'eurent pas à combattre le mauvais vouloir des hommes, les éléments, souvent déchaînés contre eux, soumirent à de dures épreuves leur généreuse intrépidité.

TABLE.

Typographie Lahure, rue de Fleurus, 9, à Paris

www.ingramcontent.com/pod-product-compliance
Lightning Source LLC
LaVergne TN
LVHW010540100826
845148LV00001B/243